디라랔브

디타람브
DITHARAMB
전현규 장편소설
Meta

D I T H A R A M B

차례

당신의 세계는 그들의 세계에서 파생돼 시작된 겁니다.
그들이 당신의 세계를 침범한 것이 아니라
실은 당신이 그들의 세계를 침범한 거예요."

"그들이 원본이라……. 우리가 시작점이 아니었군요."

0

모든 게 끝났다는 생각이 들었고, 그제야 비로소 모든 게 끝나지 않았다는 사실을 깨달았다. 빛바랜 현실은 여전히 자신을 무릎 꿇리는 중임을 검사결과지를 받고 나서야 받아들일 수 있었다.

"간혹 부적합 판정을 받는 분들이 계세요. 그런데 아시다시피 디타람브가 아니라도 이곳, 신체 유지 센터(Body Preserve Center)가 있으니까요. 너무 염려 안 하셔도 됩니다."

짧은 머리를 질끈 묶은 최 선생은 초췌한 몰골에도 상냥함을 잃지 않았다. 내용의 심각성 때문일까…….

민혁은 최 선생이 권한 팔걸이의자에 앉아 자신의 검사결과지를 찬찬히 살폈다. 어린 시절 수업에 집중했다면 결과지 속에 담긴 세세한 의미를 파악할 수 있었을까. 민혁은 과거를 되짚을 때마다 그건 애초에 불가능했다는 걸 알면서도 의미 없는 가정을 내세우곤 했다.

검사결과지로 눈을 돌렸다. 알 수 없는 지표들이 수치화돼 종이를 빼곡하게 메웠고, 중간까지 훑은 뒤 맨 아랫부분에 시선이 고정됐다. 부적합, 한마디로 디타람브에 오래 머물 시 정신적 문제를 일으킬 확률이 높아 이주할 수 없다는 뜻이었다.

"뇌전증이라고 들어보셨죠? 디타람브는 대다수에게 안전하고, 그렇게 되기 위해 지금도 스스로 발전하고 있어요. 하지만 접속 중 알 수 없는 이유로 뇌의 특정 부분의 통제가 불가능해 뇌파가 강력하게 뿜어져 나오게 되면 신체가 돌출행동을 해요. 말씀드린 뇌전증처럼요."

최 선생은 긴 문장을 쏟아내는데도 버벅대거나 발음이 새지 않았다. 민혁은 그가 얼마나 많은 사람에게 같은 설명을 반복했을지 생각했다.

"디타람브에 있는 정신 역시 뇌파의 영향을 받게 돼서 좋지 않아요. 이게 흔히들 말하는 부작용이죠. 현재 여러 반응이 나타나고 있는데 궁극적으로는 '붕괴'된다고 알려져 있어요. 본인의 뇌파에 스스로 분열하여 결국 소멸하는 현상이죠. 현재로서는 유발부위가 명확하지 않고 그마저도 개인마다 양상이 달라 약물이나 수술 등으로 제어할 시도조차 해볼 수 없는 상황이에요."

민혁 본인의 안전을 우선시해 디타람브가 내린 결정이라는 말에 뭘 따져볼 엄두도 나지 않았다.

"그래도 아버님은 적합 판정받으셔서 다행이에요. 혹시 모르죠. 디타람브 개발자처럼 웬 천재가 등장해서 기후 위기를 해결할지도요. 그럼 디타람브에 들어갈 필요가 없어지잖아요."

민혁은 옆에서 아버지가 최 선생의 말에 맞장구치며 웃는 걸

흘겨봤다. 나름대로 분위기를 전환하기 위해 꺼낸 말이겠지만 민혁에겐 아무런 소용이 없었다.

미국과 유럽은 40도를 훌쩍 넘는 불볕더위와 산불로 고통을 받는 와중에 남미 칠레에서 폭설이 쏟아졌습니다. 지난 7월 이탈리아 돌로미티산맥의 최고봉 마르몰라다에서 발생한 세락(serac) 붕괴 사고도 이와 궤를 같이합니다. 해발 3천미터의 기온이 12도를 웃돌았는데요. 이맘때쯤 기온은 영하권을 맴도는 게 보통입니다.

기후 위기를 언급하는 뉴스가 시도 때도 없이 텔레비전 화면을 가득 채웠다.

모든 게 말라 죽거나 물에 휩쓸려 사라졌고, 식량도 마찬가지였다. 각국은 자국의 식량과 비료에 수출 제한을 걸었다. 내전이 벌어지는 나라가 늘어났고, 대공황으로 나라 간 전쟁 위기가 고조되는 상황에서 가상 공간으로 사람들을 이주시키자는 계획이 등장했다. 기후 위기를 해결하거나 대체육을 비롯해 최소한 식량 수급이 정상화될 때까지 가상 공간에서 지내도록 하는 거였다. 전쟁을 벌여 피를 흘리는 것보다 나았기에 많은 이들이 가상 공간으로 이주를 시작했다. 그 가상 공간이 디타람브였다.

디타람브는 가상 공간을 뜻하기도 했지만, 동시에 그곳을 통제하는 인공지능을 가리키는 말이기도 했다. 구석에 몰려 꼼짝없이 죽어가야 했을지 모를 절체절명의 순간에 완성된 디타람브를 사람들은 21세기의 방주라고 불렀다.

인간이 설계도를 만들어내다 오로지 인간만을 위한 방주.

돈으로 살 수 없는 것들이 많아지자 사람들은 현실을 쉽게 저버렸다. 정확히 말하자면 돈을 쓸 수 있는 곳으로 옮겨갔다. 정부 인사, 기업인, 연예인 등은 신체 유지 센터, BPC에 몸을 두고 디타람브로 이주를 시작했다.

그들을 따라 옮겨가는 이들도 상당수였고, 막연한 불안감을 가지고 있던 사람들도 치솟는 물가에 더 이상 식량을 구하지 못하자 디타람브로 이주하기 시작했다. 다른 점이 있다면 전자는 대부분 자기 육체를 BPC에 보관했고, 후자는 폐기했다는 사실이다. 생명유지장치에는 막대한 비용이 들었기에 돈이 없는 자들은 미련 없이 신체를 포기했다.

민혁은 생각을 정리할 필요성을 느꼈다.

"유지 체임버(Chamber) 가격은 얼마나 하죠?"

"보증금을 얼마나 유치하는지에 따라 유지비가 달라져요. 현재 신체 1구당 최소 2천 5백만 원부터 최고 2억 500만 원까지 합니다."

2억은커녕 2천만 원을 내는 것도 버거웠다. 유지비가 빠듯해 신체를 폐기할 지경이라며 앓는 소리를 내는 사람들이 있는 반면, 그런 것조차 시도 못 하는 자신과 같은 부류도 있다.

“2억 500만 원이면 유지비를 내지 않아도 됩니까?”

“그건 아니에요. 유지비를 아예 안 내시는 조건이면 보증금이 훨씬 더 높아지거든요.”

“보증금을 최소로 했을 때 유지비는 얼마나 되죠?”

최 선생의 입에서 곧바로 액수가 튀어나왔다. 민혁은 그럴 만하다며 고개를 끄덕였다.

이만하면 일말의 미련조차 다 정리됐다. 민혁은 포기가 빨랐다. 유지 체임버 가격이 자신이 감당할 수 없을 만큼 비쌀 거라는 건 이미 알고 있던 사실이다.

부적합 판정이 뜨기 전부터 영혼의 최종 목적지가 어디가 됐든 디타람브를 거쳐 갈 확률은 0에 가깝다고 생각했다. 하지만 아버지만은 그곳으로 갔으면 좋겠다는 생각이 근래 자주 들었다. 그런 생각이 들 때마다 자괴감이 들었지만, 한편으론 어쩔 수 없다고 생각했다.

옥수수죽만 먹는 신장 환자가 견뎌낼 수 있을 리 없었다. 먹는 게 부실하고, 몸 관리가 안 되니 폐에 물이 차는 날이 많아졌고, 일주일에 세 번 받던 투석 횟수가 네 번으로 늘어났다. 난리가 난 판국에 보험 적용은 요원한 일이었고, 병원비는 날이면 날마다 올랐다.

최 선생은 아버지에 관해 통상적인 질문을 던졌다. 몸무게는 몇 킬로쯤 나가며, 몸 상태는 어떤지, 식사를 제대로 챙기기 힘들어 어쩌냐는 걱정과 디타람브에는 언제쯤 들어가실 계획이신지 등의 여부에 관해서였다. 아버지는 좀 더 이야기하고 싶어 했으나, 호출이 울렸다. 호출받은 최 선생의 표정이 자못 심각해졌다. 그는 사무적인 표정으로 민혁을 돌아봤다.

"혹시 더 궁금한 게 있으실까요?"

민혁은 고개를 가로저었다. 최 선생은 굳은 표정을 슬며시 풀며 웃었다.

"그럼 다음에 뵙도록 하죠."

상담실에서 나와 육각형 무늬가 반복되는 복도를 따라 걸었다. 민혁은 아버지에게 먼저 내려가시라고 한 뒤 화장실에 들렀다.

세면대 거울에 비친 얼굴을 봤다. 꼴이 말이 아니었다. 최 선생 앞에서 의례적인 미소를 짓던 제 모습을 생각하니 우스웠다. 수도꼭지를 돌렸고, 세찬 물줄기에 앞섶을 다 적셨다. 민혁은 대충 물기를 닦고 로비로 나왔다. 로비 중앙에 있는 스크린에서 뉴스가 흘러나오고 있었다. 기후 위기를 연구하던 과학자의 실종 소식이었다.

아나운서의 설명을 들으며 로비를 살폈으나 아버지가 보이지 않았다. 로비에 아버지가 없다는 결론을 내린 민혁은 좁다란 비상계단을 통해 최 선생과 상담하던 3층으로 뛰어 올라갔다. 문을 열려다가 그보다 한 층 더 높은 곳에서 어울리지 않는 달음질 소리가 들려 위로 향했다. 비상계단 문을 열었을 때 민혁은 심장이

멎는 듯했다. 최 선생을 비롯한 직원 여럿이 한 곳으로 뛰어가고 있었기 때문이다. 민혁 역시 반사적으로 그들 뒤를 좇았다.

오늘 아버지의 상태는 좋은 편이었다. 숨을 헐떡이지도, 어제보다 몸무게가 늘지도 않았다. 2시간가량 투석까지 마친 터라 위험할 일은 없다고 생각했다. 그러나 아버지의 긴박한 호흡이 자꾸만 귓가에 들리는 듯했다.

반대편에서 스트레처에 구속구로 흉부와 허벅지, 발목, 심지어 목까지 고정한 환자를 싣고 오는 최 선생과 의료진이 보였다. 아버지가 아니라는 걸 확인하자 민혁의 걸음이 느려졌다. 그들은 곧바로 수술실로 들어갔다. 머리에 쓴 접속구와 까뒤집힌 눈을 보고 그가 디타람브 부작용을 겪는 환자임을 짐작할 수 있었다. 적부 판정을 위해 디타람브에 접속한 사이 부작용이 생긴 모양이었다. 닫히는 문 사이로 조금 전 들었던 설명이 떠올랐다.

본인의 뇌파에 스스로 분열하여 결국 소멸하는 현상이죠.

"나 찾아온 거냐?"

그때 아버지가 안내데스크 쪽에서 아무렇지 않게 나타났다.

"어디 가면 가신다고 말씀을 하셔야죠!"

"말한다는 걸 깜빡했네."

민혁은 아버지의 시선을 좇다가 끝내 한숨을 쉬었다.

"근데 왜 여기 계세요?"

"계약했다."

아버지는 계약서 묶음을 민혁에게 건넸다. 문서 맨 앞장 첫머리엔 이렇게 적혀 있었다.

신체 유지 체임버 계약서.

1

그건 본능에 가까운 직감이었다.

발소리 하나가 따라붙었을 때는 우연인 줄 알았다. 잰걸음으로 떼어놓으려 해도 멀어지지 않았다. 골목을 겹겹이 둘러싸기 시작하는 수상한 자들. 그들의 시선 끝에 놓인 먹잇감이 자신들이라는 사실엔 의심할 여지가 없었다. 민혁은 가판대를 지나 가로등을 기점으로 꺾어진 길에 접어들자마자 곧바로 뛰었다.

서진도 눈치를 채고 즉시 민혁의 뒤를 따라 뛰었다. 민혁은 이따금 돌아보며 머릿속으로 길을 그려 나가기 시작했다. 그러나 전부 막다른 길이거나 그 끝에 놈들을 마주칠 수밖에 없다는 결론이 나왔다.

수적으로도 불리했다. 혼자라면 어떻게든 도망칠 방법을 세웠겠지만, 서진을 데리고는 무리였다. 흩어질까 생각도 했지만, 이 정도로 거리가 좁혀진 상황에선 의미가 없었다. 하는 수 없이 민혁은 서진을 잡아끌어 빌라로 향했다.

서진을 앞장세워 재촉하듯 계단으로 뛰어올랐다. 뒤돌아보니 계단 난간 사이로 놈들이 얼굴을 삐죽 내밀고 올려다보고 있었다. 두 계단씩 뛰어 올라갔다.

하나둘 놈들이 옥상에 모습을 드러냈다. 민혁은 그들을 기다리며 옥상 난간에 두 발을 딛고 섰다. 서진은 민혁보다 조금 더 앞선 곳에서 그들을 맞이했다.

상대는 모두 육중한 덩치들이었으나 지친 기색은 없었다. 신체 조건도 불리한데 체력도 이미 차이가 난다면 승산은 없다는 이야기였다.

"뛰어!"

서진이 서 있던 자리에서 뒤돌아 뛰었다. 야트막한 난간을 구름판 삼아 힘껏 발을 굴렀고, 동시에 민혁이 서진의 등을 밀어줬다. 옆 건물 옥상으로 서진이 형편없이 굴렀다. 민혁도 뒤따라 난간 위에서 힘차게 도약했다. 도움닫기를 할 수 있었다면 보다 안정적이었겠지만, 서진을 넘어가게 하기 위해선 이게 최선이었다. 옥상에 올라와 서둘러 확인했을 때 거리는 충분했다. 방해꾼이 없었다면.

민혁이 건너려 하자 그들이 옥상에 있던 물건을 집어 던지기 시작했다. 대부분 민혁의 머리 위를 스쳐 지나갔으나 화분 하나가 퍽, 하는 소리와 함께 민혁의 허리께를 강타했다.

서진이 잡아줄 새도 없이 민혁은 바닥을 향해 곤두박질쳤다. 호흡이 흐트러졌고, 웡웡대는 바람 소리가 들렸다. 시야가 점점 번지더니 바닥에 닿기 직전, 사위의 모든 게 까맣게 변했다.

민혁이 몸을 부르르 떨었다. 이내 벌떡 일어나 구역질을 하며 군용헬멧의 내피처럼 생긴 디타람브 접속구를 벗어 패대기쳤다.

"그거 망가지면 계약 파기로 간주하겠어."

각진 턱을 가진 기현이 회반죽으로 마감된 벽을 쓰다듬으며 천천히 걸음을 옮겼다. 그는 민혁이 던진 접속구를 집어 들어 상태를 확인했다. 멀쩡한 줄 알면서도 일부러 이리저리 살폈다. 접속구는 외부의 충격으로 의도치 않게 접속이 중단되는 걸 방지하기 위해 튼튼하게 만들어졌다. 아니나 다를까 작은 흠집도 없었다.

"쯧."

이걸 빌미로 두 사람을 더 옭아매려던 기현은 아쉬운 마음에 혀를 찼다. 기현은 살아있는 상태로 디타람브에 접속한 소감을 묻고 싶은 거 같았지만, 그보다 중요한 게 있었다.

"이제 정신 차려야지? 언제까지 넋 놓고 있을 거야. 찾아보라는 건 어떻게 됐어?"

민혁은 자신에게 질문을 던진 기현을 노려봤다. 기현과 그 뒤에 흰자위가 선득한 뱀눈을 가진 원진 모두 검은색 바람막이 점퍼 차림이었다. 민혁은 속에서 욕지거리가 튀어나왔지만, 내뱉지는 않았다. 이미 자신과 서진은 기현과 원진에게 약점이 잡혀 있었다. 안 그래도 위태로운 상황을 벼랑 끝으로 몰 필요는 없었다.

네 사람 모두 서로의 얼굴 정도는 알고 있었다. 모두 식량 출납 관리소에서 일했기 때문이다. 기현과 서진은 관리팀으로, 민혁과 원진은 용병으로 일했다.

식량출납관리소는 각 도와 광역시에 하나씩 만들어졌다. 서울에는 워낙 인구가 밀집해 있어 두 개나 건설됐다. 이마저도 부족했지만, 서울엔 식량출납관리소 추가 건설이 불가하다는 이야기가 무성했다. 지방으로 거주지를 옮기겠다는 사람들도 있었지만 어리석은 판단이었다. 배급받는 양은 어디든 같았기 때문이다.

출납관리소는 말 그대로 거대한 곡물창고였다. 그곳에서 각 시 혹은 군으로 매주 인구수에 비례해 식량을 조달했다. 그렇게 시에서는 시청, 군에서는 군청에서 일정한 주기에 맞춰 곡물을 배급했다. 배급하는 곡물은 콘밀이 압도적으로 많았다. 아이나 노인이 있는 가정에는 간혹 밀이나 쌀, 보리가 섞이긴 했지만, 상태가 좋지 않았고, 그마저도 쉽게 구할 수 없었다.

민혁이 이곳에서 일할 수 있었던 건 행운이었다. 카자흐스탄의 대도시 알마티 곡물창고에서 용병으로 활약했다는 사실을 어떻게 알았는지 출납관리소 관리직이 직접 연락해왔다. 조건이 끌리지는 않았지만, 그들의 제안을 거부할 수는 없었다. 아버지의 건강이 나빠졌다는 소식에 급하게 귀국한 터라 일자리가 막막했던 시점이었다.

사실 어느 정도 상황이 안정되고 출근 날짜가 되자 조금은 후회된 것도 사실이었다. 돌아오지 말고 남을 걸 그랬나 하고.

외국에서는 조금이라도 더 많은 식량을 확보하기 위해 국지전이 벌어지는 일이 허다했다. 그때 귀국하지 않고 버텼다면 살아 남았을까? 그러면 더 많은 수입을 챙겼을까? 그러나 도저히 그럴 수 없었다. 알마티에서 내전까지 겪었던 민혁이었지만 대규모 국지전이 벌어진다는 소식에는 두려움에 떨었다.

경기도의 곡물창고는 알마티의 곡물창고에 비하면 4분의 1수준이었다. 민혁이 관리소 전체 부지부터 드나드는 사람들의 수, 곡물들의 양과 종류까지 이틀 안에 전부 외울 정도였다.

출납관리소를 드나들기 위해서는 총 두 개의 검문소를 통과해야 했다. 검문소를 관리하는 팀은 총 일곱 팀이었고, 각 팀은 열다섯 명 정도로 구성됐다. 민혁은 그중 한 팀의 팀장직을 맡았고, 각 검문소는 혹시 모를 유착관계를 방지하고자 서로 다른 팀이 번갈아 근무했다.

출납관리소는 제일 바깥에 있는 검문소 일이 가장 분주했다. 드나드는 사람과 차량 식별 번호를 확인하고 곡물의 양과 종류가 정확한지 따지는 일이었다. 그러나 이조차 알마티에 있었을 때와 비교하면 민혁에게 다소 지루하게 느껴졌다.

한국은 총기가 유통되는 나라가 아니었고, 카자흐스탄처럼 위협적인 상황이 상대적으로 적었다. 간혹 곡물을 실은 컨테이너 차량을 호위하는 역할도 맡곤 했으나 탈취하려는 시도는 거의 없었고, 당연히 누군가를 사살할 일도 없었다.

그러던 어느 날, 출납관리소에 근무한 지 한 달쯤 됐을 때 관리팀 직원 하나가 대뜸 콘밀을 내밀었다. 가져가서 먹으라는 거였다. 얼핏 봐도 정부에서 주는 보급품과는 질이 달랐다. 검문소를 관리하는 팀장인 민혁이 콘밀을 들고 나가는 건 총을 쏘는 것만큼 쉬운 일이었다.

그 직원은 주기적으로 민혁에게 곡물을 내밀었다. 대부분 콘밀이었지만, 어떤 날은 보리였고, 가끔은 멥쌀을 주기도 했다. 그러면 아껴뒀다가 아버지가 투석 받고 온 날 마치 특식처럼 멥쌀로 밥을 했다.

민혁이 직원에게 이유를 묻지 않은 것처럼, 아버지도 민혁에게 어디서 났는지 묻지 않았다. 자신은 그에게 묻고 나면 다시는 먹지 못할 거 같아서였고, 아버지도 그런 이유로 묻지 않는다고 생각했다. 대신 아버지는 엿술을 만드는 방법을 알려줬다.

"과일이었으면 술 담그는 게 편할 텐데. 이렇게까지 번거롭지는 않았을 거다."

처음에는 원하는 만큼의 엿기름을 구하기 어려워 침을 이용했다. 침을 뱉을 때 민혁의 미간이 찡그려지는 걸 봤는지 아버지는 한마디 덧붙였다.

"네가 먹으려고? 이건 내다 팔아야지."

"밥 먹을 돈도 없는데, 누가 술을 사서 마시겠어요."

"네가 못 찾겠으면 이걸 갖다준 사람한테 다시 가져가 봐라. 돈은 못 받더라도 곡물은 더 받을 수 있겠지."

결과적으로 아버지의 말이 맞았다. 민혁은 그날부터 주기적으로 콘밀을 받았다.

멥쌀은 애초에 가져올 수 있는 양이 적어 그걸 주원료로 사용할 수는 없었다. 멥쌀로 쌀 술을 만들고, 콘밀로 옥수수엿이 되기 직전까지 만들어 둘을 한데 섞었다. 위에 뜨는 맑은 걸 병에 담고, 남은 찌꺼기에 물을 부어가며 걸러내면 막걸리가 됐다.

관리팀 직원에게 완성된 엿술과 막걸리를 모두 건네자 그는 자신의 이름을 알려줬다.

박서진.

6개월 만에 처음으로 알게 된 그의 이름이었다. 그리고 지금은 이렇게 같이 쫓기다 붙잡힌 신세가 됐다.

"우릴 쫓던 놈들이 있었어."

서진이 자신을 향해 겨눈 블레이저 사의 소총에 눈을 떼지 못한 채 우물거렸다. 디타람브에 들어갈 때 기현과 원진은 추적자들에 대한 정보를 주지 않았다.

"그래서?"

원진은 대수롭지 않게 대꾸했다.

"그런 놈들이 있을 거라고 이야기를 해줬어야지!"

민혁도 소리를 질렀다.

"어떤 놈들인지는 모르겠지만."

기현은 의아하다는 듯 조용한 목소리로 민혁에게 물었다.

“알마티 곡물창고에서도 일했고, 그전엔 인천공항에서 테러 진압팀으로 활약했다고 들었거든? 하도 술을 마셔대서 몸이 둔해진 거야, 아니면 원래 둔한 몸으로 용병 흉내를 냈던 건가? 여러모로 실망인데.”

기현이 잔에 술을 따른 뒤 이리저리 살펴봤다. 전등에 비춰보기도 하고, 냄새를 맡기도 했으며, 혀를 살짝 갖다 대보기도 했다. 그러다 인상을 잔뜩 찌푸렸다. 그는 잔을 도로 식탁에 내려놓고 개수대에서 더러운 걸 씻어내듯 수도꼭지를 틀어 입을 헹군 뒤 여러 번 침을 뱉었다.

“신기하지. 이게 뭐가 좋다고 찾는 걸까? 마셔본 적 있어?”

기현이 원진에게 물었다. 원진은 고개를 가볍게 저었다.

“팔려고 만들었으니 당연히 맛을 봤을 텐데. 정말 본인들은 맛을 확인할 때 제외하고 한 잔도 마시지 않았을까?”

“마신 적 없어.”

민혁은 술을 생각보다 오랫동안 만들었음에도 한 잔을 다 마셔본 적이 없었다. 딱히 이유는 없었다. 술에서 맛을 느낄 수 없었다는 게 가장 적당한 이유였다. 맛이 좋지 않다는 뜻이 아니라, 아무 맛도 느껴지지 않았다. 게다가 민혁에게 술은 곧 돈이었다. 그래서였을까, 맛을 확인하기 위해 홀짝일 때도 깔끔하게 내려가지 않고 항상 목구멍에 이물감을 남겼다.

“그럼 술도 안 마셨는데 내 동생을 찾기는커녕 엄한 놈들이랑

뒹굴다 왔다는 거네?”

기현의 목소리가 들릴 듯 말 듯 작아졌다. 다소 가볍고 발랄하던 태도도 사그라들었다.

“잠시 후퇴. 후퇴 몰라?”

민혁이 짜증을 내며 말했다.

“거기 자빠져서 누군지도 모르는 놈들한테 정보 뱉어내면 우리가 손해야? 잘나신 계획 가지신 당신들 손해잖아. 내 말 틀려?”

“다시 들어갔다 와. 시간은 얼마든지 있으니까.”

“방금 그 꼴을 보고서도 또 들여보내겠다고? 이게 죽인다는 거랑 뭐가 달라?”

서진이 어이없다는 투로 말했다. 민혁을 두둔하느라 한 말이었으나 서진은 그 순간 자신에게도 피로가 더께처럼 내려앉는 게 느껴졌다.

서진이 곡물을 빼돌리고 민혁이 밀주를 만들어 뒷돈 챙긴다는 걸 제일 먼저 알아챈 사람이 기현이었다. 서진은 이대로 윗선에 보고돼 목숨을 잃는 자신을 떠올렸다. 서진은 술을 맛본 사람 중에 자신을 감싸줄 사람을 떠올렸으나 그런 사람의 도움을 받는다고 달라지기엔 죄질이 너무 컸다.

처음엔 단순한 호의였다. 남은 곡물을 본인이 먹을 수도 있었지만, 혼자 살게 되니 식욕이 돌지 않았다. 우연히 민혁의 아버지가 편찮으시다는 이야기를 들었고, 그에게 남은 곡물을 몇 번 제공한 게 이렇게 화근이 될 줄은 몰랐다. 그가 처음에 술을 만들어 왔을 때, 그리고 그 술이 꽤 돈이 됐을 땐 그저 뜻밖의 행운을 잡았다 생각했을 뿐이었다. 디타람브로 떠난 아내의 유지비에 한결 도움이 됐으니까.

"내 부탁이 그렇게 어렵지는 않았던 거 같은데."

간단하긴 했다. 기현의 부탁이란 디타람브에 아레나라는 곳이 있고, 자신의 동생이 그곳에 있으며, 아레나에서 또 다른 차별이 벌어지고 있으니 그 증거를 입수해오라는 거였다.

그는 그 일을 폭로해 배후에 누가 있는지 샅샅이 밝히고 투명하게 공개할 계획이라고 했다. 동생의 행방과 차별 증거를 가져오면 밀주를 만들어 부당한 이득을 취한 사실을 눈감아주겠다고 했다. 기현의 표현으로는 일종의 거래였으나, 총구를 들이대고 하는 거래는 그저 일방적인 협박에 지나지 않았다.

기현은 동생이 살고 있을 오피스텔의 주소를 알려줬다. 아레나와 관련된 구체적인 정보를 모르니 동생의 오피스텔에서 정보를 얻어보라는 식이었다. 시간이 빠듯하긴 했지만, 불가능한 시도는 아니었다. 물론 어디까지나 방해자들이 없다는 전제하에 가능한 이야기였다.

기현의 말이 끝나기 무섭게 원진이 서진의 이마에다 다시 총구를 겨눴다. 순간적으로 서진의 어깨가 움츠러들었다.

"총구 치워. 일하지 말까?"

서진과 달리 민혁은 조금도 겁먹지 않은 거 같았다. 눈을 치켜 뜨고 원진을 빤히 노려봤다.

"오, 그러니까 지금 바로 들어간다고?"

"총구 들이미는 옛 동료보다야 덩치들 만나는 게 훨씬 나으니까."

"현명한 선택……."

"약속이나 지켜."

기현의 말허리를 자르며 민혁과 서진은 각자 머리에 접속구를 썼다. 눈을 감았지만, 조금 전 보고 있던 건물 내부와 관리자, 그리고 원진이 생생하게 보였다.

이어 거울이 깨지는 듯한 효과와 함께 눈앞이 일그러지고 틈새로 빛이 새어 나왔다. 실제가 아닌 걸 알고 있지만, 민혁은 이 순간이 상당히 불편했다. 빛이 모든 걸 집어삼키고, 눈을 떴다.

익숙한 장소였다. 처음 들어왔을 때와 같은 장소, D4 구역의 건물 뒤뜰이었다.

"덩치들이 또 언제 나타날지 모르니 서두르죠."

민혁이 주위를 살피며 후드를 뒤집어썼다. 거리는 한산했지만, 긴장을 늦출 수 없었다.

"시간이 많지 않으니 흩어지는 게 빠르겠어요. 밖에 있는 놈들을 완전히 믿을 수도 없고, 어디서 어떻게 지켜볼지도 모르니까. 일단 내가 관리자가 준 주소로 가서 정보를 찾아볼 테니, 민혁 씨는 아레나에서 찾는 시늉만……."

서진이 민혁을 보며 계획을 말했다.

"찾는 시늉? 단어 선택이 썩 마음에 들지 않는데. 혹시 조금 전 덩치들 때문에 그렇게 이야기하는 겁니까?"

서진은 어떠한 의도를 가지고 말을 꺼낸 게 아니었다. 그렇기에 민혁이 대뜸 화를 내는 상황이 이해되지 않았다. 서진은 그저 이 지겹고 위험한 접속을 빨리 끝내고 싶은 심정이었고, 한편으로는 디타람브로 이주한 아내 역시 차별을 겪고 있지는 않은지 걱정될 뿐이었다.

"당신을 존대했던 건 내게 곡물을 제공한 시발점이 아량이었기 때문입니다. 그리고 그건 방금 끝났어."

민혁이 눈썹을 긁으며 미간을 찌푸렸다. 서진에겐 민혁의 윽박이 고압적으로 느껴지지 않았다. 다만 그 짜증스러운 말에 초조한 기색이 묻어나서 오히려 불안했다.

그가 알기로 민혁은 부적합 판정자였다. 그런 상태라면 접속구를 이용해 디타람브에 머무를 시간이 길지 않다. 그 안에 동생의 행방을 찾고, 아레나의 정보를 얻으려면 이번 한 번으로 끝나지 않을지도 모른다. 민혁은 혼자 움직여서 가능할 거라고 판단했다면 진작에 혼자 움직였을 사람이다. 그렇지 않았다는 건 서진 본인이 반드시 필요하다는 의미였다.

서진은 불현듯 자신들을 쫓던 덩치들의 정체가 궁금해졌다. 기현도 그들에 관해서는 모르는 듯했다. 그도 그럴 게 동생과 관련된 일을 맡겨놓고 사람들을 풀었다고 생각할 수도 없었다. 그렇다면 그 아레나라는 곳과 관련된 사람들일까.

“왜? 내가 아직도 당신 아랫사람 같아? 당신이 밀주를 들키지 않았다면 지금도 여전히 아랫사람이었을지 모르지. 호의에 감사하고 있었을 테고.”

디타람브에서 무사히 일을 마치고, 거래가 성사된다 해도 퇴사해야 한다는 게 기현의 조건이었다. 그건 오늘 마주하는 게 마지막 만남이라는 뜻이었다. 물론 기현이 원하는 정보를 손에 들려줬을 때의 이야기였다.

“어차피 우린 둘로 갈라져야 합니다. 조금 전처럼 덩치들이 등장하면 민혁 씨가 그들을 상대하거나 따돌릴 수 있겠지만, 가뜩이나 부족한 시간만 잡아먹을 테고, 민혁 씨가 나간 뒤에 나 혼자 진행하자니 놈들에게 몸을 제때 숨기지도 못할 테니까 둘이 같이 있을 때 빠르게 정보를 취합하려면 그게 최선이겠죠.”

서진이 민혁을 달래듯 말했다. 하지만 민혁은 서진의 생각 따위 안중에도 없다는 듯 손을 저었다.

“정말 그게 전부야?”

“무슨 뜻이죠?”

“다른 뜻이 없냔 말이야.”

민혁의 물음에 서진은 저항할 뜻이 없다는 듯 가볍게 숨을 뱉었다.

“이렇게 된 마당에 툭 터놓고 이야기하죠. 관리자 동생이 살고 있다는 오피스텔 근처가 내가 살던 집입니다. 알고 있을지 모르겠지만, 아내가 디타람브로 이주했고요. 실례인 줄은 알지만, 오피스텔을 확인한 뒤 아내에게 다녀올까 합니다. 늦거나, 피해주는 일은 없을 거예요.”

서진의 문장엔 한숨이 섞였고, 머뭇대며 나온 목소리는 곤란해 하는 거 같기도 했다.

“조금 전에 본인 입으로 시간 없다고 했는데, 따로 아내를 만나고 오시겠다?”

“시간이 모자라면 당연히 들르지 않을 겁니다. 약속할게요.”

머릿속에서 알람이 울려 접속 가능 시간이 90분 남았다고 알려줬다. 90분을 넘긴다면 부적합 반응이 나타날 터였다. 시간이 없었다.

“좋아요. 간단한 일 복잡하게 만들지 맙시다. 그럼 당신 말대로 둘로 갈라져요. 반드시 오피스텔 먼저 가야 합니다. 아내는 시간이 남으면 그때 찾아보시든지.”

민혁은 입술을 깨물면서도 짐짓 여유로운 표정을 지었다. 앞선 이야기들이 전부 없었던 것처럼 서진을 향해 피식 웃었다.

“안 갈 겁니까? 다시 말 높여주잖아요. 좋게 좋게 갑시다.”

“그런데 아무리 생각해도 이상하지 않습니까?”

"뭐가 이상한데요?"

민혁이 서진의 눈에 서린 의구심을 읽어냈다.

"애초에 관리자, 그러니까 기현 씨의 부탁이 거짓이라면요?"

"그렇게 생각하는 이유가 있습니까?"

"혹시 접속구를 이전에도 본 적 있어요? 난 이번에 처음 봤습니다. 디타람브에 들어갈 수 있는 다른 방법이 있는 줄 몰랐어요. 디타람브에 있는 가족이 어떠한 차별을 받고 있다, 그게 사실이든 아니든 그런 의혹만으로도 움직일 사람이 많을 겁니다. 디타람브에 불만을 가진 사람은 많으니까요."

대다수는 디타람브를 환영했지만, 모두가 그런 건 아니었다. 민혁과 같은 부적합 판정자, 유지비를 내지 못해 들어갈 수 없는 사람들, 과학 기술을 불신하는 사람들은 널리고 널렸다. 아예 조직적으로 음모론을 만들어 유포하는 무리도 있었다. 디타람브로 들어가는 게 사탄의 표이며, 인구를 조절하기 위한 계략이라는 이야기는 디타람브 초창기부터 꾸준히 회자되곤 했다.

"확인할 방법이 없으니까요. 디타람브에 들어가면 아예 연락이 끊기지 않습니까. 음모론자들의 단순 공작에 불과하다고 이야기하면 반박할 말이 없잖습니까?"

"그러니까 사람들을 더 끌어모을 수 있겠죠. 하다못해 지금 우리처럼 들어오지는 못하더라도 가족들과 연락을 취할 수 있게끔 시스템을 개선하는 정도로 바꿀 수는 있을 겁니다. 그런데 쉬운 길을 택하지 않고 굳이 어려운 길을 택한 거잖아요. 그것도 어떻게 보면 불확실한 길을 선택한 거죠."

"당연한 거 아닙니까? 이쪽이 위험한 만큼 결과가 빨리 나올 테니까요. 시스템 개선이 이뤄질지 확실치도 않고요.

민혁이 서진을 잠시 바라보더니 고개를 갸웃거렸다.

"그 사람이 무슨 생각인지는 모르겠지만, 내가 보기엔 아주 허튼소리 같지는 않습니다. 우리를 잡으려던 덩치들을 생각해보면 말이죠. 물론 그가 이야기한 아레나와 별개의 문제일 수 있지만, 그건 그것 나름대로 문제가 되겠죠."

"그러니까 민혁 씨는 기현 씨 말을 믿는다는 이야기네요?"

"그가 거짓말까지 해가면서 우리를 이곳에 보낼 이유가 있습니까? 생각해봐요. 어떤 식으로든 디타람브에 들여보낼 명분은 충분합니다. 우리의 약점을 잡았으니까요."

"기현 씨는 명확한 증거를 확보하기 전까지 사람들에게 이야기하지 못했을 겁니다. 어쩌면 처음부터 이야기할 마음이 없었을지도 모르죠."

"그렇게까지 확신하는 이유는 뭐죠?"

"실은 기현 씨한테 동생이 없다면요?"

민혁이 걸음을 멈추고 서진을 돌아봤다.

"그게 무슨……."

"난 인사팀에 있었어요. 지금에 와서 의미 없는 말이지만 민혁 씨의 경력을 보고 윗선에 추천한 것도 저고요. 그게 무슨 뜻인지 알겠습니까? 내가 출납관리소에 등록된 인물들의 개인정보를 적어도 한 번씩은 봤다는 뜻이에요."

"개인정보가 거짓일 경우도 있잖습니까?"

"민혁 씨도 알겠지만, 출납관리소에 들어오는 사람들은 검증을 까다롭게 합니다. 건물 내부에서 근무하는 사람은 물론, 컨테이너 차량 기사들까지 관리해요. 거짓일 리 없습니다. 기현 씨는 동생이 없어요. 내 기억엔 외동이었습니다."

"서진 씨의 기억이 잘못됐을 경우도 있잖습니까?"

"출납관리소는 주기적으로 직원들의 정보를 갱신합니다. 그래서 오래된 직원들의 정보를 전부는 아니더라도 가족 관계 정도는 알 수밖에 없어요. 더군다나 디타람브에 들어간 가족이 있다면 기억할 수밖에 없습니다. 이제 좀 믿음이 갑니까?"

민혁의 얼굴이 미묘하게 변했다. 서진은 잠시 뜸을 들였다가 말을 이었다.

"그는 민혁 씨 말대로 우리에게 아무 이유도 대지 않고 디타람브에 들여보내서 아레나에 관해 알아보게 할 수 있었어요. 싫다고 해도 약점을 잡고 있으니 우린 할 수밖에 없었겠죠. 그런데 굳이 동생이라는 거짓말을 만들어낸 이유가 이해 안 되는 겁니다."

"그걸 이제 이야기하는 이유는 뭡니까?"

민혁은 불만이 가득한 얼굴로 쏘아붙였다.

"말할 기회도 없었고, 믿어야 할지 확신도 없었고."

"지금은 확신이 생긴 겁니까? 대체 뭘 보고?"

"관리자와 모종의 거래가 있었다면 이 자리에서 굳이 언성을 높이진 않았겠죠."

서진은 민혁의 얼굴을 물끄러미 봤다.

"남한테 목숨 맡길 만큼 허술한 사람 같지는 않아서. 겁이 많다고 해야 하나, 대범하다고 해야 하나. 뭐가 됐든 마음에 드는 걸로 받아들여요."

서진이 다소 과장되게 어깨를 으쓱했다. 잠자코 듣던 민혁이 말했다.

"일단 지금 상황만으로 그들의 의도를 파악하자면 몇 가지 가능성을 제시할 수 있겠어요. 첫 번째, 누군가의 손을 빌려 우리를 처리하려는 경우인데, 이건 가능성이 가장 낮죠. 없다고 할 수는 없지만, 굳이 쉬운 일을 복잡하게 만들 필요는 없으니까요."

"……."

디타람브 바깥, 즉 현실에서 '실종'이란 단어는 사어(死語)에 가까웠다. 주변에 말도 없이 갑자기 사라지는 이들은 늘 있어 왔고, 웬만하면 그들을 애써 찾으려 하지 않았다. 경찰을 호출하면 디타람브에 들어갔을지 모른다며 수사를 흐지부지 미뤘다.

"두 번째, 우리에게 아레나를 인지시키고자 디타람브에 접속을 유도한 경우를 생각해볼 수 있을 겁니다."

“대체 아레나가 뭐길래 그러는 걸까요? 우리를 들여보낸 걸 보면 아레나에 대한 정보를 어느 정도는 가지고 있는 걸까요?”

“현재로선 그들도 정확히는 모른다고 봐야겠죠.”

“참나, 첨병(尖兵)으로 쓰는 것도 아니고.”

“첨병……으로 쓴다. 그 말이 맞을 수도 있겠어요. 그들도 아무것도 모른다면 가능한 이야기니까.”

민혁이 서진의 말을 천천히 따라 했다.

“듣던 중 반가운 소리네요.”

서진이 쏘아보자, 민혁은 애써 무시하며 마지막 경우의 수를 내뱉었다.

“마지막 세 번째, 찾는 인물이 친동생이 아닐 뿐 실제 존재하는 사람일 경우예요.”

마지막 문장을 듣는 서진의 한숨이 깊었다.

“친동생은 아니고, 중요한 인물은 맞는데 자신들이 들어가긴 위험하니 때마침 걸려든 우리를 시켰다고 보는 거죠?”

“네.”

민혁이 짧게 대답했다.

“이제 어떻게 하면 좋을까요? 그냥 시간 끌면 되려나?”

“나가서 총 맞고 싶어요?”

두 사람 사이에 어색한 웃음기가 떠올랐다. 그럴 의도가 아니었지만, 비스듬히 올라간 입꼬리가 서로를 긴장하게 했다. 다소 무기력하게 느껴졌고 초조함과도 비슷해 이내 씁쓸해졌다.

"그가 굳이 거짓말을 하는 이유는 알 수 없지만, 이대로 가다간 끝없이 이용당하다가 버려질 겁니다. 우리는 없는 동생의 단서를 찾아야 하니까. 이유가 뭐가 됐던 우리에게 좋은 쪽은 아니겠죠."

"그럼 디타람브에서 벌어진다는 일도 다 거짓일 가능성이 크겠네요."

"그쪽은 아직 확신할 수 없습니다. 정보가 너무 없어요."

이 시점에서 할 수 있는 행동은 정해져 있었다.

"일단 움직입시다. 움직여야 단서를 얻을 수 있으니까요. 나는 기현 씨가 알려준 오피스텔로 가볼게요. 누굴 찾는지 단서는 얻을 수 있겠죠. 사람을 찾는 게 아니라면 골치 아프지만. 일단 방법이 없잖아요."

민혁은 고개를 끄덕였다. 툴툴대긴 했지만, 현재로서는 이렇게 움직이는 편이 효율적이라는 걸 인정할 수밖에 없었다.

민혁은 서둘러 아레나가 있을 확률이 유력하다던 추팔산업단지 뒷골목으로 향했다.

2

서진은 도로변을 가로질러 웃자란 관목들을 헤쳐 나갔다. 그 사이로 잔디가 듬성듬성 자란 샛길이 쑥 튀어나와 있었다.

기현이 알려준, 동생이 살고 있다는 주소로 향하려면 자신과 아내 수영과 살던 집과 반대 방향으로 움직여야 했다. 거리로 따지자면 그다지 먼 거리는 아니었지만, 시간이 촉박했다.

디타람브로 이주한 아내의 안위가 걱정된다고 민혁에게 변명했지만, 사실 수영을 마주하는 게 겁났다. 기현의 말에 거짓이 섞였을지언정 사실이라면? 그의 말대로 디타람브에 구조적인 문제가 존재한다면 수영에게 나와야 한다고 말할 수 있을까?

현실에서 서진과 아내 수영이 자리 잡은 보금자리는 흔히들 이야기하는 구축 아파트였다. 평수가 넓지 않았고, 인테리어도 썩 마음에 들지 않았지만, 자금 사정이 허락하는 최대치였다. 이 가격에 이만한 집 구하기 힘들다는 부동산업자의 말과 리모델링을 원하면 잘 아는 업체도 연결해주겠다는 이야기에 선뜻 결정했다. 사실상 선택지가 없었다는 말이 적절했다.

살다 보니 리모델링은커녕 온갖 생활 소음으로 문제를 제기한 적이 한두 번이 아니었지만, 나아질 기미가 보이지 않았다. 마음 같아서는 다른 곳으로 이사하고 싶었지만, 그럴 수도 없었다. 크게는 급격하게 진행된 기후 위기와 식량 공급 불안정으로 야기된 국제 정세 불안정, 작게는 수영의 정리해고 등등이 겹친 탓이었다. 누군가 시샘하기라도 하듯 삶에 균열이 졌다. 손에 쥔 걸 지키고 서 있는 것도 힘든 시기였다.

그렇게 아등바등 지탱하던 삶을 기어코 무너뜨린 건 예상치 못한 사고였다.

수영이 운전하던 전기차가 가드레일을 들이받은 뒤 화재가 발생했고, 빠져나오기도 전에 큰 폭발을 일으켰다. 서진은 의료진에게 매달리며 목숨만 살려달라고 빌었다. 그러나 간신히 죽음의 경계에서 돌아온 수영에게 서진은 고맙다는 말을 들을 수 없었다. 수영은 전신 3도 화상, 부분 4도 화상을 입어 오른쪽 발가락과 오른손 약지 및 검지를 절단했으며, 매일 밤 환상통으로 울부짖었다.

수영의 비명은 밤낮을 가리지 않고 울려 퍼졌다. 이웃한 주민들이 항의할 때마다 서진은 죄인처럼 사정했다. 지치지 않은 사람이 없었다. 수영의 성대가 망가지면서 그녀의 울음은 짐승의 울부짖음처럼 변할 정도였고, 서진의 일상은 무너져 내렸다.

주민들이 참아주는 것에 대한 고마움보다는 따가운 눈초리에 대한 원망만 부풀어 올랐다. 때로는 수영마저 미워졌다. 불행의

씨앗이 삶의 텃밭에 뿌리 내려 괴로움의 검은 꽃무덤을 피워냈다. 이해하는 것도, 이해받기도 어려운 시간이 계속됐다.

수영의 비명이 만성화되고 서진의 삶이 완전히 깨져버리기 직전, 디타람브가 출시됐다. 수영은 사고 이후 처음으로 기쁜 듯 서진에게 말을 걸었다.

"저기로 보내줘. 나, 여기서 벗어나고 싶어."

세 손가락만 남은 오른손으로 화상 입은 몸을 툭툭 치며 수영은 오랜만에 웃어 보였다. 그러다가 울었다. 서진이 자신의 부탁을 들어주지 않을세라 큰소리 내지 않고 조용히 울었다.

서진은 지쳐 있었고, 수영의 부탁에 일말의 부끄러움이 박힌 안도감을 느꼈다. 수영은 디타람브로 이주하기 전 몸을 폐기하길 원했지만, 서진은 왠지 모르게 거부감이 들었다. 얼마나 괴로워했고, 스스로 경멸했는지 지켜봤으면서도 이유 모를 불안감이 서진을 망설이게 했다. 끝내 서진은 수영의 몸을 폐기하지 못했다.

서진은 언제부턴가 최악의 상황을 가정하는 버릇이 생겼다. 지금도 변명처럼 설득할 생각만 하고 있다는 생각에 수영의 얼굴을 볼 면목이 없었다.

기현이 말한 동생의 오피스텔은 크기가 작았지만 깔끔했다. 현실 그대로 반영한다는 디타람브의 특성상 실제 건물도 괜찮은 축에 속할 거다. 이곳에서 아레나의 위치를 특정할 만한 정보를 얻을 수 있을까.

서진은 엘리베이터를 타고 6층으로 올라갔고, 내려서 왼쪽으로 꺾어 바로 보이는 첫 번째 집 앞에 섰다. 현실이었다면 남의 집 문을 함부로 열어보는 일은 하지 않았겠지만, 디타람브라는 공간이 서진의 의외성을 끌어냈다.

서진이 현관 손잡이를 잡자마자 문이 저절로 열렸다. 아니, 열린 게 아니라 누군가 안에서 밖으로 나왔다.

익숙해지고 싶지 않은 덩치들이었다.

* * *

생각해보자면 기현과 그가 내민 사진 속 동생이라는 사람은 닮은 점이 없었다.

굳이 닮은 점을 찾자면 얼굴 길이가 짧다는 것뿐이었고, 기현과 달리 사진 속의 동그랗고 앳돼 보이는 얼굴은 유달리 희고 창백했다. 열다섯쯤이나 될까. 문득 이름이 궁금해졌다. 서진의 말대로 동생이 아니라면 이 앳된 소년은 누구일까. 이 소년을 찾으면 아레나와 가까워지게 될까. 신상을 안다고 해서 디타람브에서 사람 찾는 게 더 쉬워질 리는 없지만, 이런 식으로 구체화시켜보는 건 일종의 버릇이었다.

죽은 사람의 이름이 궁금하지는 않으니 이름이 궁금하다는 건 그가 어디에선가 숨 쉬며 살아 있기를 바라는 마음이었고, 동시에 이런 세상에 존재하는 게 얼마나 힘든 일인지 알고 있다며 마치 관련 없는 사람인 양 연민하는 마음이었다. 연민의 끝에는 항상 자신이 있다는 걸 민혁은 스스로 알고 있었다. 종잡을 수 없는 생각에 질겁한 민혁은 애써 생각을 흩어놓았다.

디타람브가 게임이었다면 '친구 찾기' 기능으로 쉽게 찾았을 테지만, 용도가 도피처에 가까웠던 터라 가능한 많은 사람을 이주시키기 위해 다른 기능들은 거의 없다시피 했다.

다행인 건 캐릭터 커스텀이 안 된다는 점일까. 디타람브에서는 편의와 만족을 위해 과거 건강했던 신체로의 복원 정도는 가능했지만, 신원 확인이 어려울 정도로 몸을 바꾸기는불가능했다.

외형 변경이 심하지 않다는 점은 사람을 찾아야 하는 입장에선 정말 다행인 일이었다. 머리나 옷뿐만 아니라 피부색까지 제 기분대로 바꿀 수 있었다면 찾는 일 자체가 엄두도 나지 않았을 거다. 더군다나 창백할 정도로 희고 앳된 얼굴은 나쁘게 말하면 이목구비가 뚜렷하지 않아 주의 깊게 보지 않으면 쉽게 놓칠 수 있었으니까.

추팔산업단지에 들어서자 황량한 거리가 보란 듯이 펼쳐졌다.

노후되고 열에 달떠 균열이 생긴 도로, 그 사이를 파고들며 피어난 누렇고 푸른 잡초들이 무성했다. 민혁은 추팔산업단지에 와 본 적이 없었다. 간혹 밀주 거래 장소를 추팔산업단지로 정한다는 이야기를 듣긴 했으나 그뿐이었다. 왠지 모르게 꺼려졌던 게 사실이다. 수년 전 일이었지만, 재앙에 가까웠던 화재 사고로 인해 잠시나마 지역 전체가 통제됐던 적이 있었으니까.

화마(火魔)의 자취가 스며든 건물은 시간이 눌어붙은 듯 잔뜩 우그러진 모습 그대로 붙잡혀 있었다. 디타람브에서 굳이 이 외관을 유지하는 이유에 대해 의문이 들었지만, 예전 모습을 기억할 수 없기 때문일지도 모른다는 그럴듯한 생각이 떠올랐다.

한때 시민들 수천 명은 거뜬히 먹여 살렸던 산업단지가 현재는 방치돼 아무도 찾지 않는 허전한 공간이 됐다. 새벽까지 돌아가던 공장은 불빛을 거의 잃었고, 일자리를 잃은 대다수는 다른 곳으로 떠나갔다. 물론 여전히 머물러 있는 사람들도 있었다. 다른 곳으로 떠나도 상황이 나아지지 않는 사람들, 하루 벌지 못하면 다음날을 기약할 수 없어 떠날 시간조차 낼 수 없는 사람들. 그들이 추팔산업단지에 마지막 남은 불빛을 꺼뜨리지 않고 지켜내고 있었다.

산업단지 인근 상가 건물들 역시 세월의 여파로 칙칙한 콘크리트의 물성을 그대로 드러내고 있었다. 그 덕에 생경할 줄 알았던 장소가 외려 익숙했다. 건물들의 높낮이가 조금 다를 뿐 요샌 어느 구역을 가나 비슷한 풍경이었다. 다만 닭장처럼 빽빽해 흡사 미로를 떠올리게 하는 골목은 민혁에게도 생소했다.

주변의 건물, 담의 높이, 전신주 등으로 한두 번 헤매더라도 금방 위치를 특정할 수 있는 다수의 구역과 달리, 추팔산업단지 경계선을 넘어서자 유달리 길이 좁고 구불거렸다. 산업단지를 바라보며 살던 이곳 주민들도 재난구역에 묶여 통제당했다고 들었다. 이곳에 격리된 채 할 수 있는 일은 무엇이었을까. 재난민으로 분류돼 고립된 채 혐오의 파고를 겪어내는 일? 그들은 전 세계가 재난을 겪고 있는 지금이 더 낫다고 여길까.

"당장 이곳에서 나가!"

민혁은 느닷없는 큰 소리에 깜짝 놀라 뒤돌아봤다.

"영원한 불구덩이로 떨어지고 싶지 않으면 당장 이곳에서 나가라고."

젊은 남자가 정확히 민혁을 가리키고 있었다. 착각이라 할 수도 없었다.

애초에 사람이 없는 거리였다. 그를 무시한 채 지나칠 수 있었지만, 시간이 없었고 마음이 조급했다. 그가 뭔가를 알고 있고, 순순히 대답해 줄 거라는 생각보다는 무모하게 길을 헤매는 것보다 나을 것 같다는 판단에서였다.

억센 목소리와 달리 무미건조한 남자의 눈빛도 민혁의 시선을 사로잡았다. 되는대로 손질한 듯 보이는 뻗친 머리의 남자는 오래된 질감까지 구현해 낸 형형색색의 커다란 판초를 입고 있었다. 판초가 얼마나 거대했던지 사이사이 드러나는 팔다리가 더욱 앙상해 보였다.

사랑하는 자들아

영을 다 믿지 말고

오직 영들이 하나님께 속하였나 시험하라

많은 거짓 선지자가 세상에 나왔음이니라

그가 들고 있던 피켓에는 성경 구절이 쓰여 있었는데, 네온사인처럼 빛나고 있었다.

"디타람브가 우리를 구해줄 거 같아? 다타람브는 성경에서 이야기하는 사탄의 표야. 이제라도 알았으면 얼른 나가라고."

남자는 누런 이빨을 드러내며 과장된 몸짓으로 피켓의 '거짓 선지자'를 가리켰다.

민혁은 이렇다 할 대답을 하지 못했다. 대답을 고민한 건 아니었다. 고작 남루한 선지자의 행색을 한 이의 말을 듣고 기현의 문제 제기가 그럴듯하다는 생각이 든 자신이 기가 막혀서였다.

괴팍한 선지자는 대답을 기다리지 않았고, 떠날 듯이 곧장 돌아섰다.

"당신은 안 나갑니까?"

민혁이 물었다. 그러자 그는 기다렸다는 듯이 몸을 돌려 민혁에게 다가왔다. 잊은 게 갑자기 떠오른 듯 과장된 몸짓이었다.

"하나님에게 받은 나의 사명이다. 아무것도 모르는 어린 양들을 위해 목자가 되라는 계시를 받았지. 이곳에 있는 모두를 내보낸 뒤에야 비로소 내 차례가 될 것이다."

그는 양팔을 벌린 채로 허공을 응시했다.

무미건조했던 선지자의 눈빛에 처음으로 생기가 돌았다. 자신을 정말 선지자 혹은 구세주라고 생각하는 걸까.

"내가 배움이 짧긴 하지만, 적어도 내가 아는 선에서는 말이죠. 불구덩이라는 단어는 여기보다는 바깥쪽이 더 어울리는 거 같은데요. 당신의 믿음은 사람들이 죽든 말든 상관없다는 겁니까?"

"이런 무지몽매한 어린 양 같으니. 죄 많은 육신의 삶을 지속하기 위해 영혼을 지옥에 내던지겠다는 거냐? 응? 진심으로 그렇게 하겠다고? 오, 눈먼 자여."

선지자가 안타깝다는 듯 민혁의 손을 잡았다. 그 순간 민혁은 선지자와 눈을 마주칠 수 없었다.

전 세계적인 위기가 닥쳤을 때, 으레 그렇듯이 수많은 사이비 종교가 생겨났다가 금세 사그라들었다. 실재하는 위협 앞에 눈에 보이지 않는 믿음을 들이대기란 어려운 일이었다.

그마저도 디타람브의 등장 이후엔 대부분이 조롱 속에 자취를 감추었지만 나름의 의미를 부여해 끈질기게 살아남은 이들도 존재했다.

민혁이 식량출납관리소에 고용돼 일하기 전, 계약직으로 떠돌며 용병 생활할 때만 해도 과격한 종교단체를 여럿 접했다. 그중 공항 폭탄테러를 일으켰던 한 단체가 유독 뇌리에 남았다. 자살

폭탄테러였다.

탑승 수속장 근처의 첫 번째 폭발 이후 곧바로 스타벅스에서 폭발음이 이어졌다. 폭발음에 밀려 경보가 뒤늦게 울리기 시작했을 땐 인천공항 테러 대응팀에 소속돼 있던 민혁과 동료들이 이미 현장으로 급박하게 뛰고 있었다. 공항 내 기물들은 물론, 폭발의 여파로 유리창들도 산산이 조각난 상태였다. 사람들은 겁에 질려 웅크리고 있거나, 피를 흘렸으며, 피를 뒤집어쓴 채 움직이지 않는 사람도 있었다.

공항 내 CCTV의 도움을 받아 수색 끝에 또 다른 거수자를 사로잡았고, 그 역시 폭탄을 몸에 두르고 있었으나 불발돼 터지지 않았음을 확인한 뒤 순차적으로 제거 절차를 거쳤다.

몇 명이나 더 있냐는 물음에 테러리스트는 입을 굳게 다물었다. 폭발물을 테러리스트의 몸에서 제거했을 때, 김포공항역과 계양역에서도 폭탄테러가 발생했다는 소식이 들려왔다. 테러 대응팀 일행들의 얼굴이 심각해지자 테러리스트는 소리 내 웃었다. 그제야 그는 입을 열었다.

"디타람브는 아무것도 변화시키지 않는다."

그는 빨갛게 충혈된 눈으로 요원들 하나하나 시선을 마주치며 몇 번이고 반복해 말했다.

이후 김포공항역에서 겁에 질려 차마 폭탄을 터뜨리지 못한 테러리스트를 잡았다는 소식이 전해졌다. 연행 중이던 테러리스트는 테러 대응팀의 행동 변화를 눈치채고 즉각적으로 욕설을 내뱉었다. 다들 그에게 시선이 쏠렸을 때, 민혁의 동료 중 한 명이 떠들어대던 테러리스트를 쏴버렸다. 순식간에 벌어진 일이었다.

인천공항에서 사살당한 자가 교주라고 밝혀진 점이 문제였을까. 아니면 그저 총기를 사용한 게 문제였을까. 그도 아니면 책임을 회피할 명분이 필요했을까. 결국 재계약은 불발됐다.

동료는 미안하다는 말이 없었고, 민혁도 별달리 할 말이 없었다. 자택에 도착하니 인천공항에서 벌어진 연쇄폭탄테러로 자폭테러리스트 2명을 포함해 25명이 사망했고, 119명이 중경상을 입었다는 소식이 뉴스 채널에서 흘러나왔다.

계양역과 김포공항역에서 벌어진 테러로 인한 피해 소식도 뒤이어 전해졌지만, 듣지 않고 전원을 꺼버렸다. 그 이후 과격단체는 줄어들었지만, 반대로 테러 행위의 규모는 커졌으며 횟수도 늘어갔다.

디타람브는 아무것도 변화시키지 않는다.

테러리스트가 마지막으로 남긴 말이라고 사람들에게 알려졌지만, 그 말은 피해자들을 기리는 움직임과 더해져 다른 의미로 변모하기 시작했다. 디타람브는 아무것도 바꿀 수 없고, 바꿔야 하는 건 자신들임을 깨닫도록 한다는 거였다. 사람들은 테러리스트의 의도와는 정반대로 움직이기 시작했다. 디타람브로 이주하기를 머뭇거리던 사람들은 자신들에게 선택권이 주어진 것에 감사하며 앞다투어 이주하기 시작했다.

민혁은 그제야 테러리스트의 말이 자신과 같이 쥐뿔도 없는 사람들에게 하는 이야기라는 걸 알 수 있었다. 어쩌면 그들이 한 테러가 이목을 집중하기 위한 수단이 아니라 피해자들을 위한다는 목적성을 가지고 벌인 일은 아닐까 하는 생각이 들기도 했다. 자살폭탄테러가 그들에겐 순교인 것처럼, 피해자들의 희생 역시 구제로 받아들이도록 말이다.

하지만 의외였다. 자신의 처지에선 이들의 말이 구원이어야 하는데, 아무리 생각해봐도 그렇다는 느낌, 그러니까 그들의 표현대로 말하자면 믿음이 생기지 않았다.

민혁은 선지자의 얼굴을 정면으로 바라봤다. 그의 눈에서 새어나오는 비밀들을 알고 싶었다.

신이 존재한다면, 그리고 벌을 주기 위해서라면 그 벌은 왜 모두에게 공평하지 않은 건지 묻고 싶었다. 만약 디타람브가 신의 자비라면, 그게 돈을 주고 사는 게 가능했던 면죄부인지도.

"혹시……."

민혁이 일부러 머뭇거렸다. 예상대로 선지자는 민혁에게 관심을 보였다.

"여기서 사람들을 내보낸 적이 있습니까? 그러니까 디타람브로 이주했다가 당신의 말을 듣고 다시 나간 사람들이 있냐는 말입니다."

선지자의 얼굴에 알 듯 모를 듯한 미소가 번졌다.

“아무렴 그렇고말고. 내가, 일일이, 붙잡고, 하나님의, 뜻을, 전파하고 있는 덕분이지.”

민혁은 선지자의 말을 들을 때마다 느껴지는 어색함이 어디서 기인하는지 깨달았다. 처음엔 그가 사용하는 단어와 말투에서 느껴지는 엄숙함이 얇은 목소리와 더해져 발생하는 부자연스러움인 줄 알았다. 그러나 그와 대화하면 할수록 그도 자신처럼 믿음이 없거나 얇은 사람처럼 느껴졌다.

허울뿐인 외침. 민혁은 그의 흉내를 내 짐짓 감화된 것처럼 말했다.

“당신과 대화하면서 짧은 시간이나마 함께 있다 보니 당신의 말이 옳다는 걸 깨닫게 됐습니다. 이제 나가서 죽음을 기다리면 되는 겁니까?”

마냥 좋아할 줄 알았던 선지자는 그걸로는 부족하다는 듯 미간을 살짝 찡그렸다.

“신실한 자여, 단순히 죽음을 기다리는 게 아니라 그분을 맞이할 준비를 하는 거다. 남은 삶의 방향과 시선을 모조리 그분에게 쏟는 거지. 그리하면 네게도 새로운 하늘이 열릴 거다.”

“그렇다면 저도 당신의 뜻에 동참할 수 있겠습니까? 제가 거슬리지 않는다면요. 그게 제 삶의 방향을 그분에게 쏟는 길에 가깝지 않습니까?”

"사람들을 디타람브 밖으로 내보내는 데 일조하겠다고? 정말 나와 같이 그분의 뜻을 받들겠다는 말인가?"

선지자가 눈을 치켜뜨며 물었다.

"목자는 어린 양을 한 마리라도 더 구하기 위해서라면 자신의 안위도 신경 쓰지 않는다면서요. 혼자보다는 둘이 낫겠죠. 미약한 힘이나마 돕겠습니다."

민혁은 선지자가 한 말을 기억해 그럴듯하게 말했다. 그저 말이 헛나올까 봐 빠르게 읊조렸을 뿐인데 선지자는 민혁의 예상보다 훨씬 좋아했다. 그런 그의 태도에 민망해진 민혁이 애써 머쓱한 표정을 감췄다.

두 사람은 앞서거니 뒤서거니 하며 추팔산업단지 내에 남아 있을 사람들을 찾아다녔다. 그러나 산업단지에 사는 사람들의 숨으려는 특성에다 선지자의 요란한 전도가 더해져선지 오히려 사람 그림자도 찾을 수 없었다. 얼마쯤 걸었을까, 민혁은 선지자에게 찾고 있던 아이의 생김새를 설명하며 이곳에서 본 적이 있는지 조심스레 물었다.

"이곳에서 그만한 또래의 아이는 본 적이 없는데. 그 아이와는 무슨 관계지?"

"우연히 알게 됐습니다. 아직 선지자님을 만나지 못한 걸 보면 불쌍한 아이네요. 서둘러야겠어요."

민혁은 담담하게 대답했다. 다행히 선지자는 더 묻지 않았다.

두 사람은 이전보다 발걸음을 재촉했다. 민혁은 디타람브에 머무를 수 있는 시간이 줄어드는 데 조바심이 났다. 민혁이 서두르자 선지자는 그의 속내를 모른 채 기꺼이 따라줬다.

서진은 잘하고 있을까. 민혁이 수집한 정보들은 전부 불명확한 것들뿐이었다. 이곳에 사는 사람이라면 소년을 우연히라도 봤을까, 혹시 그 소년이 아레나로 향하지 않았을까 싶어 그를 따라다니기로 한 건데, 괜한 짓이 돼버렸다.

어쩌면 사진 속 인물은 아무 관련 없는 사람일 수도 있겠다는 생각이 들었다. 선지자와 한동안 다녀봤지만 사람의 흔적은 찾을 수도 없었으며, 여기저기 둘러봐도 아레나라고 특정할 만한 장소를 찾아내지도 못했다.

사람을 찾는다고 선지자에게 거짓을 섞어 이야기할 수는 있었지만, 아레나에 관해 언급하기는 조심스러웠다. 사실 그곳의 위치, 목적, 디자인 중 어느 것도 아는 게 없으니 설명하기도 어려웠다. 이럴 때는 그저 초조함을 숨기는 것밖에 할 수 없었다.

"아 참, 여기서 두 블록 건너에 폐건물이 붙어 있다네. 갈 데 없는 사람들이 많이 모이는 곳이지. 그곳도 비어 있다면 추팔산업단지엔 사람이 없다고 봐도 될 거야."

샛길을 나와 이면도로에 들어섰을 때, 선지자가 문득 떠올랐다는 듯 말했다.

민혁은 손해볼 거 없겠다는 생각에 선지자가 알려준 곳으로 걸음을 옮겼다. 어차피 갈 곳도 마땅치 않았다. 소슬한 폐건물의 마당에 들어서자 그의 말대로 인기척이 느껴졌다.

"우린 구면이지? 회복력이 좋은가, 빨리 들어왔어."

그러나 그곳엔 민혁의 기대와는 다른 얼굴들이 있었다. 하나같이 민혁을 노려보는 흉흉한 얼굴들, 민혁은 그중 익숙한 덩치의 모습을 발견했다.

민혁은 슬슬 서진의 안위가 걱정되기 시작했다. 연달아 두 번이나 만난 걸 우연이라고 치부하기에는 꺼림칙했다.

"이건 예상치 못한 전갠데."

민혁이 길게 한숨을 내쉬었다.

"아는 사이?"

선지자가 덩치를 슬쩍 가리키며 물었다.

"아는 사이죠. 일방적이라서 그렇지. 뭐라고 해야 할까요. 그러니까……."

민혁이 일전에 만난 이유를 꺼내지 않으려고 적절한 단어를 고르는 사이, 선지자가 나름대로 고심한 단어를 던졌다.

"이번에도 우연인가?"

"그런 셈이죠. 이게 다 어린 양들을 인도하라는 하나님의 뜻 아니겠습니까?"

민혁이 멋쩍게 웃으며 말했다.

"둘이서 뭘 그렇게 속닥거려. 안 들리니까 크게 이야기해봐. 아니면 가까이 갈 수밖에 없잖아."

덩치가 나지막한 목소리로 조곤조곤 꺼낸 말은 얼핏 대화를 시도하는 것처럼 들렸으나, 그의 눈빛에 서린 맹금류 같은 매서움은 협박에 가까웠다. 민혁은 대답하지 않고 비웃음을 섞은 채 그를 빤히 바라봤다. 벌써 몇 놈은 민혁과 선지자의 뒤를 포위하듯 자리 잡고 서서히 거리를 좁혀 들어왔다.

"별건 아니고. 하루에 두 번씩 만나는 게 우연인지 운명인지 헷갈려서. 흔한 일은 아니잖아?"

"흔한 일은 아니지만 없는 일도 아니지. 이제는 알지 않나? 일어나서는 안 되는 일 따위 없다는 거? 신의 추종자도 살겠다고 여기 들어와 있는 판국에."

덩치가 선지자의 팻말을 보며 어이없다는 투로 말했다.

민혁은 선지자의 반응을 살폈다. 그가 겁 없이 달려들까 봐 걱정했지만, 다행히 그런 일은 일어나지 않았다. 다만 피켓을 들고 있는 손이 조금 떨렸다.

"하나만 물어봐도 될까? 대체 왜 나를 못 잡아먹어서 안달인 거야?"

민혁의 말에 덩치는 헛웃음을 뱉었다.

"안달인 걸 알면 좀 서두르지. 우리가 좀 급해서 말이야."

"처음엔 그저 어이없다고 생각했는데, 이쯤 되니 짜증이 나서 말이야. 나는 내가 해야 하는 일이 어느 정도 규모인지 제대로 파악도 못 했는데, 날파리들이 너무 많잖아."

민혁이 재빠르게 한 발을 디딘 다음 옆에서 다가오던 패거리 중 하나에게 주먹을 날렸다.

녀석은 예상치 못했는지 주먹을 정면으로 맞고 나뒹굴었다. 그 모습을 본 덩치가 고개를 설설 흔들었다.

준비 동작은 필요 없었다. 오히려 거추장스러울 뿐이었다. 상대방에게 공격한다고 알려주는 건 체육관에서 대련할 때나 가능한 이야기였다. 실전은 연습과 다르다. 연습은 목숨을 걸지 않지만, 걸지 않은 목숨도 빼앗기는 게 실전이다. 그런데 디타람브에서도 죽는 게 가능하던가?

"어린 양들한테 전도 좀 해도 될까요? 이 정도는 괜찮겠죠?"

민혁이 선지자에게서 눈을 뗐다. 재빨리 고개 숙여 자신에게 날아오는 주먹을 피한 뒤, 그대로 남자의 품 안에 파고들어 턱을 향해 머리를 들어 올렸다. 남자는 날아가듯 뒤로 쓰러졌다.

잠깐 틈을 보인 사이, 한 녀석이 민혁의 뒤에 붙어 서서 오른팔로 목을 휘감아 졸랐다. 민혁이 발을 들어 남자의 발등을 찍은 뒤, 그대로 고개를 살짝 비틀어 남자의 눈이 있을 법한 위치를 가늠해 찔렀다.

"으악!"

눈이 찔린 사내가 팔에 힘을 뺀 덕분에 가까스로 풀려났지만, 호흡이 흐트러졌고, 몇 놈이 기회를 놓치지 않고 달려들었다. 민혁이 자세를 취하려는데, 선지자가 조금 더 빨랐다. 선지자는 오른쪽에서 달려드는 이의 오금을 향해 팻말을 휘둘렀다.

"회개하라. 하늘나라가 가까이 왔다."

남자의 자세가 흐트러져 휘청거리자 민혁이 그의 가슴팍을 걷어찼다.

"죄를 지었으면 회개해야지! 자식들아, 그래도 용서는 없다."

바닥을 구르던 녀석들이 하나둘 일어나 다시금 자세를 갖추기 시작했다. 한참을 보고만 있던 덩치도 몸소 나서려는 듯 위협적으로 몸을 부풀렸다.

"팻말을 그렇게 써도 되는……."

순간 시야가 좁아지며 어지러움을 느껴 민혁은 얼굴을 찌푸렸다. 부작용?

접속 가능 시간을 시야에 띄웠다. 여유 부리며 미적댈 만큼은 아니지만, 부작용이 나타날 정도로 적은 것도 아니었다.

선지자도 뭔가 이상한 점을 느꼈는지 괜찮냐고 물었다. 대답하려 했지만, 말이 나오지 않았다. 손가락조차 구부릴 수 없었다. 심장박동이 느껴질 만큼 불안이 널뛰었다.

잠시 뒤 시야가 꺼지듯 암전됐다. 동시에 민혁은 의식을 잃고 바닥에 쓰러졌다.

3

사위를 가득 메운 빛이 한 점으로 갈무리되고 있었다.

민혁은 그 빛을 따라 몸을 움직였다. 무언가 위험한 일이 벌어지고 있다는 생각이 들었지만, 그것과 별개로 아무것도 들리지 않았다. 만져지는 것도 없었다. 빛은 어느새 사그라들었다. 애초부터 존재하지 않았던 것도 같다.

그런가 하면 몸을 움직이는 감각도 이상했다. 발을 뻗어 움직인다기보다 부유하듯 어디론가 떠내려가는 거 같기도 했고, 숨을 쉬고 있는가 생각하자 숨쉬기가 힘들기도 했다. 마치 숨을 쉬는 방법을 잊어버린 거 같았다. 무언가를 떠올릴 때마다 누군가 지우개로 지우는 것처럼 제대로 생각할 수가 없었다.

속을 게워내고 싶던 그때, 아버지의 얼굴이 보였다.

아버지는 오랜 세월과 병마가 오래된 먼지처럼 눌어붙어 거무죽죽한 얼굴이 아닌, 한층 화사하고 밝은 낯빛이었다. 노화의 여파를 막을 순 없었는지 양손 모두 옹이투성이였으나, 보기 흉하게 퍼석거리지도, 몸이 한쪽으로 기울지도 않았다. 맨날 입고 다니던 후줄근한 방풍 재킷이 아닌 몸에 딱 들어맞는 정장 차림이 눈매에 자글자글하게 맺힌 주름과 어울려 근사해 보였다.

아버지의 시선을 따라 뒤돌아보니 한 남자가 아버지에게 다가오고 있었다. 민혁 본인이었다.

그도 지금 자신과는 사뭇 달랐다. 입을 일이 거의 없었던, 그래서 지금은 가지고 있지도 않은 셔츠와 트라우저즈 팬츠, 뿔테 안경을 쓰고 있었다.

삶에서 어떤 선택을 하면 저런 분위기를 풍길 수 있을까. 남이었다면 아무런 생각도 떠오르지 않았을 거다. 겨우 저런 것에 혹할 정도로 여유로웠던 적은 없었다.

왜 여기에 있는 걸까. 민혁은 단 한 번도 스스로 묻지 않았다. 오래도록 질문하기를 포기했다.

누군가를 지키기 위해 혹은 죽이기 위해 가늠자 너머 상대를 겨눴고, 바닥을 굴렀으며 상대의 피부를 갈랐다. 그 순간을 잊지 못해 멍하니 살았고 진득하게 뿌리내리지 못하고 삶의 틈새를 비집고 들어가 걸치듯 살았다.

어느 순간부터는 덤으로 살아지는 삶에 익숙했다. 그게 그리 나쁘지 않다고 생각했다. 뿔테 안경 쓴 자신에게서 모래 먼지 없는 곳에서 오후 내 햇볕에 잘 말린 이불 같은 냄새를 맡기 전까지는.

민혁은 책상 앞에 앉아 공부하는 자신을 떠올렸다. 한때는 몸 쓰는 일 말고 머리 쓰는 일을 해보고 싶었던 적도 있었다. 까마득히 높고 화려한 건물 중 한 곳으로 출근하는 모습도 퍽 근사했을 거다.

공부 쪽에 영 소질이 없다면, 지금과 다른 기술을 배웠어도 나쁘지 않았을 터였다. 어딜 가든 손재주가 있다는 소리를 들었으니 기능사 자격증을 취득한 후 한곳에서 자리 잡고 인징적으로 일하는 것도 꿈꿔볼 만했다. 내내 떠돌아다녀야 하는 용병은 어디서나 불안했고, 수시로 고독했다.

한계를 지닌 가능성이 몇 가지 모습을 바꿔 떠올랐다가 제 무게를 못 이기고 조금씩 침몰해갔다. 시작점부터가 달랐으니 어차피 이뤄질 수 없는 바람이었다.

디타람브라는 변수는 임계점에 다다른 지구라는 복잡계를 어떻게 변화시키고 있는가. 이름 모를 누군가에게 픽스드 나이프를 들이미는 대신에 손을 내밀어 악수를 청하는 사이가 될 수 있을까. 상대의 언어나 문화를 고려해 이해관계를 조율할 수 있지 않을까. 적어도 예전보다는 나은 방향으로 가야 하지 않을까. 그렇다면 모두에게 이로운 방향이란 무엇인가. 반드시 누군가 희생해야 할 때, 우리는 살아남을 수 있을까. 디타람브는 어떤 선택을 내릴 건가. 그 선택을 따르는 게 정말 최선일까?

민혁은 뿔테 안경을 쓴 자신에게 물었다.

"여기서 내가 해야 할 일은 뭐지? 난 뭘 해야 하는 거야? 무엇을 위해?"

뿔테 안경은 입을 열어 무언가 말했지만, 갑작스레 시작된 잡음에 묻혀 하나도 들리지 않았다.

그가 이야기할수록 점점 더 낯설게 느껴졌다. 닮은 점은 점점 사라지고, 낯선 얼굴로 시시각각 변화하고 있었다. 목소리는 점점 커졌고, 잡음도 그에 비례해 몸집을 불렸다. 뿔테 안경은 사정없이 수축하고 해체됐다가 다시 합쳐지기를 반복하면서 점차 부풀어 올랐다. 마침내 그것이 굉음을 내며 터졌을 때, 사방에서 끝없이 재잘대는 소리가 들렸다.

민혁은 눈을 떴다. 동시에 소음도 멎었다.

그 때문인지 숨소리가 크게 들렸다. 머리를 울리는 통증에 눈을 찡그린 채 주변을 빠르게 훑어봤다. 낮은 천장과 회반죽으로 엉성하게 마감한 벽이 보였다. 집? 로그아웃된 건가?

하지만 벽에서 끈끈한 습기가 느껴지지 않았다. 민혁은 가까스로 몸을 일으켜 앉았다. 머리가 울리고, 속이 메스꺼웠다. 속을 진정시키기 위해 가슴팍을 두드렸지만, 디타람브 내에서도 효과가 있는지는 의문이었다.

"오!"

느닷없는 감탄사가 들렸고, 민혁은 그 주인공이 누구인지 단번에 알아챌 수 있었다. 선지자가 빠르게 민혁에게 다가와 십자성호를 긋고 정수리에 손을 올린 뒤 가볍게 기도했다. 민혁은 무언가 물어보려 했으나 목소리가 제대로 나오지 않았다. 목을 몇 번 가다듬고 선지자에게 물었다.

“어떻게 된 겁니까?”

“자네가 느닷없이 쓰러진 뒤 놈들에게 붙잡혀서 이곳으로 끌려왔다네. 놈들이 눈을 가렸지만, 폐건물 지하로 온 것 같아. 센서를 교란하지 않았다면 말이지.”

선지자는 한 호흡으로 말을 마친 뒤 천장에 난 작은 틈 사이로 스며든 빛을 향해 무릎 꿇은 뒤 기도를 올리기 시작했다. 기도 내용을 전부 알아들을 순 없었지만, 어디서든 믿고 의지하겠다는 내용이 언뜻 들렸다.

“좀 괜찮습니까?”

이번엔 서진이 보였다. 민혁은 대답 대신 고개를 끄덕이고 그를 잠시 올려다봤다.

“안 그래도 몇 사람 안 보이더군요. 덩치들이 나눠서 뒤를 쫓지 않았을까 걱정했는데…….”

“놈들이 건물에서 기다리고 있던 바람에 확인은커녕 방에 들어가 보지도 못했습니다. 바로 붙잡혔어요. 다시 올 걸 알고 있었던 것처럼.”

“다친 곳은 없는 겁니까?”

“혼자 어떻게 해볼 수 있는 상대들이 아니었으니까요. 도망칠 만한 곳도 없었고. 의외로 아주 막무가내인 놈들은 아니더군요.”

서진은 멀쩡하다는 걸 보여주고 싶었는지 제자리에서 살짝 뛰기도 하고 양팔을 휘휘 돌렸다.

"근데 저분은 누굽니까? 알던 사이에요?"

서진이 선지자를 고갯짓으로 가리켰다. 단순한 호기심에 가까웠지만, 일말의 경계심을 지우지 않은 눈길이었다.

"어쩌다 만나게 됐습니다. 도움을 받을 수 있을까 싶었는데, 성과는 없었어요. 붙잡히지 않았다면 어떻게 됐을지 모르겠지만."

민혁은 철창을 붙잡고 천천히 일어섰다. 다리에 힘이 풀려 쓰러질 뻔했지만, 뒤에 서 있던 서진이 겨드랑이 사이에 손을 넣어 껴안듯이 지탱해줬다.

"누가 봐도 움직일 상황이 아닌 것 같은데, 그냥 앉아 있죠?"

"좀 움직여둬야 뭐라도 할 수 있을 것 같아서요. 놈들이 계속 여기에 가둬두지는 않을 테니까."

"어차피 접속 가능 시간이 얼마 안 남았습니다. 곧 로그아웃될 거예요."

민혁은 이제 괜찮다는 듯 서진에게 팔을 들어 올렸다.

서진이 물러서자 여전히 무릎이 떨렸지만, 점차 괜찮아지고 있었다. 민혁은 철창 사이로 주변을 살폈다. 천장에서 새어 나오는 빛 정도로는 어림도 없다는 듯 아무것도 보이지 않았다. 민혁은 철창 안을 왔다 갔다 하며 차분하게 생각을 정리해보려 했다.

"제가 오래 기절해 있었나요?"

서진은 고개를 가로저었다.

"디타람브 내에서 사람이 의식 없이 부유한다는 게 말이 안 되잖아요. 이주한 사람들은 그럴 리 없고, 외부에서 들어온다는 건 애초에 불법이니까요."

"별다른 일은 없었습니까? 예를 들면, 센서를 조작했다거나……."

"그러지는 않았습니다. 나를 이곳에 데려올 때도 눈만 가렸거든요. 근데 막상 조작할 수도 있겠다는 말을 듣고 나니 무서워지네요."

"가둬두기만 하고 위해도 가하지 않았다는 걸 보면 분명히 다른 목적이 있을 텐데 말이죠."

민혁은 답답하거나 두렵다기보다 화가 나기 시작했다. 덩치의 목적은 물론, 존재조차도 기현은 알지 못했다. 그들이 정말 모르고 있었는지, 알면서도 일부러 모른 척 시치미 뗐는지 정확하지는 않지만, 어느 쪽이 됐든 무능력하다는 건 확실했다. 하지만 쓸 만한 정보를 가져가지 못한다면 무능력하다는 평가는 본인에게 돌아올 게 분명했다.

그때였다. 마치 공간을 찢고 나타나기라도 한 것처럼 붉은 망토를 두른 채 흐리멍덩한 눈을 한 남자가 철창문 앞에 느닷없이 나타났다.

그는 무표정한 얼굴로 A4 용지와 펜을 건네줬다. 붉은 망토가 철창을 통과하여 종이와 펜을 주는 걸 보고 민혁이 철창을 만져봤으나 여전히 건재했다. 그는 민혁을 곁눈질했으나 따로 제재하지는 않았다. 그럴 필요성 자체를 느끼지 못했다고 보는 게 정확했다.

붉은 망토는 나눠준 용지에 각자 사용할 무기를 그리라고 했다. 민혁과 서진의 눈에 의아함이 가득했다. 선지자가 기도를 멈추고 민혁과 붉은 망토를 번갈아 바라봤다. 설명을 요구하는 눈빛이었으나 민혁도 아는 게 없었다.

"너희들은 잠시 뒤 아레나에 참가하게 된다."

"아레나?"

서진의 얼굴에 의문이 가득 피어올랐다. 그는 동의를 구하는 표정으로 민혁을 봤는데, 자신이 푼 문제가 맞는지 확인해달라고 조심스레 다가오는 아이 같았다. 민혁은 신중한 태도를 보였다. 그만큼 느닷없이 등장한 아레나를 자신들이 도출해낸 결론의 어디쯤 끼워 넣어야 할지 감을 잡을 수 없었다.

기현이 언급한 아레나가 단순한 장소를 의미하는 게 아니었나? 서진의 말대로 기현에게 동생이 없다면, 그는 왜 아레나를 언급한 걸까? 아레나에서 무엇을 바란 걸까? 어쩌면 우리를 아레나에 보내는 것 자체가 목적이었던 걸까?

그의 속내를 알 수 없어 답답했지만, 당장 중요한 건 그쪽이 아니었다. 민혁은 자신의 앞에 놓인 용지와 붉은 망토의 말을 조합해봤다.

무기를 그려라, 아레나에 참가한다.

'아레나'라는 단어는 사전적으로 다양한 의미를 가지고 있었다. 그건 상표로도 사용됐고, 전문 용어로도 활용됐다. 또한 고대 로마 시대의 원형 경기장을 의미하는 말이기도 했다. 그곳에서 맹수 사냥을 하거나 검투사들끼리 결투를 벌이곤 했다는 게 역사책에 나와 있었다. 그렇다면, 정말 원형 경기장을 의미한다면 용지에 그려낸 무기를 건네받아 참가자들끼리 싸우는 걸까? 아니면 참가자들과 협동해 탈출하거나 무언가를 무찌르는 걸까?

민혁이 고개를 들자 마침 자신을 바라보던 붉은 망토와 눈이 마주쳤다.

"맨손으로 싸울 생각이 아니라면 사용할 무기를 그리는 게 좋을 거다. 쓸데없는 질문은 넣어두고."

"다짜고짜 끌고 왔으면 최소한 설명은 해줘야 할 거 아닙니까? 아레나가 뭔지, 무기는 무슨 말이며 당신들은 뭐 하는 사람들인지. 이거 합법 아니죠? 불법이잖아!"

서진이 철창을 붙잡고 서서 다그치듯 설명을 요구했다.

붉은 망토는 흥미롭다는 듯 서진을 노려봤다. 그의 얇은 그림자가 조금 더 길어졌다. 철창살 앞에 성큼 다가선 붉은 망토는 단숨에 서진의 목을 움켜쥐었다. 이번에도 그의 팔은 창살을 그대로 통과한 채로 서진에게 물리력을 행사하고 있었다.

"너무 멍청해서 말귀를 못 알아듣나? 아니면 겁에 질려 제정신이 아닌 건가? 당신들은 이제 아레나에 참가할 거고, 그곳에서 쓸

무기를 그리라고 했다. 뭐가 더 필요하지?"

"이건 치우고 이야기하죠?"

민혁이 붉은 망토의 팔목을 잡고 내치려 했지만, 꿈쩍도 하지 않았다. 민혁은 살짝 당황했다. 접속 가능 시간이 얼마 남지 않은 상황이었다. 디타람브의 부작용이 나타나기 직전까지 최대로 설정해둔 시간이었다. 그 말인즉슨 자신의 몸이 한계에 다다랐다는 뜻이기도 했다. 하지만 디타람브가 아닌 바깥이었다고 해도 그와 힘겨루기하긴 쉽지 않을 거 같았다.

"참가자한테 위해를 가해도 됩니까? 우리한테 문제가 생겨 아레나에 참가하지 못하게 되면……."

붉은 망토는 코웃음 치며 즉시 민혁의 말을 잘랐다.

"뭘 보고 내가 이 경기를 망칠 거라고 단정하는 거지? 경기는 어떻게든 굴러가게 돼 있어. 당신들이 정말 신경 쓸만한 가치가 있다고 생각하나?"

"참가자 중 적어도 둘이나 문제가 생긴다면 마냥 잘 굴러갈 것 같지는 않은데?"

민혁은 눈짓으로 그가 나눠줬던 A4 용지와 펜을 가리켰다.

"아레나는 모든 사람의 시선이 집중된 곳이지만, 아무도 눈여겨보지 않는 곳이기도 하지."

서진은 이를 앙다문 채 붉은 망토의 팔을 붙잡고 가까스로 버티고 있었다. 붉은 망토는 서진의 목을 쥔 손에 힘을 뺄 생각이 없어 보였다. 그는 도발적인 미소를 지어 보였다.

맨손으로 풀어내기 힘들다면 도구를 이용하는 수밖에.

민혁은 일부러 붉은 망토의 눈을 노려보다가 분하다는 듯 창살을 발로 걷어찼다. 하지만 그는 꿈쩍도 하지 않았다. 도리어 여유 넘치는 표정을 지으며 민혁을 향해 싱겁게 웃었다. 그 모습을 지켜보던 민혁이 돌연 몸을 웅크리더니 어느새 진회색의 마체테를 뽑아 들고 수직으로 내려그었다.

찰나였으나 붉은 망토가 살짝 인상을 찌푸렸다.

그는 의외라는 듯 민혁을 응시한 채 그대로 서 있었다. 동시에 서진이 컥컥대는 소리가 들렸다. 민혁은 붉은 망토가 서진을 놓친 걸 확인하고 그를 찌를 듯이 창살 사이로 마체테를 길게 뻗었다. 마체테는 걸리는 거 없이 쭉 뻗어나갔다.

붉은 망토의 두툼한 오른팔은 여전히 몸통에 붙어 있었다. 그러나 살과 뼈를 가르는 느낌이 난 데다 그의 팔이 절단된 채로 서진에게 대롱대롱 매달려 있는 게 어렴풋이 시야에 들어왔다. 분명 환각은 아니었다. 서진이 숨을 고르며 목에 달라붙은 팔을 떼어내자, 그제야 팔이 사라졌다.

“쉬운 일을 어렵게 만드는 걸 좋아하는 악취미가 있네. 보기보다 까다로워.”

민혁이 빈정거리며 말했다.

“그러게 진작 이야기해줬으면 좋았잖아. 서로 얼굴 붉히지 않고 말이야. 이래서야 이야기를 할 수 있겠어?"

"로버(Rover) 주제에 무딘 칼로 잘도…… 잘라냈군."

붉은 망토가 뻐근하다는 듯 오른손을 쥐었다 폈다 반복했다.

"무딘 칼도 칼이야. 누가 휘두르냐에 따라 다르겠지만, 적어도 내 손에서는 그 말이 유효해."

"한 가지 충고하지. 아레나에 관해 물었지? 지금 당신과 같이 있는 사람들이 아레나에서 당신 목을 노릴지도 몰라. 어쩌면 방금 칼을 휘두른 걸 후회할지도 모르지. 후회는 하지 않는 게 가장 좋지만, 할 거라면 빨리해버리는 것도 나쁘지 않아."

민혁이 마체테를 휘둘렀다. 뭉툭한 날이 허공을 갈라 창살에 부딪치며 차가운 비명을 내질렀다.

"그런 건 얼굴 붉히기 전에 이야기했으면 좋았을 텐데. 말만 번지르르한 건 내 취향이 아니라서 말이야."

"보기보다 재미없군."

붉은 망토가 실망한 표정으로 말했다.

"그런 이야기 자주 듣지. 처음 만난 사람한테 듣기는 이번이 처음이지만. 혹시 알아? 다음번에 만날 땐 재미있을지도."

"다시 만날 일이 없게 해달라고 비는 게 좋을 거야."

"당신이 경기의 참가자가 아니길 바라지. 지금도, 앞으로도."

붉은 망토는 고개를 설레설레 흔들며 그늘 속으로 걸음을 옮겼다. 그러더니 뭔가 깜빡했다는 듯 뒤돌아 말을 덧붙였다.

"내가 한 말 이외에 무언가 더 필요하다면, 어차피 아레나에서 이기기는 글렀다는 뜻이다. 무기를 그리든 말든 알아서 해. 반항하지 않으면 편하게 끝내줄지도 모르니까."

민혁은 붉은 망토의 인기척이 사라지기를 기다리며 철창 바깥을 노려봤다. 잠시 뒤 그가 사라졌다는 확신을 얻은 후에 서진을 마주 보며 물었다.

"좀 어때요?"

"무기가 있었으면 일찍 꺼냈다면 좋았을 텐데요. 아레나는커녕 뭘 해보기도 전에 죽을 뻔했다고요."

서진이 볼멘소리를 뱉었다.

"갖고 있던 게 아니에요. 붉은 망토 말대로 그린 거지."

"에?"

서진은 처음엔 민혁이 꺼낸 말을 이해하지 못하고 얼굴을 찌푸렸지만, 이내 민혁의 A4 용지가 사라진 것을 깨닫고 입을 다물지 못했다.

"설마……."

"디타람브에는 참 별게 다 있네요."

무기를 그리라는 붉은 망토의 말에 민혁은 주의를 분산시키며 서둘러 A4 용지에 그림을 그려 넣었다. 사실 민혁의 의도는 마체테가 아니었다. 그저 날카로운 날붙이를 원했을 뿐인데 짧은 순간에 그리려다 보니 원하던 대로 그려지지 않았다. 그나마 다행인 건 보정을 거쳐 쓸 만한 무기가 나왔다는 사실이다. A4 용지는 무기가 구현되자마자 사라졌다.

"일단 원하는 대로 나오는 듯한데, 아레나에 참가하려면 무기가 필요하다고 했으니 두 분도 그려보죠. 뭐라도 있어야 대응을 할 테니까요."

민혁의 말에 서진은 일단 펜을 집었다. 어떤 무기를 그려야 할지 고민하는 서진과 달리 선지자는 제법 빠른 속도로 무언가를 그려내고 있었다. 뭐가 됐든 상관없었지만, 성경 구절이 적혀 있는 팻말만은 아니길 바랐다. 그걸 내두를 바에야 맨손이 나았다. 적어도 진지하게는 보일 테니까.

"적당한 길이의 도검을 그려요."

민혁은 보고 그리라는 듯 자신의 마체테를 두 사람 앞에 내려놓았다. 하지만 선지자는 민혁이 말하기도 전에 벽을 보고 앉아 무언가를 거침없이 그려내고 있었고, 서진은 민혁의 조언에도 쉬이 손을 움직이지 못하고 미묘한 표정만 짓고 있었다.

"뭐해요? 맨손으로 싸울 겁니까?"

서진은 민혁의 재촉에도 눈길 한번 주지 않고 중얼거릴 뿐이었다.

"사람을…… 진짜 베는 겁니까?"

"한번 베이면 차라리 베는 게 낫겠다 느낄 겁니다. 기회가 영영 없을 수도 있겠지만."

망설이던 서진이 천천히, 여러 번 선을 덧칠해가며 검을 그려 나가자 종이 위에서 절로 모양이 수정돼 그럴듯한 양날 검이 완성돼 갔다.

"사실 길이가 긴 창이 칼보다 나을 수도 있지만, 제대로 다루지 못할 바에 그나마 익숙한 칼이 나을 겁니다. 최소한 부엌칼은 쥐어 봤을 거 아니에요."

잠시 뒤 서진의 검이 구현됐다. 너무 짧지도 길지도 않은 서진의 키에 맞는 길이의 바스타드 소드였다. 겨울 숲의 나무들처럼 잿빛을 띠고 있는 데다 날이 무뎌 뭉툭한 장난감처럼 보이기도 했다. 서진이 바스타드 소드를 들고 이리저리 휘두르는 사이 민혁은 선지자를 바라봤다. 그가 여전히 그림을 그리고 있자 민혁은 슬슬 걱정되기 시작했다.

"디타람브에서 왜 고통을 느낄 수 있게 했을까요?"

서진이 중얼거렸다.

"나중에 세상이 안정돼 바깥으로 나갔을 때 불상사를 방지하기 위해서였을까요? 아니면 디타람브에서 계속 살도록 설계한 걸까요?"

민혁이 말꼬리를 길게 늘어뜨렸다.

"당장 물어볼 사람도 없지만, 정답이 뭐가 됐든 지금 상황에서 받아들일 수 있을지 의문이 드네요."

서진이 동의한다는 듯 고개를 끄덕였다.

"조금 전에도 그렇고. 이런 일에 익숙해서 그런가, 긴장한 기색이 없네요."

민혁은 웃어 보이려 했으나 웃지 못했다. 그에게 전투 기술을 전수해줬던 누군가가 그랬다.

'불안과 고독, 그리고 긴장. 그것들이 소용돌이치며 역류하는 순간 용병으로서의 삶은 끝이야. 아무도 그에게 일을 맡기지 않을 거거든.'

그날부터 민혁은 자신의 감정을 뭉뚱그려 밑바닥 깊숙이 밀어 넣었다. 특색 없고 다소 호전적인 모습은 속내에 깊숙이 쌓인 감정들의 반발심에서 비롯된 거였다.

민혁은 대답 대신 가까스로 어깨를 으쓱한다.

"그런데 로버는 뭘까요? 아까 그 사람이 로버라고 했잖아요."

"로버란, 자네들처럼 디타람브로 들어온 이들을 말하지. 신체 유지 체임버에 몸을 보관하지도, 몸을 폐기한 뒤에 온 것도 아닌, 기기의 도움을 빌려 잠시 이곳에 온 이들."

서진은 대답을 기대하고 물은 게 아니었으나, 뜻밖의 곳에서 대답이 나왔다.

두 사람이 목소리의 진원지를 찾아 고개를 돌렸을 때, 선지자는 양손 검지와 엄지로 A4 용지 쌍방향 사선을 붙잡고 있었다. 얼핏 본 A4 용지에는 권총이 그려져 있어 민혁은 다소 놀랐다. 그가 권총을 그려낼 거라곤 상상도 하지 못했기 때문이다.

이어 꾸물거리는 움직임과 함께 A4 용지는 사라지고 글록이 모습을 드러냈다. 동시에 미처 붙잡지 못한 탄환이 아래로 우수수 떨어졌다. 총기 자체를 그리는 데 오래 걸린 줄 알았으나 탄환까지 일일이 그리느라 시간이 오래 걸린 모양이었다.

탄환은 바닥에 부딪히며 사방으로 튕겨 나갔다. 한꺼번에 튀어 정확하게 셀 수는 없으나 대략 30발 정도 되는 거 같았다. 민혁은 철창 사이로 벗어나려는 탄환 하나를 낚아채 밑바닥을 살폈다. 40 S&W. 민혁은 선지자에게 탄환을 건네며 글록을 자세히 살폈다. 밋밋하고 투박한 디자인의 글록 22였다. 지금에서는 의미 없는 질문이었지만 묻지 않을 수 없었다.

"당신이 그 사실을 어떻게 알고 있습니까?"

"아레나에 참가하는 사람들은 전부 외부에서 들어온 사람들인가요?"

선지자가 민혁의 질문에 대답할 새도 없이 서진이 끼어들었다. 서진은 선지자의 손에 들린 글록을 바라보며 눈살을 찌푸렸다. 자신도 도검류가 아닌 총기를 그릴 걸 그랬다고 후회하는 눈빛이었다. 선지자는 민혁이 건넨 탄환을 받아 들고 서진을 보며 활짝 웃었다.

"그렇지 않은 사람도 있겠지. 나만 해도 디타람브에 있으면서 참여하게 됐잖아. 혹시 몰라 이야기해주는 건데, 디타람브로 이주한 사람들은 자조적인 의미로 자신들을 '이방인'이라고 한다더라고. 로버나 이방인이나 뭐가 다른가 싶지만 말이야. 정말 묻고 싶어. 디타람브가 자신들에게만 허락된 구원인가? 엿보는 사람들이 큰 죄라도 저지른 것처럼 명칭을 붙인단 말이지. 스스로 이방인이라고 부르는 주제에. 다들 언젠간 나가길 원하잖아!"

선지자가 동의를 구하는 몸짓으로 서진에게 열변을 토했다. 민혁에게 했던 것과 같은 양상이었다. 하지만 민혁은 로버와 이방인의 분류보다 선지자가 더욱 궁금해졌다. 정확히는 그가 어떻게 자동권총을 그려낼 수 있었는지를 알고 싶어졌다.

"어떻게 그린 겁니까? 글록. 세세한 부분까지는 몰랐다 쳐도 대략적인 모양은 알고 있었다는 이야기인데. 어떻게 그걸 알았냐고 묻는 겁니다. 그 총기에 맞는 탄환까지 그려내다니요."

"그게 그리도 중요한가?"

"당신이 총을 든 지금은 중요하죠. 목회자 아니었습니까?"

"목회자라고 말한 적은 없는 것 같은데."

선지자가 머쓱한 듯 턱을 긁적이며 말했다.

"그랬죠. 그런데 왜 자꾸 속은 기분이 드는 거죠?"

민혁은 붉은 망토의 말을 떠올렸다.

지금 당신과 같이 있는 사람들이 아레나에서 당신의 목을 노릴지도 몰라.

"아쉽게도 나로선 마땅히 할 말이 없군."

"해명이라도 해야죠."

“난 아무것도 한 게 없는데, 대체 뭘 해명하라는 건가.”

“그럼 목회자가 되기 전엔 뭘 했습니까? 군인?”

“한때는 그랬지.”

“당신 목적이 대체 뭐요? 추팔산업단지에서 나랑 만난 거, 이곳에 우리랑 갇힌 거, 정말 우연이에요?”

서진이 바스타드 소드를 놓칠세라 꽉 쥔 채 긴장한 표정으로 둘을 번갈아 바라봤다. 곤혹스러운 침묵이 이어졌다. 한 번 촉발된 불안은 구석구석 퍼져 있던 의심을 태웠고, 의심은 연기처럼 끈덕지게 민혁에게 달라붙어 눈을 가렸다.

생각해보면 모든 게 딱 맞아들어갔다.

아무도 없는 황량한 거리, 선지자가 이끄는 곳에서 맞닥뜨린 수상쩍은 자들, 지하 감옥, 아레나. 이 모든 게 아무런 연관이 없다고 말할 수 있을까? 선지자도 덩치들과 같은 편인 걸까? 비약일 수도 있다. 하지만 그가 총을 구현해내고, 군인이었다는 사실까지 알고 나니 지금껏 아무런 의심도 없이 그를 따라온 게 스스로 의아할 정도였다.

케케묵었지만 정답이라 굳게 믿었던 가치 판단 기준에 얽매여 있었다면 어땠을까. 단순히 식량을 지키는 문지기 역할이 아니라 날카롭게 벼려진 칼날 같던 시절에 이런 상황에 닥쳤다면.

용병은 주어진 임무에 의미를 부여하지 않고 완수할 뿐이다. 동료들은 그런 민혁의 모습에 혀를 내둘렀고, 최고라 치켜세웠다. 하지만 민혁의 머릿속엔 수십, 수백 번의 '만약'이 작동한다. 홀로 시뮬레이션을 그리는 거다.

예컨대 의심이 든다면 그를 계속 지켜보다가 장전을 시도하려는 찰나에 벴을 테고, 어쩌면 그 전에 A4 용지에 무엇을 그리는지부터 확인했을 터다. 글록을 그리는 걸 알았다면 기다렸다가 제압한 뒤 뺏을 수도 있었겠지. 어떤 식이든 지금처럼 무르지는 않았을 터다.

그러나 그 모든 게 까마득히 오래된 옛일 같았다. 민혁은 곧 스스로 올바른 판단을 내리지 못할 수도 있다는 걸 인정했다. 그리고 자신이 수년간 용병으로 활약할 수 있었던 건 정신력뿐만 아니라 뛰어난 육체가 뒷받침해줘서 가능했다는 걸 깨달았다. 여기서는 육체가 제 기능을 하지 못한다. 민혁은 이곳이 디타람브라는 걸 다시금 되새겼다.

"내 목적? 자네도 보지 않았나? 사람들을 디타람브에서 내보내는 것. 그게 내 목적이라고."

민혁은 여러 번 물어봤자 다른 대답을 들을 수 없다는 걸 짐작했다. 선지자와 덩치가 서로를 바라보는 눈빛이 어땠더라. 덩치의 비아냥거리던 말과 팻말을 들고 있던 선지자의 떨리는 손을 떠올렸다. 그저 우연인 걸까.

민혁은 마체테를 바닥에 내팽개치듯 던져놓고 본인도 털썩 주저앉았다. 선지자는 그 모습을 보고 말없이 탄창을 빼 탄환을 하나씩 채워 넣었다. 서진은 둘의 묘한 기류 사이에서 엉거주춤 서 있었다.

"기껏 만들었는데 쓰지도 못하고 죽을 수는 없는 노릇 아닌가."

탄창을 반쯤 채운 선지자가 민혁을 향해 슬쩍 눈길을 던졌다.

"이번에는 왜 별말이 없나. 우연이라고 믿기로 한 건가?"

그렇다고 대답할 수도 있었지만, 민혁은 그러지 않았다. 작은 침묵이 짧은 시간 다져진 신뢰 위에 고이도록 내버려뒀다.

"찾는다던 소년 이야기는 진짜였나?"

"……아레나는 대체 뭐 하는 곳입니까?"

"무기를 주는 걸 보니 치고받고 싸우는 곳이겠지."

"누굴 위해서요?"

"누군가는 이득을 보겠지. 당장 우리 눈에 보이지 않을 뿐."

"이곳에서 죽을 수도 있습니까?"

"사람은 어디서든, 언제든 죽을 수 있지."

"그놈의 선문답은 대체 언제까지 할겁니까?"

"자네는 이해하고 싶어서 질문하는 건가 아니면 스스로 받아들이기 위해 질문하는 건가?"

선지자는 다소 날이 선 질문을 던졌다. 대답을 기대한 건 아니었는지 탄창을 마저 채운 뒤 남은 탄환을 바지 주머니에 되는대로 쑤셔 넣었다.

"탄창을 몇 개 더 그린다는 걸 깜빡했군."

선지자는 자신을 내려다보는 서진에게 웃으며 말했다.

"누구나 실수하는 법이니까. 안타깝게도 난 완벽하지 않거든."

선지자는 글록 22를 바지춤에 끼워 넣으며 서진을 향해 손짓했다.

"좀 앉아서 쉬지그래. 산만한 사람은 저 친구 한 명이면 족한 거 같으니까 말이야."

안절부절못하는 서진에게 민혁은 고개를 살짝 까딱했다. 잠시 망설이던 서진은 민혁에게 바싹 붙어 그에게 귓속말을 건넸다.

"판단이 빠른 건지, 변덕스러운 건지 모르겠지만, 애초에 검증이 끝난 거 아니었어요?"

"내가 완벽해 보입니까? 누구나 실수하는 법이라잖아요."

"죽은 뒤에도 그럴 겁니까?"

"그건 그때 이야기합시다."

서진은 대화를 이어 나가지 않았다. 민혁은 그의 경직된 표정을 보고 창살 너머로 눈길을 돌렸다. 빛바랜 그늘 속에서 언뜻 두 인영이 비치는 듯 보여 마체테를 손에 쥐었다. 곧 민머리 사내 둘이 모습을 드러냈다. 그들의 얼굴에는 아무런 표정도 떠오르지 않았다.

"나와. 시간 다 됐다."

창살이 흐릿해지더니 흩어지듯 모습을 감추었다.

세 사람의 시선이 오갔다. 아무도 말을 꺼내지 않았지만, 서로 순순히 민머리 사내들의 말에 따르리란 걸 짐작할 수 있었다. 민머리 사내 둘이 각각 맨 앞과 뒤에서 이동했고, 민혁과 서진, 선지자가 그들 사이에 껴서 이동했다. 복도는 빛 한 줌 들어오지 않아 어두웠고, 앞에 선 민머리가 바닥을 비추는 불빛에 의지해 조금씩 이동해야만 했다.

어둠을 머금은 복도는 다섯 명이 이동하며 내는 발소리와 민혁과 서진이 각자 구현해 낸 마체테와 바스타드 소드가 간혹 벽이나 바닥에 부딪혀내는 소리를 더욱 크게 되돌려줬다. 그렇다 보니 말을 할 수가 없었다. 민혁은 차라리 다행이다 싶었다.

처음 디타람브에 접속 후 덩치들에게 쫓겨 옥상에서 떨어졌을 때 예기치 못한 죽음을 맞닥뜨린 탓일까. 민혁은 자신이 과민반응을 보였음을 인정했다. 마침 접속 시간도 거의 다 돼 15분쯤 지나면 자동으로 로그아웃될 터였다. 조금 전처럼 목숨을 위협받지 않는 이상, 말썽을 부려봐야 손해였다. 남은 시간 동안 아레나에 대해서 조금이라도 정보를 얻게 된다면 나쁘지 않았다.

민혁은 고개를 돌려 선지자를 슬쩍 봤다. 우리가 나가고 나면 그는 어떻게 될까. 그에겐 30발의 탄환이 있었다. 참가 인원이 몇 명인지, 그들은 어떤 무기를 구현해냈는지 알 수 없지만, 쉽게 무너지지는 않을 거다. 아니, 애초에 디타람브에서 죽는다는 게 말이 되지 않았다.

얼마를 걸었을까. 바로 위에서 윙윙대는 진동이 느껴졌다. 그리고 곧 붉은 담벼락으로 막힌 막다른 골목이 나왔다. 맨 앞에 서서 걸었던 민머리 사내가 살짝 옆으로 비켜서더니 세 사람에게 벽에 바짝 붙어 서라고 지시했다.

세 사람 중 맨 뒤에 서서 걸었던 민혁이 벽에 붙어 발을 멈춘 순간, 그들은 원형 경기장 위에 서 있었다.

분명 가까이 붙어 있었으나 전부 외따로 떨어진 채였다. 놀라운 건 관중석에 관중들이 빽빽하게 들어차 있다는 거였다. 그들은 자신들의 의무라도 되는 듯 참가자들을 향해 환호성을 질렀다.

민혁은 그제야 아레나에 참여한 사람들을 살폈다. 인원은 자신까지 총 여덟 명이었다. 각자도생인가. 여덟 명의 참가자는 한동안 서로를 탐색하듯 훑어봤다. 민혁과 서진처럼 눈에 띄는 무기를 구현한 이들도 있었지만, 무기가 보이지 않는 이들도 있었다. 참가자들의 표정이 진지해질수록 사방에서 연민에 가까운 웃음이 쏟아졌다.

그 순간, 느닷없이 망막에 상이 맺히듯 글자가 나타났다.

[경기장 안의 규칙을 찾아 승리하세요.]

4

회황색의 벽돌과 콘크리트로 쌓아 올린 원형 경기장엔 같은 색의 모래가 바닥에 깔려 있었다. 모래는 입자가 매우 고왔고, 그 때문은 아니겠지만 방향을 정해두지 않은 채 흐르고 있었다.

가만있자니 발이 빠질 것 같아 경기장 안의 참가자들은 계속해서 제자리에서 벗어나야만 했다. 그러면서도 서로 간의 간격을 좁히려 들지 않았다. 천장이 다 트인 곳이었지만 경기장을 뒤덮은 긴장감에 고립감마저 들었다.

아레나의 모래밭에 선 여덟 명의 시선이 관객들의 환호를 휘감은 채 공중에서 빠르게 뒤엉키기 시작했다. 이웃과 상투적인 눈인사를 하는 게 아니라는 것쯤은 다들 알고 있었다. 독백처럼 쏘아낸 시선을 재빨리 회수해 판단해야 했다. 결정은 빨라야 했고, 그보다 더 정확해야 했다. 도망칠 건가, 아니면 공격할 건가. 도망칠 곳이 존재하는가, 공격한다면 누굴 공격할 건가.

민혁은 남은 시간을 확인했다. 로그아웃되기 전까지 5분가량 남아 있었다. 죽음은 의외로 낯설지 않고, 어렵지도 않다. 5분이면 충분하다는 이야기다. 사방이 트인 원형투기장의 특성상 도망칠 곳은 없었다. 결론은 최소 한두 명과는 맞부딪쳐야 한다는 이야기였다.

민혁 본인과 서진, 선지자를 제외하고 남은 인원은 다섯 명. 이제 막 사춘기를 지났을 것 같은 앳된 얼굴에 무테안경을 쓴 소년이 입고 있는 옷에 아라비아 숫자 '1'이 사르르 나타났다. 민혁은 소년의 옷에 숫자가 나타나는 걸 확인하고, 자신의 상의를 살폈다. 어느새 숫자 '3'이 그려져 있었다.

2번은 50대 중후반은 돼 보였는데 우락부락한 체격에 윗입술을 덮을 정도로 덥수룩한 수염을 기른 남성이었다. 5번은 나이를 가늠하기 힘든 말총머리를 한 남성이었고, 40대 초반의 어깨까지 내려온 중단발머리의 여성이 6번, 보통 체격에 미간이 넓고 다소 무신경한 인상에 민혁의 또래로 보이는 남성이 7번이었다. 서진과 선지자는 각각 4번과 8번이었다.

굳이 피해야 할 상대를 고르자면 2번과 5번이었다. 두 사람 모두 구현된 무기가 보이지 않았다. 선지자처럼 총을 구현했거나, 투척 무기를 구현했을 수도 있었다. 무기를 파악하기 전까지는 마주치는 일을 최대한 늦추는 게 나아 보였다.

민혁이 마체테를 다시금 움켜쥐었다. 그 순간 민혁은 손잡이가 비틀어지는 느낌을 받았다. 마체테로 시선을 옮기는 것과 동시에 손에 닿는 질감이 조금 더 실감 나게 바뀌며 처음 구현했을 때 봤던 진회색에서 검은색으로 변했다.

그뿐만이 아니었다. 경기장을 둘러싸고 있던 관중석의 원근감이 달라지고 있었다. 착각인가 싶은 순간 관중석은 참가자들에게서만이 아니라 그들 각자에게서도 동떨어져 별안간 빠른 속도로 멀어지기 시작했다. 그와 반비례하듯 함성은 더욱 커졌다.

바닥을 덮고 있던 모래의 흐름 역시 빨라지더니 느닷없이 바닥 여기저기서 솟구치기 시작했다. 여덟 명 모두 솟아오르는 모래 기둥을 잽싸게 피해 다녔고, 몇몇은 미처 전부 피하지 못하고 기둥에 몸을 내어줬으나, 모래 기둥은 해치려는 목적이 아닌 듯 참가자를 뒤로 조금 밀치기만 했다. 그나마도 참가자들이 자리에서 비키면 재차 솟구쳐 오르기 시작했다.

관중석만 멀어지는 게 아니라 경기장 자체도 펼쳐지듯 확장되고 있었다. 모래 기둥은 요동치며 사이프러스와 삼나무로, 기둥에서 떨어져 나간 것들은 바닥에 닿는 즉시 흙으로 변모했다. 텅 비어 있던 투기장이 순식간에 숲이 됐다. 바람 한 점 없던 조금 전과 달리 남실바람이 불어 이파리가 나풀거렸다.

어느새 민혁의 주변엔 무성한 나무와 그것들이 뿜어내는 은은한 향만 남아 있었다. 민혁은 사이프러스를 만져봤다. 영락없는 나무의 질감이었다. 놀라는 것도 잠시, 시야에 별안간 글자가 또 떠올랐다.

[경기장 안의 규칙을 찾아 승리하세요.]

민혁이 손으로 휘두르자 글자는 사라졌지만, 관중들의 떠드는 소리는 여전했다. 이래서는 누가 몰래 접근한다 해도 알아차릴 수 없을 거 같았다. 민혁은 혹시 몰라 조심스레 입을 뗐다.

"음소거."

다행히 소리가 들리지 않았다. 대신 시야에 대화창이 떠올랐다. 관중들의 열띤 성원이 수도 없이 쏟아졌다. 번호를 써가며 그 대상을 응원하는 글이 가장 많았고, 얼른 다른 사람들을 만나 한바탕 붙어보라는 글의 빈도도 점차 늘어났다. 그중 우연히 눈에 띈 한 문장이 민혁의 시선을 사로잡았다. 민혁은 그 문장을 찾기 위해 손가락을 움직여 스크롤 업했다. 관리자가 올린 글이었다.

[이번 회차 우승자에게는 신체 유지 체임버를 제공합니다.]

민혁은 그 문장을 여러 번 읽고 또 읽었다. 신체 유지 체임버를 제공한다는 관리자의 말은 주기적으로 대화창에 올라왔다. 이쯤되면 다른 이들도 모를 수가 없을 거다. 민혁은 어처구니없게도 관리자의 글을 보고서야 자신 앞에 감당할 수 없는 현실이 주어져 있음을 실감했다. 아버지의 몸은 한계에 다다랐고, 식량을 빼돌린 민혁에게 최선은 실직이다.

이대로 로그아웃하게 되면 다시 디타람브에 들어올 기회가 있을까?

터무니없는 생각에 민혁은 자조적인 웃음을 띠었다. 친한 용병 덕에 입에 익은 말씨가 그의 죽음 이후 거북해진 것처럼 때때로 익숙한 것들이 어느 날 갑자기 생경한 느낌으로 다가오는 때가 있다. 민혁은 그런 순간들이 많았다. 지워지지 않는 피비린내가 그랬고, 몸에 난 상처들이 그랬으며, 현장에 나갈 때 손에 쥐는 무기들과 병원에 누워 있는 아버지가 그랬다.

부작용을 염려해 디타람브 접속을 퇴짜 맞은 사람이 억지로 들어왔다가 자신에게 절실히 필요한 신체 유지 체임버를 얻게 되는 상황이라니, 민혁에게는 이 순간이 한 편의 코미디 같았다. 그러나 민혁에게 남은 시간은 얼마 남지 않았다. 이번 경기의 승리 목표인 규칙이 무엇인지 감도 잡지 못했기에 우승은 이미 물 건너간 상황이었다.

가랑비가 내리기 시작했다. 비릿한 물 냄새와 젖은 흙냄새가 바람을 타고 코끝을 파고들었다.

* * *

서진은 한참 동안 눈을 내리깐 채 자리에서 움직이지 않았다.

바람이 싣고 온 산뜻한 피톤치드 향조차 그의 주의를 환기하기엔 역부족이었다. 할 수 있는 거라곤 구현된 바스타드 소드를 양손으로 움켜쥔 채 사주 경계를 하는 것뿐이었다.

원형 경기장에서 민혁과 선지자가 시야에 잡혔을 때가 차라리 나았다. 어떻게든 버티고 있으면 한 번쯤은 도와줄 거라 기대할 수 있었기 때문이다. 더군다나 선지자는 총을 구현했으니 충분히 도움이 될 거라고 여겼다.

하지만 경기장이 수풀로 뒤덮이고, 외따로 떨어지자 우선순위를 정하기 쉽지 않았다. 이동해서 민혁을 찾아야 할까. 아니면 그가 찾아오기를 기다리는 게 나을까. 무엇이 더 유리할까. 보이지 않는 관중들의 외침과 화면창 댓글들은 판단에 도움을 주지 못하고 도리어 정신만 사납게 만들었다.

로그아웃되기를 기다렸으나 접속이 끊기는 일은 일어나지 않았다. 민혁이 자신을 찾아오는 일도 없었다. 바람결에 날붙이가 맞붙는 소리가 언뜻 들리기도 했다. 민혁도 누구를 만났을까. 상대에게 신경 쓰느라 나를 잊은 걸까? 아니면 부작용 때문에 기현이 강제로 로그아웃시킨 걸지도 몰랐다.

식량 탈취한다는 사실이 들통났을 때, 기현은 두 가지 선택지를 건넸다. 월급의 30퍼센트 영구 삭감 혹은 디타람브에서 자신의 의뢰를 해결하고 퇴사.

30퍼센트 삭감된 급여 비용으로 버틸 생각만 해도 현기증이 났다. 수영의 신체 유지 체임버 유지 비용을 내고 나면 저축은커녕 생활비도 모자랐다. 얼마 전 아버지의 신체 유지 체임버를 계약했다던 민혁도 같은 상황임을 충분히 유추할 수 있었다. 정해진 선택 안에서 최선의 결과를 내는 것. 서진이 잘하는 것이었지만, 이번에는 뭐가 최선인지 알 수가 없었다.

그러나 고민하는 서진과 달리 민혁은 고민도 없이 디타람브에 들어가겠다고 했다.

디타람브에 들어가기로 한 뒤 민혁은 자신에게 부작용이 있음을 고백했다. 다행히 접속 유지 시간이 긴 편이었지만, 굳이 그런 선택을 한 의도를 의심할 수밖에 없었다.

일순간 숲이 침묵했다.

잠깐 사이에 바람도 걸음을 멈추고 나무들도 가지를 축 늘어뜨린 채 내버려뒀다. 선득한 침묵이 이어졌다. 서진은 주변을 살피며 천천히 발을 뗐다. 이름을 알 수 없는 나무들 사이로 비친 묵직한 구름은 이내 비를 흩뿌리기 시작했다.

다시 바람이 불기 시작했고, 종일 누운 수영의 새된 비명을 닮은 그것은 서진에게 부딪쳐 사방으로 튕겼다.

수영은 서진이 넋을 놓고 창밖을 바라볼 때면 곧잘 짜증을 냈다. 출근 시간을 제외하고는 늘 자신을 바라보며 곁에 있어 주길 바랐고, 때로는 출근마저도 하지 말라며 떼쓰기도 했다. 그때 서진에게 집 안의 시간은 멈춘 것처럼 느껴졌다. 수영이 잠들고 베란다에 나가 멍하니 창밖을 바라보던 그 시간만이 서진에겐 유일하게 숨통을 틸 수 있는 시간이었다.

서진은 결국 본인도 지쳐가고 있음을 인정할 수밖에 없었다.

사고가 발생하고 6개월이 지났을 무렵엔 돌본다는 의미보다 외려 감시라는 표현이 더 적합해졌다. 남들에게서 감춰야 했고, 본인도 때로는 무시했으며 수영에게서도 멀찍이 분리해야만 했다. 도망치고 싶었던 적이 한두 번이 아니었다.

하지만 서진은 아내를 두고 도망칠 수 없었다.

사랑해서인지 묻는다면 모르겠다. 서진은 그냥 그저 그런 사람일 뿐이었다. 짊어져야 할 책임에 지레 겁먹고 결정적인 순간에 아무것도 하지 않는 사람.

사고 이후 수영과 눈을 맞추며 대면하기보다 외면한 적이 많았다. 수영이 디타람브로 이주했을 때, 경제적으로 힘들어졌지만 그만큼의 해방감도 느꼈다. 지금 숲에서 불어오는 바람은 자신을 나무라는 수영의 고함 같았다. 아레나에 참가하기 전에 만났다면, 수영은 어떤 표정으로 어떤 말을 건넸을까? 무슨 말이라도 들었다면 조금 더 적극적으로 움직일 수 있었을까?

바람이 여전히 귀를 때렸고, 움직일 수 있는 것들 사이에서 움직이지 않는 존재가 저 혼자라고 생각하니 왠지 견디기 힘들었다. 어디로든 움직여야 했다. 불현듯 바스타드 소드를 쥐고 있는 손이 비현실적이라는 생각이 들었지만, 지금은 움직여야 했다.

서진은 잰걸음으로 걸음을 옮기다가 이내 눈앞에 보이는 사람의 실루엣을 보고 황급히 풀숲에 몸을 숨겼다. 2번과 선지자였다.

우락부락한 체격에 덥수룩한 수염을 기른 2번과 선지자는 서로를 향해 총구를 겨누고 있었다. 선지자를 만났음에도 반가운 마음이 들지 않았고, 두 사람 역시 서로를 견제하느라 서진의 인기척을 느꼈음에도 눈길 한 번 주지 않았다.

선지자를 도와주는 것이 맞겠지만, 언제고 저 총구가 자신을 향하게 될지 몰라 두려웠다. 서진이 뭉그적거리자 선지자가 곁눈질하며 큰소리를 질렀다.

"지금 고민하는 거야?"

2번은 선지자의 의도와 달리 주눅 들어 보이지 않았다. 도리어 다급한 쪽은 선지자와 서진 같았고 2번은 흥미로운 표정으로 말을 걸었다.

"칼을 쥐고 있는 손이 비틀거리면 자신을 벨 수도 있어."

서진은 바스타드 소드를 다시금 말아쥐었다. 2번이 정말 자신을 보고 이야기한 것 같지는 않았지만, 적어도 그가 틀린 말을 한 것 같지도 않았다. 그만큼 서진의 자세는 엉망에 가까웠다.

"어디 누구든 베어보라고. 대신 서둘러야 할 거야. 가운데 껴서 애꿎은 총알받이가 되기 싫으면."

선택의 순간이 돌아왔다.

이미 방향은 정해져 있었지만, 정해진 결과를 얻는 것에도 목숨을 걸어야 하는 순간이 있었다.

서진은 바스타드 소드의 무게를 믿었다. 평생 남에게 칼은커녕 주먹 한 번 휘둘러 본 적도 없었던 터라, 바스타드 소드의 무게는 남다르게 느껴졌다. 서진은 이 상황을 게임이라고 생각하기로 했다. 현실은 종이에 무기를 그린다고 구현되지 않고, 모래가 움직여 숲이 되지도 않는다.

2번을 향해 서진이 빠르게 걸어갔다.

서진의 팔이 살짝 들리자 2번이 그를 향해 총구를 돌렸다. 선지자는 여전히 2번에게 총을 겨누고 있었으나 먼저 쏘지 못했다. 결과적으로 선지자와 2번, 서진은 정삼각형을 이룬 채 언제 끝날지 모를 탐색전만 하게 됐다.

바스타드 소드를 던져서 2번이 피하는 사이 선지자가 총을 쏴서 놈을 제압할 수 있을까?

무턱대고 돌격해봤자 총알받이가 될 테고, 결국 둘 중 한 사람이 희생해야 하는 걸까?

이런저런 생각에 서진은 머릿속이 어지러웠다. 총에 맞는 건 싫었다. 하지만 가능성을 생각해보자면 자신이 달려들어 주의를 끄는 사이에 선지자가 제압하는 것이 그럴듯했다. 놈을 벨 수 있다면 가장 좋겠지만, 바스타드 소드는 가볍게 휘두를 수 있는 검이 아니었다. 바스타드 소드를 휘두르고자 팔을 높이 들게 되면 급소를 드러내게 되는 셈이었다.

"나라면 정면에서 쏘는 총보다 뒤통수로 날아오는 총알을 두려워할 거다. 배신은 꽤 쓰라리거든."

흘겨보던 2번이 입을 열었다. 2번의 총구가 서진에게 완전히 고정됐다. 선지자의 표정이 굳어졌고, 동시에 두 총구에서 불이 뿜어져 나왔다.

"헉, 헉……!"

서진은 귀가 먹먹한 걸 느꼈고, 자신이 다치지 않았음을 확인했다. 2번은 글록을 쥐고 있던 오른손과 안면에 끔찍한 화상을 입은 채 쓰러져 있었다. 그건 멀찍이 떨어진 선지자도 마찬가지였다. 그도 오른팔을 감싸 쥔 채 신음하고 있었다.

서진은 2번이 놓친 글록을 발로 차 멀리 떨어뜨려 놓았다. 자세한 건 몰랐지만, 탄환에 맞은 것이 아니라 총열 혹은 탄환이 폭발한 모양이었다. 서둘러 선지자에게 달려간 서진은 그를 부축해 일어섰다.

"확실히 끝낸 거야?"

"그럴 필요 없어요."

서진이 선지자의 시선을 가까스로 외면했다.

"저 녀석이 널 죽이려고 했다는 걸 잊은 건 아니겠지?"

"가만둬도 어차피 죽을 거예요."

"지금까지 운이 좋았다고 생각해? 녀석의 총이 불량인 걸 어떻게 알았지? 자네가 움직여서지. 움직여. 행동하라고. 신은 인간이 움직이지 않으면 도와줄 수 없어."

선지자는 서진에게서 떨어져 곁에 있는 나무에 등을 기대고 섰다. 서진은 2번에게 다가갔고, 잠시 멈칫했다. 선지자와 함께 있을 때 2번은 움직이지 않는 것처럼 보였지만, 여전히 살아 있었다. 서진은 잠시 곤혹스러운 표정을 지었으나, 그건 아주 잠시일 뿐이었다.

"컥……."

바스타드 소드에 묻은 피가 흙바닥에 점점이 묻어 나왔다. 서진은 칼을 갈무리하며 저 멀리 자라난 분홍색 건물을 바라봤다.

"다들 저곳으로 모이겠죠?"

선지자가 고개를 끄덕였다. 서진은 선지자를 부축해 분홍색 건물로 걸음을 옮겼다.

5

민혁은 모래로 만들어진 침엽수들 사이로 난 길을 지나갈 때마다 길의 방향과 생김새, 심지어 가지의 각도마저 변화한다는 것을 알아챘다. 처음엔 방향 감각을 잃고 같은 델 계속 맴도는 링반데룽(Ringwanderung) 현상을 의심했으나, 금세 그것과 다르다는 것을 눈치챘다. 그건 마치 왔던 길로 되돌아가지 말라는 의미 같았다. 또한 나무밖에 없던 숲속에서 연기가 스멀스멀 피어오르는 첨탑을 발견했을 때, 그곳을 향해 움직이라는 뜻처럼 보였다.

첨탑 옆에는 얼핏 분홍색 건물이 눈에 띄었다. 인도의 자이푸르가 고향이라던 동료가 매일 같이 자랑하던 하와마할이 저런 모습이었을까.

갑작스럽게 나타난, 정면에 수백 개의 창문이 있어 언제나 시원한 바람이 불어온다던 하와마할과 닮은 꼴에 민혁은 그곳이 목적지거나 최소한 규칙을 파악할 수 있는 곳이라 짐작하고 걸음을 재촉했다.

여전히 빠르게 올라가는 글 때문인지 눈에 이물감이 들었다. 잠시 눈을 감았다 뜬 뒤 대화창을 천천히 살펴봤다. 의미 없는 글들이 대부분인 와중에 민혁의 눈길을 잡아끄는 글이 몇몇 보였다. 바로 현재 민혁의 위치에서 다른 참가자들이 있는 곳까지 대략적인 거리를 알려주는 글이었다.

어떻게 거리까지 짐작할 수 있나 의문이 들었으나 눈을 비비는 민혁에게 시야가 뿌옇게 번지니 하지 말라는 글을 보고 나서야 눈치챘다. 관중들은 참가자들과 시각을 공유하는 모양이었다. 그렇다면 상대 참가자들과 거리를 어림짐작할 수 있는 것도 이해가 갔다.

하와마할에 가는 것이 먼저라고 생각한 민혁은 다른 이들의 위치를 파악해 경로를 예상하고자 글을 차례대로 살펴봤다. 그때 글이 다급하게 올라가기 시작했다.

[바로 뒤에!]

[지금! 지금! 지금!]

민혁은 서둘러 뒤돌며 마체테를 크게 휘둘렀다.

다급하게 뒤로 물러난 1번은 욕설을 내뱉었다. 마체테가 그의 어깻죽지를 스치고 지나갔기 때문이었다. 가까이서 마주한 1번은 보기보다 어려 보이지 않았다. 그의 무기는 야나기바였다. 베는 것보다는 찌르는 것에 특화된 무기였다.

"아저씨, 운 좋네."

1번이 안경을 추켜올리며 말했다.

"내가 운이 좋다고? 그렇게 보여?"

민혁은 1번의 말을 곱씹었다.

"너 보기보다 불쌍한 애구나?"

민혁은 마체테에 묻은 피를 털어내며 1번을 자극했다. 1번의 인상이 구겨졌다. 앞뒤 가리지 않고 마구잡이로 야나기바를 휘둘러 대며 무작정 달려들 줄 알았던 예상과 달리 그는 차분하게 그러면서도 적당한 힘을 주어 정확하게 민혁의 빈틈을 노렸다. 하지만 번번이 막히거나 민혁의 마체테에 튕겨 나가기 일쑤였고, 시간이 지날수록 그의 얼굴이 붉으락푸르락 달아올랐다.

민혁은 구석으로 치워둔 대화창에서 다소 기이한 행동이라고 생각한 근거를 찾아낼 수 있었다. 민혁의 대화창에 올라오는 글은 하나같이 같은 내용이었다. 이제 지겨우니 얼른 1번을 처치하라는 거였다.

1번 역시 관중들이 대화창에 올리는 내용을 의식하고 있는 게 분명했다.

집중해야 하는 상황에서 관중의 존재는 거슬리는 부분이었다. 도움이 되기는커녕 피로도만 빠르게 높이는, 엄밀히 말하자면 위험 요소였다. 그들이 민혁의 눈과 귀가 된다는 이야기는 다른 이들의 눈과 귀가 될 수 있다는 말이기도 했다.

용병 시절을 떠올리며 침묵 속에 몸을 감춰두는 것이 현명할 수도 있었다. 하지만 그들의 도움을 받은 민혁은 마냥 무시할 수는 없었다. 조금 전에도 대화창을 눈여겨보지 않았다면 1번의 야나기바에 중상을 입었을지도 몰랐다.

어떤 상황을 겪었는지 알 수는 없으나 1번 역시 민혁처럼 도움을 받았을지 모른다. 어쩌면 관중석에서 쏟아지던, 이제는 대화창이 빠르게 스크롤 업 되는 속도로 증명된 환호에 잠식된 걸지도 모른다.

아마 1번은 자의로든 타의로든 냉담한 태도를 보이려던 것이 분명해 보였다. 문제는 속내가 너무 쉽게 읽힌다는 점이었다. 관중들이 가장 좋아하는 먹잇감은 뭔가를 잃지 않으려고 전전긍긍하거나 꽁꽁 감춰두는 자들이다. 관심은 풍선과도 같아서 아주 사소한 자극에도 쉽게 부풀기 마련이다. 1번의 욕망은 관중들의 관심을 등에 업고 쉽게 부풀었고, 그들에게 달뜬 얼굴을 내보였을 것이다. 이뤄낼 수 있다는 당찬 용기는 때에 따라 무모함이 된다.

1번도 민혁만큼 궁지에 몰렸을 수 있다. 결국 그가 1번보다 나은 점이라곤 운이 좋았던 것뿐이었다.

'아저씨, 운 좋네.'

"꼴이 우스워졌네."

민혁은 혼잣말인 양 중얼거렸다.

'어쩌다 참여하게 된 건지 알 수 없지만, 처음부터 이룰 수 없는 욕망이었어.'

다만 민혁은 뒷말까진 입 밖에 내진 않았다. 1번을 위해서가 아니었다. 본인의 욕망을 더 구기고 싶지 않았기 때문이다.

민혁은 시야 한쪽에 뜬 숫자를 확인했다. 남은 시간은 겨우 20초였다.

민혁은 지금까지 수비에 집중했던 것과 달리 다소 사납게 1번을 몰아붙였다. 민혁의 마체테는 1번의 몸에 얕은 상처를 만들어냈고, 마침내 1번의 야나기바를 두 동강 냈다. 1번은 이 상황이 믿기지 않는지 어안이 벙벙한 표정으로 짤막하게 갈라진 칼날을 봤다.

"혹시 다음에 만나게 되면 아저씨라고는 부르지 마."

잔뜩 움츠린 1번이 두 동강 난 칼자루를 집어던졌지만, 민혁은 마체테로 가볍게 튕겨냈다. 이제 로그아웃까지 10초 남짓 남았다. 남은 시간이 붉은색으로 깜빡이며 시선을 끌었다. 그러나 눈길이 가지 않았다. 1번의 얼굴에 누가 봐도 알 수 있을 만큼 공포의 밀도가 높아졌다. 아이러니하게도 민혁은 그제야 1번의 앳된 얼굴을 마주할 수 있었다. 바닥에 주저앉은 1번은 민혁이 다가오자 부러진 칼날을 주워 던졌다.

당혹스러운 그의 낯빛을 동공에 담으며 마체테를 휘두르려는 순간, 마침내 로그아웃까지 남은 시간이 0을 가리켰다.

'뭐가 어떻게 된 거지?'

민혁은 의아함을 느꼈다. 자신이 로그아웃되지 않은 채 여전히 아레나에 존재했기 때문이다. 현실은 삐딱한 태도를 지니고 있어, 인간의 상상과는 다르게 다소 거칠게 흘러갈 때가 있다는 걸 잠시 깜빡하고 있었다.

분명 마체테를 휘두르기 전이었는데, 어느 순간 마체테를 쥔 손이 쭉 뻗어 있었다. 바닥이 푹 꺼지는 느낌이 들었다.

생전 처음 느껴보는 감각이었다.

모든 게 휘어진 듯 보이면서 동시에 그립다가 답답해졌다. 자신이 멀어지는 건지 주위의 모든 게 멀어지는지 알 수 없었다. 메스꺼운 느낌이 들어 눈을 뜨고 있기 힘들었다. 어두워진 동공에 낯선 인영이 등장했고, 지나쳤다가 돌아오기도 했으며, 영영 떠나버리기도 했다. 한두 사람이 아니었다. 민혁은 어렴풋이 느낄 수 있었다. 직관적으로 마주할 수 있는 공포여서 비명을 지를 수 있는 게 아닌, 아주 살짝 틀어진 각도가 쌓이고 쌓여 영원히 어긋난 궤도를 만들어내는 기분, 불안이었다. 무시할 수도, 부숴버릴 수도 없는 감각이었고 처음 경험함에도 화상 흉터처럼 자신의 몸 어딘가에 깊숙이 묻혀 영원히 남을 거라는 생각이 들었다.

이게 병원에서 말한 부작용일까.

하지만 생각과는 달랐다. 온몸을 부숴버릴 듯한 통증에 당장 허물어질 줄 알았던 것과는 달리 감각이 너울지며 퍼져나가는 느낌이었다. 하지만 바깥의 육체는 어떨까. 최 선생이 이야기했던 것처럼 돌출행동을 보이지 않을까. 그렇다면 기현의 선택은 어느 쪽일까. 접속구를 해제하고, 안정을 취하도록 지시할까. 아니면…….

잡생각이 많을수록 행동이 느려지는 법이다.

희미하게 보이는 시야에 여전히 아레나가 보였지만, 그 속에 1번은 없었다. 이대로 그가 도망친다면 다행이지만, 확신할 수 없었다. 기회가 왔다며 입맛을 다시지 않을까.

"볼륨 업!"

[갑자기 뭐하냐.]

[야, 재 칼 잡는다.]

관중들의 목소리가 들렸다. 그리고 이내 중첩되며 알 수 없는 노이즈가 섞여 들기 시작했다. 민혁은 관중의 목소리를 토대로 자신이 튕겨낸 칼이 어느 방향으로 향했는지를 떠올렸다. 이 순간 의지할 수 있는 건 경험을 토대로 한 짐승 같은 본능뿐이었다.

민혁은 속으로 숫자를 세며 기다렸다. 관중들의 목소리를 음소거로 바꿨고, 눈도 여전히 감은 채였다. 바람 소리 사이로 습기를 머금어 축축해진 흙을 밟는 발소리가 들렸다. 1번의 신장을 토대로 보폭을 가늠했다. 민혁은 재빨리 발을 굴려 전진하며 위쪽으로 마체테를 휘둘렀다.

힘이 과했던 탓에 마체테는 공중을 두어 바퀴 돌아 전나무에 박혔다.

민혁은 몸을 반쯤 틀어 왼팔로 복부와 가슴을 보호하듯 막았다. 아니나 다를까 전완근에 날카로운 통증이 느껴졌다. 민혁은 칼을 쥐고 있는 손목을 잡아채 날을 빼낸 뒤 1번의 옆구리에 펀

치를 날렸다. 예상치 못한 충격에 1번이 몸을 굽히며 멈칫하자 민혁은 주머니에서 무기를 구현하기 위해 쥐었던 펜을 꺼내 1번의 목에 깊숙이 밀어 넣었다.

곧 몸의 감각들이 정상화되고 흥건하게 번진 피바다에 누워 몸을 움찔거리는 1번이 보였다. 양손으로 상처를 감싸 쥐었다가, 펜을 잡고 부들부들 떨었다. 관중들의 환호성이 들렸다.

[규칙을 획득하셨습니다. 추가된 규칙을 확인해주세요.]

시야에 뜬 글자가 반짝였다. 경기장 안에서 규칙을 찾으란 이야기는 곧 사람들을 죽이라는 이야기였나. 그렇다면 많이 죽일수록 유리한 건가. 아니면 불리해지는 건가. 독식을 막기 위해 페널티를 주려나. 생각해보면 꽤 아이러니한 일이었다. 사람들을 구하기 위해 만든 방주에서 서로 죽고 죽이는 아레나가 펼쳐지고 있다니.

민혁은 피 웅덩이를 깔고 엎어진 1번을 똑바로 뉘었다. 1번의 얼굴을 기억하기 위해서였다. 진짜 죽었을 리는 없으니, 아레나의 존재를 증명할 사람을 찾아야 했다.

생각의 처리 속도가 점차 느려지는 게 느껴졌다. 조금만 늦었다면 피를 쏟으며 흙바닥에 누워 있는 사람은 1번이 아니라 자신이 됐으리라.

[추가된 규칙을 확인해주세요.]

“규칙 확인.”

[추가된 규칙 : 조커잡기.]

“이거 쉴 틈이 없네.”

상세 설명을 읽으려던 민혁은 설명창을 한쪽으로 치우며 전나무에 박힌 마체테를 뽑았다. 음울한 눈빛으로 자신을 노려보는 7번을 발견했기 때문이다.

7번을 보던 민혁의 시선이 그의 손으로 옮겨갔다. 그도 서진처럼 평범한 롱소드를 쥐고 있었다.

민혁은 뒤죽박죽 섞인 채 밀려들어 오는 부정적인 감각을 힘겹게 통제하기 시작했다. 통제하는 건지도 확실치 않았지만, 적어도 조금 전과는 달리 이곳을 지각할 수 있었다. 하지만 그게 7번을 이길 수 있다는 확신을 주진 못했다.

민혁이 거리를 가늠해 마체테를 휘둘렀다. 하지만 예상과 달리 너무 얕았고, 7번은 살짝 물러서며 손쉽게 회피했다. 이어 7번의 발이 민혁에게 덤벼들었다. 예상치 못한 공격에 민혁은 볼품없이 나동그라졌다.

“도망쳐. 네가 얻을 수 있는 마지막 기회야.”

7번은 민혁에게 날이 선 목소리로 말했다.

민혁이 마체테를 지팡이 삼아 일어서려 했으나 물 먹은 흙은 생각보다 마체테를 깊숙이 빨아들인 덕분에 중심을 잃어 다시 바닥에 뒹굴었다.

"설설 기는 사냥감은 재미가 없거든. 반응을 봐서 알고 있겠지만, 인기도 없고."

"여태 아무도 죽이지 못한 것 같은데 자신감 넘치네."

7번이 눈을 부릅뜬 채 굳어 있는 1번을 발로 툭툭 찼다.

"이런 얼치기들을 죽여봐야 아무런 의미가 없는걸. 얼치기들은 원래 저들끼리 싸우는 법이라서."

7번이 빈정거리듯 이어 말했다.

"그리고 난 적정한 값을 받기 전까지는 아무도 죽이지 않아."

민혁이 고개를 갸웃거렸다. 우승자에게 신체 유지 체임버를 제공하는 것 외에 다른 특전이 있는 건가? 하지만 그런 특전이 존재한다면 주최자로서는 이야기하지 않을 이유가 없다.

"아레나가 어떤 곳인지 알고 들어온 모양이군. 당신은 여기서 뭘 얻으려는 거지?"

"내가 원하는 걸 물을 게 아니라 당신이 여기서 뭘 알아야 하는지를 물어야지."

"내가 뭘 알아야 하는데? 당신 정체가 뭐야?"

7번이 고개를 젖히며 피식 웃었다.

“보기보다 멍청하네. 한 번 구겨진 기회는 다시 펼칠 수 없어.”

그 순간, 저 멀리서 총성이 들렸다. 민혁의 표정이 굳어졌다. 머릿속에 선지자가 떠올랐다. 그가 쏜 걸까, 아니면 맞은 걸까.

“행운을 빌지.”

7번은 고개를 돌린 민혁에게 그 말만을 남기고 몸을 돌렸다. 이야기에 미루어 보아 그는 분명 이 아레나에 대해 자세히 알고 있는 게 분명했다. 민혁은 이대로 그를 좇아 아레나에 대해 더 케물어야 하나 고민했지만, 이내 마음을 굳히고 총성이 들린 쪽, 숲 한가운데에 나타난 분홍 건물을 향해 달려갔다.

* * *

민혁은 고개를 들어 눈앞에 그림처럼 펼쳐진 거대한 궁전을 올려다봤다.

정면엔 창문만 있을 뿐 사람이 드나들 만한 입구가 없었다. 하는 수 없이 민혁은 궁전의 벽을 따라 걸었다. 풍화된 벽의 질감은 지나치게 현실적이었고, 문득 마체테가 무겁게 느껴졌다.

민혁은 가까스로 궁전의 정면과 달리 다소 밋밋한 인상의 입구를 지나 연못 정원에 당도했다. 정원 중앙의 작은 연못에는 빛바랜 크림색의 정사각형 기둥이 솟아 있었다. 기둥의 절반이 조금 못 미치는 지점에 반수리를 들고 있는 크리슈나의 흉상이 줄기에서 뻗은 가지처럼 자라나 있었다.

기둥에서 흐르는 물이 크리슈나의 얼굴을 적시고 떨어질 때마다 세상의 질서가 어지러울 때 나타났다던 신의 모습과 겹쳐 이 세계를 구원하기 위해 기둥에서 빠져나오려는 것처럼 보이기도, 그의 힘으로도 인류를 구원하지 못해 눈물을 흘리는 것 같기도 했다.

"민혁 씨!"

그때 저 멀리 서진이 선지자를 부축한 채 걸어오는 게 보였다. 민혁은 희한하게도 선지자의 부상보다 서진의 손가락 마디에 튄 핏자국에 더욱 눈길이 갔다. 그리고 이내 자신의 손에도 핏자국이 묻어 있음을, 추적추적 내리는 비를 맞으며 왔음에도 지워지지 않았다는 것을 깨달았다.

혓바닥이 새까맣게 타버리기라도 한 것처럼 세 사람은 입을 살짝 벌린 채 아무도 말을 꺼내지 않았다. 민혁은 현재 돌아가는 상황을 파악하기 위해 채팅창을 켰지만 왜 싸우지 않고 앉아서 쉬고 있냐며 성내고 욕하는 사람들이 대부분이었다. 민혁은 그냥 채팅창을 닫고 두 사람에게 시선을 돌렸다.

"그래도 선방했네요. 다신 못 볼 줄 알았는데. 재능도 있는 것 같고."

민혁이 서진의 바스타드 소드에 묻은 혈흔을 가리켰다. 서진은 어정쩡하게 웃었고, 선지자는 아무 대답이 없었다.

“다시 만나니까 반갑네요.”

서진이 짧게 대답하며 바스타드 소드에 묻은 2번의 흔적을 지워냈다. 셋은 그렇게 각자의 상처를 살피며 연못의 물을 떠내어 피를 씻었다.

육체가 없는 디타람브 내에서 그게 의미 있는 행동인지는 중요하지 않았다. 말이 안 된다고 하기에는 반복적으로 느껴지는 통증이 전혀 조악하지 않았다. 민혁은 이해하지 못한 채로 너무 멀리 와버렸다고 생각했다. 멍하니 앉아 있을 여유 따윈 없었지만, 뭘 해야 좋을지도 알 수 없었다. 그저 아주 오래전부터 아레나에 있었던 것처럼, 불안하면서도 고되고 따분했다. 그 순간 귓가에 선지자의 고통스러운 신음이 나지막이 들렸다. 그제야 느껴졌다. 자신들이 살아있음이.

“불편해 보이는데 판초 벗는 게 어때요?”

민혁이 선지자에게 물었다. 선지자는 손짓으로 대답을 대신했다. 민혁은 곧장 행동에 옮기기 위해 자리에서 일어섰다. 디타람브에서는 고통을 느낄 수 있었다. 적어도 응급처치를 하는 시늉이라도 하면 고통이 조금이나마 줄어든다는 이야기였다.

오른팔을 제대로 쓰지 못하는 탓에 선지자가 미간을 좁히고 얼굴을 찡그리며 버벅거렸다. 민혁은 마체테로 판초의 뒷부분을 반으로 갈라 앞으로 벗을 수 있게 도와주었다.

“그런데 어떻게……. 괜찮은 거 맞아요? 잊은 거 아니죠? 접속 가능 시간 한참 지난 거."

서진이 물었다. 민혁이 서진의 시선을 맞받았다.

"바깥은 난리가 났을지 모르죠."

선지자가 쌕쌕거리는 소리가 점점 줄었고, 흩날리는 빗소리만 들렸다.

"반대로 아무 일 없을지도 모르고."

민혁이 잠시 뜸을 들였다.

"어쩌면 바깥과 이곳의 시간이 다를 수 있죠. 길게 느껴지는 이 순간이 바깥에선 찰나일 수도 있고."

"일부러 암울한 쪽으로 상상하는 거죠? 그것도 버릇입니다."

"천성이 이런 걸 이제 와서 어쩌겠습니까."

"그래서 디타람브에 들어가겠다고 한 겁니까? 당신, 애초부터 살고 싶은 생각이 없었던 거죠?"

"발작 증상을 보이면 접속을 끊을 정도의 머리는 있는 사람들이라고 생각한 거죠."

"사람을 잘못 봤네. 민혁 씨, 생각보다 허술한 사람이네요."

"사람을 믿는 게 아니라 그들이 굴리는 수를 믿는 겁니다. 그들은 왜 비싼 게 분명한 디타람브 접속구까지 구해서 우리를 이곳제 집어넣었을까요? 분명한 건 알 수 없지만, 일단 우리가 어떤 이유로 필요해서인 건 분명하죠. 그러니까 다시 말해 아직 필요가 있는 동안은 우리를 그리 쉽게 죽게 두지는 않을 겁니다."

“그 말대로라면 좋겠지만, 그게 아니라면요? 이미 발작이 일어났고, 처지도 제대로 하지 않고 내버려 둔 채 갔다면…….”

“그리고, 봐요. 생각보다 멀쩡하잖아요. 이유는 모르겠지만.”

서진의 걱정에도 민혁은 태연하게 반응했다. 사실 그 역시 불안한 건 매한가지였지만, 비참한 이들끼리 불안을 뜯고 싶지는 않았기에 일부러 더 긍정적으로 굴었다.

“이거 괜히 짐만 됐구만.”

그때, 통증이 조금 줄었는지 선지자가 침묵을 찢고 말했다. 그는 진심으로 미안한 얼굴이었다. 민혁은 대수롭지 않다는 듯 어깨를 으쓱했다.

“미안해할 필요 없습니다. 보다시피 나도 상태가 안 좋고, 저 친구는 제 몸 지키기도 바쁠 겁니다. 이전처럼 각자도생이에요.”

“총이 제멋대로 폭발했어. 그것만 아니었어도 도움이 됐을 텐데 말이지.”

선지자가 못내 아쉬운 목소리로 상처를 바라보며 말했다.

“아마 약실과 탄환의 크기가 맞지 않은 모양입니다. 이곳에서 그런 거까지 구현해낼 줄은 몰랐네요. 구현될 때 어느 정도 보정을 거치길래 당연히 총기에 맞는 탄환일 줄 알았는데 아닌 모양이었군요. 아마 총기를 이용하는 걸 지루하게 여긴 모양입니다.”

“이번이 처음은 아니라는 이야기처럼 들리는군.”

“이미 예상했잖습니까.”

민혁은 문득 아레나를 운영하는 자들과 기현에게 사주한 자들의 관계성이 궁금해졌다.

“그나저나 다른 사람들도 분명 이곳으로 올 거라 생각했는데 왜 이렇게 조용할까요?”

서진이 자신 없는 목소리로 물었다.

“몇은 못 올 겁니다. 우리와 마주친 이들도 있고, 당연히 그들끼리도 맞붙었을 테니까요.”

“결국 우리끼리도 끝을 봐야 하는 걸까요?”

“이겨야 나갈 수 있다면, 그래야겠죠.”

“여기서 죽는다고 바깥에서도 죽는 건 아니겠죠?”

서진이 물었다. 민혁의 태도에 다소 체념한 듯한 목소리였다.

“채팅창 켜봐요.”

민혁의 뜬금없는 말에 서진은 다소 의아해하며 채팅창을 열었다. 그곳엔 얼른 민혁과 싸우라는 채팅이 끊임없이 올라오고 있었고, 선지자와 합심해 2번을 죽인 뒤, 왜 선지자를 끝장내지 않았는지 따지는 글들이 중간중간 보였다.

“이게 왜요?”

“최후에 당신과 나 둘만 남는다면 나는 최선을 다해 당신을 죽일 겁니다. 당신도 그러길 바라고요.”

서진이 민혁의 마체테를 향한 질척이는 시선을 가까스로 떼어냈다. 안도하는 시간이 길어질수록 본인에게 불리하다는 것을 깨달았다. 어쩌면 남은 이들이 상처 입었다면 시간을 끌수록 유리해지지 않을까, 잠시 생각에 빠졌지만 두 결괏값을 더하면 비등할 거라는 결론이 내려졌다.

순간 민혁의 마체테가 눈앞의 허공을 비스듬하게 갈랐다. 서진은 피할 새도 없이 자리에 털썩 주저앉았다.

"넋 놓고 가만히 있을 거예요? 막든 피하든 해야죠."

"정말 저를 죽이겠다고요? 저들이 시키는 대로 그냥 하겠다고요?"

서진이 다소 격앙된 목소리로 말했다. 태연하다 못해 뻔뻔한 민혁이 얄미웠다. 틀린 말이 없다는 점이 그랬고, 또 바스타드 소드를 휘두르긴커녕 절로 주저앉은 자신이 보잘것없이 느껴져 더 화가 났다.

"시키는 대로 하겠다는 게 아니라 아레나가 어떤 곳인지 알고 싶은 겁니다. 최대한 정보를 얻어야 하니까."

"신체 유지 체임버가 탐나는 건 아니고요?"

"준다면 거절하진 않죠."

서진은 입을 다물었다. 실제가 아님을 알고 있음에도 손안에 감기는 검의 감촉, 살갗을 파고드는 생경함이 떠올랐기 때문이다. 그리고 그 칼끝이 자신을 향할 수 있다는 것도.

"죽어야 할 이유가 없어도 죽을 수 있는 건 모두 똑같아요. 우리는 디타람브에 들어왔고, 여기서 나가야 해요. 방법을 모르는 게 문제지만, 적어도 한 가지 가능성은 알고 있죠. 우승하는 것."

"대화 중에 미안하네만, 다투는 건 조금 미뤄도 될까. 심상찮은 놈이 보이는데."

선지자가 입구 쪽을 턱짓으로 가리켰다. 흐릿한 빗소리를 배경으로 7번의 발소리가 사이마다 이어졌다.

민혁은 처음 그를 마주했을 때 어떤 표정이었는지를 떠올렸다. 다소 음울하고, 그 틈 어딘가에 지루함이 새겨진 얼굴. 그때와 달리 지금 7번은 얼핏 웃는 것처럼 보이기도 했다. 그 웃음이 무신경해 보이기도 했으며, 어울리지 않게 순수하게 민혁은 그의 웃음에서 무언가 알고 있는 자의 여유를 느꼈다. 아까 전 대화도 그렇고, 그는 분명 이 아레나에 대해 잘 알고 있었다..

"나갈 수 있는 방법을 찾을 수도 있겠네요. 어쩌면 가능성에 불과하겠지만, 놈에게서 단서쯤은 얻을 수 있겠죠."

민혁은 7번의 등장이 도리어 편안했다. 불편한 평화, 고요한 불안. 수식어가 잘못 붙은 감정들과 인사하기 위해 걸음을 옮겼다. 거세게 뛰는 심장박동이 느껴졌다. 용병 시절부터 줄곧 느껴온, 일이 끝나가고 있다는 민혁의 직감을 뒷받침해주는 증거였다.

7번이 연못에서 몇 발짝 떨어진 곳에서 멈춰 섰다. 그는 뭔가를 기다리는 듯이 연못의 기둥, 정확히는 기둥의 한 면에 툭 비어져 나온 크리슈나 흉상을 바라봤다.

그의 시선에 화답이라도 하듯 크리슈나는 번쩍 눈을 떴다. 크리슈나가 기둥에서 빠져나오기라도 하려는 듯이 몸을 비틀며 기둥을 향해 반수리를 내려쳤다.

잠시 뒤 그는 자신을 바라보고 있는 네 쌍의 눈을 의식하듯 남은 이들과 한 번씩 눈을 마주쳤다.

생존자…… 모두 입장……. 획득한 규칙은 조커……잡기. 조커를 찾아…… 내게 바쳐라.

"조커? 조커를 찾으라고? 너무 뜬금없잖아."

서진의 외침을 무시하듯 크리슈나는 곧바로 말을 이었다.

조커를…… 바친 최후의, 한 명만이…… 소멸을…… 면하게 된다.

말을 마친 크리슈나가 반수리로 기둥을 점점 빠르게 내리치기 시작했다. 그럴수록 기둥 속에 갇혀 있던 그의 하체가 점점 드러났다. 날붙이와 콘크리트가 부딪치는 쨍한 소음이 건물 전체를 울렸다. 상황이 바뀌었다. 단순하게 상금을 내걸고 내버려 두는 결투가 아닌 생존을 내걸었다.

얼핏 비슷해 보이지만 결이 달랐다. 1등이 얻을 수 있다는 신체 유지 체임버는 애초에 가져보지 못한 물건이었다. 그렇기에 여러 핑계와 신념을 대며 사람들과 맞붙는 상황을 피할 가능성이 생긴다. 그로 인해 자신이 죽게 된다고 해도, 먼저 적극적으로 나서는 경우가 없다는 뜻이다.

하지만 목숨을 걸게 된다면 상황이 달라진다.

크리슈나는 소멸이라는 단어를 사용했다. 순간 민혁과 서진의 시선이 얽혔다.

“잘못 들은 거 아니죠? 소멸? 우릴 진짜 죽인다는 거예요?”

민혁은 서진의 질문을 애써 무시했다.

“제가 1번을 처리했을 때 규칙이 추가됐습니다. 저 조각상이 말한 조커 잡기가 제가 얻은 규칙이었어요.”

“규칙을 얻으라는 말이 결국 다른 사람과 치고받고 싸우라는 뜻이었나.”

선지자의 말에 민혁이 고개를 끄덕였다.

“아마 그런 것 같습니다.”

서진이 끼어들었다.

“하지만 난 얻은 규칙이 없는데요?”

서진은 선지자와 함께 2번과 대립한 상황을 간략하게 설명했다. 후에 바스타드 소드로 그의 숨을 거뒀지만, 민혁이 이야기한 대로 규칙을 얻지는 못했다.

“경기가 워낙 불친절해서 어떤 상황에서 적용되고, 적용되지 않는지 감을 잡을 수가 없네요.”

“규칙을 얻는 것마저 랜덤이라는 걸까요?”

서진이 물었다.

“그것도 모르겠습니다. 참가자를 처음 처리한 사람만 얻는 건지 아니면 다른 조건이 있는지 지금으로선 확인할 수도 없으니까요.”

“다른 규칙은 없는 건가? 얻은 규칙 중 한 가지만 생성되는 걸까요?"

"조각상의 이야기를 들어보면 생존자는 우리뿐인 것 같고, 규칙도 제가 얻은 게 전부인 것 같네요. 아마 생존자들이 얻은 규칙 중 무작위로 선택해 마지막 결투를 벌이는 것 아닐까요? 누가 어떤 규칙을 얻었는지 모를 테니까."

"그럼 굳이 고생해가며 규칙을 얻을 만한 메리트가 없잖아요."

민혁이 고개를 갸웃거리며 잠시 생각에 빠졌다.

"아마 누군가는 규칙을 얻어야 했을 겁니다. 제가 규칙을 얻은 뒤에 이 건물이 나타났으니까요."

서진이 고개를 끄덕였다. 이 거대한 궁전이 처음엔 보이지 않다가 어느 순간 등장한 시점이 규칙을 얻은 이후였다면 충분히 가능성 있는 이야기였다.

"그럼 조각상이 말하는 조커는……."

"아마 저일 겁니다. 규칙을 발견한 사람이 저였으니까. 원래라면 누가 조커인지도 모른 채 서로 의심하며 싸워야 했겠죠."

조커라는 이명에서 본인이 아닌 다른 이가 조커일 가능성도 떠올릴 수 있었으나 모든 경우의 수를 떠올려봐도 관객 관점에서 재미있을 만한 경우는 많지 않았다.

"누가 살아남을 겁니까?"

7번의 물음이었다. 거리가 어느 정도 있었지만 7번의 미성이 손에 잡힐 듯 가까이서 들렸다. 세 사람이 웅성거려도 무관심하던 그가 천천히 걸음을 옮겼다.

"이만큼 떠들게 놔뒀으면 됐잖아요. 그래서, 당신들이, 내린, 결론은, 무엇입니까?"

7번이 천천히 선지자와 민혁, 서진을 차례로 번갈아 바라봤다. 선지자가 별안간 웃더니 서진에게 물었다.

"조금 전에 얼핏 들었는데 아내가 디타람브에 있다고?"

"네."

서진이 짧게 대답했다.

"아내를 디타람브에서 내보내. 그렇게 못하겠으면 자네라도 들어올 생각하지 말고."

서진은 대답하지 않았다. 뭘 알지도 못하면서 함부로 지껄이다니. 상대하지 않는 게 나았다. 하지만 남의 사생활에 대놓고 간섭하려는 선지자의 눈빛과 태도를 무시하기는 쉽지 않았다.

"우리한테, 적어도 제 아내한테는 디타람브가 최선이었어요. 이런 공간이 있는 줄은 예상도 못 했지만 아마 알았다고 해도 달라지진 않았을 겁니다."

서진은 결국 변명 아닌 변명을 읊어댔다.

"명심해. 정성스러운 거짓말이라고 진실이 되는 건 아니야."

선지자는 몸을 홱 돌려 7번을 향해 걸어 나갔다.

"아무리 생각해도 이해할 수 없는 시스템이야. 당신도 저들처럼 생각하는 건 아니지? 저들은 이게 구원이라고 생각하더라니까. 사실 저들뿐만이 아니었어. 내가 여기서 만난 모든 이가 디타람브를 구원이라고 여겼지. 진짜 구원은 바깥에 있는데 말이야."

"그렇게 무의미한 이야기 말고는 할 말이 떠오르지 않는 모양이지?"

"이런 가짜가 구원의 흉내라도 낼 수 있을까? 당신도 기억해 둬. 인간이 만든 구원의 소비기한은 항상 기대보다 짧기 마련이거든."

선지자는 뭔가를 더 말하려다 말고 동작을 멈췄다. 살짝 벌어진 입은 다물어질 줄 몰랐고, 선지자는 손을 덜덜 떨며 목을 쥐려 했다. 서진이 놀라서 선지자에게 다가서려 했다. 순간 선지자의 목에 빨간 선이 그어지더니 7번이 그를 걷어차는 순간, 선지자의 머리가 굴러떨어졌다.

"아……."

선지자의 머리가 서진의 발끝에 부딪친 뒤 멈췄다. 서진은 그의 눈과 마주친 뒤 바스타드 소드를 놓치고 말았다. 선지자의 몸이 바닥에 채 닿기도 전에 7번을 향해 순식간에 거리를 좁힌 민혁이 보였다.

7번이 짧은 숨을 뱉으며 롱소드를 들지 않은 왼손으로 귀를 움켜쥐었다. 민혁이 달려드는 것을 보고 7번은 반사적으로 몸을 돌려 피했지만, 마체테가 머리카락을 스쳐 귀 일부를 잘라내는 것까지 피할 순 없었다.

7번의 붉으락푸르락해진 얼굴이 기묘하게 보였다. 비에 씻긴 얼굴엔 군더더기 없는 분노가 선연하게 드러났다. 그는 롱소드를 수평으로 지르며 민혁에게 덤벼들었다.

7번이 빠르게 휘두른 롱소드를 민혁은 손쉽게 쳐냈다. 몸을 움직일 때마다 이리저리 방울져 떨어지는 핏방울이 시야 확보에 방해되는 듯 빈틈이 보여 마체테가 몇 차례 7번의 몸에 닿았지만, 움직임을 멈추기엔 다소 얕았다.

7번은 롱소드를 크게 휘둘러 민혁과 거리를 벌린 뒤 숨을 고르며 크리슈나를 곁눈질했다. 크리슈나는 어느새 발목까지 드러나 있었다.

"이렇게 화낼 만큼 각별한 사이였나? 이럴 줄 알았으면 좀 천천히 죽일 걸 그랬네."

"닥쳐."

"저 친구가 당하면 어떤 반응일까?"

7번은 방향을 틀어 서진에게 달려들었다.

서진은 7번과 민혁의 칼을 맞대는 모습 그리고 그걸 집어삼킬 만큼 커다란 소음을 내며 기둥에서 벗어나기 위해 애쓰는 크리슈나를 번갈아 바라봤다. 살아 나갈 수 있을까. 방법은 알고 있었고, 그걸 시행할 수 있느냐 마느냐의 문제였다. 서진이 바스타드 소드를 다시 쥐었을 때, 7번이 맹렬한 기세로 자신에게 다가오는 걸 발견했다.

7번의 검을 받아내기 위해 눈을 부릅뜨고 쳐다봤으나 보면 볼수록 할 수 없을 것 같았다. 서진은 검을 마구잡이로 휘둘러댔다. 다행히 7번은 방향을 틀어 자신을 도와주기 위해 달려오던 민혁과 다시 맞부딪쳤다. 마구잡이로 휘두르다 바닥에 부딪혀 바스타드 소드로 전해져 오는 찌릿한 통증에 손이 떨렸다. 손이 떨릴수록 서진은 이상하게 마음을 다잡을 수 있었다.

민혁은 마체테로 7번을 힘껏 밀어냈다. 바닥에 볼품없이 나뒹구는 선지자의 뒤통수가 보였다. 숱이 적은 머리가 비에 젖어 뒤통수에 납작하게 달라붙은 모습은 다소 우스꽝스러워 보이기까지 했다. 다만 떨어질 때의 충격 때문이었을까. 듬성듬성한 머리카락 사이로 보이는 두피에 시퍼렇게 든 멍을 보며 몸을 떨었다.

민혁은 가장 현실적이지 않은 곳에서 가장 현실적인 모습을 마주하리라곤 생각지도 못했다. 시린 마음이 들었다. 하지만 눈물을 쏟아내고 싶지는 않았다. 이 감정이 바깥에 있는 육체에서 비롯된 건지, 잠시나마 접속한 정신에서 비롯된 건지, 둘의 분리로 이질적인 마음이 드는 건지 알 수 없었다.

“당신은 아레나가 꽤 익숙해 보이는데, 이곳이 어떤 곳인지 알고 있나?”

7번의 시선이 민혁에게로 옮겨갔다.

“보이는 그대로가 전부인 경우는 많지 않지. 이곳이 그런 곳 중 하나고.”

“난 아무리 생각해봐도 목적을 모르겠는데.”

“빼앗고, 죽고, 죽이고, 살아남는 것. 어려운 게 있나?”

“아니, 당신같이 말판 위에서 움직이는 패 말고, 당신 뒤에 있는 사람들의 목적 말이야. 아레나라는 이 뭣 같은 곳을 대체 무슨 생각으로 운영하고 있는가 해서.”

“죽고, 죽이고, 살아남아 빼앗는 것. 그것만 기억하면 돼. 당신이 왜 내 목적을 묻지? 가당치도 않게?”

표현은 다소 거칠었지만, 민혁은 7번의 대답에서 조소나 핀잔 같은 뉘앙스를 느끼지 못했다. 다만 그의 표정이 구겨진 이유가 쓸데없는 걸 떠올리게 했기 때문이라고 짐작할 뿐이다.

곧 7번의 롱소드는 여러 방향에서 민혁의 급소를 노리고 들어왔다. 조금 전과는 완연히 달랐다. 검이 무거우면서도 정확하게 날아들었다.

민혁은 반격은 생각하지도 못하고 받아치는 데 급급했다. 가슴께를 노리는 듯하다 옆구리로 휘어오는 검을 크게 쳐내며 민혁은 발을 재빨리 놀려 간격을 벌렸다.

“컥……!”

한참 7번과 칼을 주고받던 민혁은 별안간 하복부에 묵직한 통증을 느꼈다. 그리고 그 감각이 이내 신경을 타고 온몸에 퍼졌을 때 작은 상처가 아님을 알았다.

“이게 내 최선입니다.”

서진은 여전히 망설이는 목소리였다. 민혁은 온몸에 힘이 빠지는 것을 느끼며 가까스로 뒤돌아봤다. 이대로는 부족하다고 말하려 했으나, 서진은 이미 몇 발짝 멀어진 뒤였다. 자신이 한 행동이 이해되지 않는지 어안이 벙벙한 표정이었다.

민혁은 서둘러 조각상을 살폈다. 크리슈나는 한 발을 빼냈고, 속도를 보아하니 다른 발도 기둥에서 빠져나오는 데 오래 걸릴 것 같지 않았다.

크리슈나에게서 정면으로 돌린 시선은 자연스레 7번을 찾았고, 그는 마지막 일격이라고 생각하는 듯 두 손으로 힘껏 민혁을 향해 검을 수직으로 내리그었다.

민혁은 재빨리 마체테를 들어서 막았으나, 검과 검이 맞부딪친 충격은 고스란히 민혁의 복부에 전해졌고, 한순간 호흡이 흐트러져 한쪽 무릎을 꿇고 말았다. 7번은 이 틈을 놓치지 않고, 민혁의 목을 단숨에 그었다.

6

죽음에 이유를 붙여야 한다면, 아니 이유가 있어야 한다면, 내 죽음의 이유는 무엇인가.

민혁은 아물아물해지는 정신을 가까스로 붙잡고 천천히 몸을 더듬기 시작했다. 팔다리 모두 두 쪽씩 붙어 있었고, 머리도 제 위치에 있었다. 몸 어딘가에서 뜨거운 게 왈칵 솟았고, 갈라진 잔근육들을 타고 자꾸 흘러내렸다. 눈을 감고 있었으나, 무언가가 계속 시야에 잡힐 듯이 떠다녔다. 부유하는 무언가, 분쇄된 기억의 파편. 민혁은 그것들을 붙잡았다.

디타람브에 들어와 결투를 벌이게 된 이유를 처음부터 타고 내려갔다.

식량을 빼돌려 밀주를 만들었고, 그걸 팔아 이득을 취했다. 사람의 목숨을 부지시킬 식량을 고작 한낱 유흥거리로 전락하게 만든 것이 죄라면, 그 목숨을 받아 마신 사람도 죽어야 하지 않을까.

하지만 아무도 술을 사 간 이들이 누군지 묻지 않았다. 심지어 민혁조차도 물어서는 안 되는 줄 알았다. 비밀이 차곡차곡 쌓일수록 수명이 짧아진다는 걸 짧지 않은 용병 생활로 알게 됐기 때문이다.

생존을 위해 한 행동이었으나 그건 결국 목을 팽팽하게 조여왔다. 디타람브, 그 안의 아레나가 존재한다는 걸 알게 되고 참여했다가 목숨을 잃었다.

본래 죽음엔 이유가 없지만, 인간이 만들어낸 편협함과 편견은 죽음마저도 불공평하게 만들었다. 지금 와서 하는 후회는 의미가 없었지만, 멈출 수 없었다. 행동의 이유를 설명하지 않아도 된다는 점에서 민혁은 처음으로 죽음이 쾌락처럼 느껴져 마음에 들었다. 다만 그 순간이 오래 지속되지는 않았다.

생각들이 뒤엉키면서 민혁은 점차 머리가 어지러웠다. 사근거리는 소음을 견디다 못해 잔뜩 찌푸리며 눈을 떴다.

눈앞에는 자신이 보였다.

힘겹게 마체테를 휘두르며 칼을 막고 있는 모습이었는데, 7번이 선지자의 목을 베어낸 직후 같았다. 이상한 건 7번과 싸우고 있는 광경이 3인칭으로 보이지 않고, 7번의 시선에서 보고 있다는 점이었다.

7번이 상황을 파악하기 위해선지 거리를 벌렸다. '반대편의 나'는 아레나에 관해 물었고, 민혁은 '나'는 다시 검을 주고받기 시작했다. 이어 서진이 '나'를 찌른 순간, 그는 직접 찔렸을 때보다 더한 고통을 느끼며 눈을 감았다.

이윽고 다시 눈을 떴을 때 보이는 것은 자신의 집이었다.

서진과 기현, 원진이 있었지만, 자신은 보이지 않았다. 민혁은 이번엔 자신의 몸에서 관찰하고 있음을 알아챘다. 본래 육체가 앉아 있어선지 시야가 일정 범위를 벗어나지는 못했다.

"이번에도 죽은 건가? 꽤 오래 버티던데."

기현의 목소리였다. 그가 의아한 듯 서진을 바라보고 있었다.

서진은 다소 멍한 표정으로 미동 없이 가만히 앉아 있었다. 기현이 턱짓하자 원진이 서진에게 다가가 그의 동공을 살폈다. 모니터에서 출력되는 신체 반응 지표는 정상이라는 사실을 알렸다.

"사람마다 다소 차이가 있다고 했으니, 곧 정신을 차릴 겁니다."

"근데 얘는 왜 안 일어나?"

기현은 발로 드러누워 있는 민혁을 툭툭 걷어찼다. 감각이 느껴지진 않았으나 민혁은 기분이 언짢았다.

"시간 됐을 때 그냥 깨울 걸 그랬나? 발작 없길래 멀쩡한 줄 알았더니, 이대로 뒈지는 거 아냐?"

원진은 기현의 신경질을 그저 묵묵히 듣고만 있다가 조심스레 입을 열었다.

"선택의 여지가 없지 않았습니까. 만약……."

"입조심해. 귀는 열려 있을 수도 있어."

원진이 무언가 말을 하려 한순간 기현이 재빨리 막았다. 본능적으로 조심하는 게 몸에 밴 듯했다. 원진도 기현의 말에 아차 싶었는지 입을 닫으며 서진과 민혁을 살펴봤다. 그때 타이밍 좋게도, 서진이 몸을 뒤척였다.

"좀 정신이 드나?"

두 사람은 재빨리 그에게 다가가 몸 상태를 살폈다.

"뭐죠?"

서진은 눈을 멀뚱멀뚱 뜨며 기현과 원진을 번갈아 바라봤다.

의뭉스러운 태도에 기현은 얼굴을 찡그렸다.

"내가 기대한 반응은 이런 게 아닌데?"

"……왜 갑자기 깨운 거죠? 무슨 문제 생겼습니까?"

"질문은 내가 해야지. 결과는 어떻게 됐어? 찾았나?"

"뭘 찾아요? 덩치들에 쫓겨서 도망치다시피 나왔다가 방금 다시 진입했잖아요."

생각도 못 한 대답에 기현과 원진은 서로를 쳐다봤다. 그건 민혁도 마찬가지였다.

"둘이서 짜고 장난치는 거라면 여기서 멈추는 게 좋을 거다. 다른 때라면 몰라도 일할 때만큼은 장난치는 걸 좋아하지 않거든."

기현의 말이 끝나기가 무섭게 원진이 민혁에게 총구를 겨눴다.

서진은 접속구를 쓰고 있는 민혁이 여전히 접속 중인 걸 확인이라도 하듯 흘끔거렸다.

"하나만 물어봅시다. 당신이 찾으라는 사람, 대체 누굽니까?"

서진은 질문하는 내내 원진을 바라보다 마지막 말에서야 가까스로 기현에게로 시선을 돌렸다.

“여태 내가 한 말 뭐로 들었어? 동생이라고 여러 번 이야기했던 것 같은데. 디타람브에 들어갔다 나오면 기억력도 저하되나?”

“당신한테 동생이 없다는 것 알고 있었습니다. 내가 정말 모를 줄 알았습니까?”

서진은 그렇게 나오면 기현이 당황할 거라고 기대했는지도 몰랐다. ~그러나 민혁은 그게 다소 무모했다는 것을 알아차렸다.

“그래, 동생이 아니라고 치자. 중요한 건 들어가서 뭘 얻어왔느냐는 거야.”

기현이 얕은 한숨을 내쉬었다.

“당신이 한 말 중에 진짜가 있기는 합니까? 아레나라는 곳은 뭐 하는 장소이며, 그곳에 있다는 사람은 누구인지, 그곳에서 일어나는 차별은 무엇을 의미하는지. 당신이 이야기한 것 중에 명확한 건 하나도 없어요. 심지어 조금 전 덩치들이 누구인지는 이야기도 없고, 비아냥거리기만 했잖습니까.”

민혁은 의아함을 느꼈다. 기현의 말에 진실이 존재하기는 한다. 적어도 아레나는 실재했다. 신체 유지 체임버를 얻기 위해 주기적으로 참여하는 사람들이 있는지 한 번의 경험으로 단정 지을 순 없지만, 비정상적인 경기가 벌어지고 있다는 건 사실이었다. 기현 본인이 겪었을 리는 없지만, 대강 이야기한 건 전부 사실이었다. 아예 거짓으로만 말을 지어낼 수는 없으니까. 어쩌면 기현이 알고 있는 것도 그게 전부일지 모른다는 생각이 들기도 했다.

민혁이 의아한 건 서진의 태도였다. 아레나에서 그런 일을 겪고 나온 서진이라면, 저렇게 질문을 쏟아낼 필요가 없었다.

'아레나는 언제부터 존재했습니까?', '당신은 그걸 어떻게 알았죠?' 단 두 가지 질문이면 충분했다. 기현의 대답에 따라 이들이 얼마나 알고 있는지 파악할 수 있었다. 적어도 이들은 사람을 찾기 위해 아레나에 자신들을 보낸 것 같지는 않았다. 그런 경기라면 매번 인원이 바뀔 테고, 설사 이들이 찾는 사람이 정말 참여했었다고 한들 물어볼 사람도 없었다.

하지만 서진이 연기를 하는 거란 생각도 들지 않았다. 일부러 자극하기 위한 말도 아니다. 민혁은 두 번째 들어갔을 때, 이들의 의중을 파악하기 위해 서진과 나눴던 대화를 떠올렸다. 서진의 질문은 그것들과 비슷했다.

기현이 어깨를 으쓱하며 민혁을 가리켰다.

"저 친구였으면 누가, 왜, 사람을 찾는지, 우리가 그 사람에게 뭘 원하는지 묻지 않았을 거야. 왜냐고? 그게 깔끔하니까. 사람들은 설명을 들으면 그대로 받아들이지 않고 자기들끼리 해석을 해. 그럼 내 뜻과 달라진단 말이야. 얼마나 멍청해. 그걸 퍼뜨리고, 또 달라지고, 그곳에서 또 누군가가 실어 나르고, 그럼 처음 내가 이야기했던 설명은 흔적도 찾아볼 수 없이 왜곡된단 말이야. 계산하지 말고, 묻지 마. 셈이 빠르다면 짐작 정도는 할 수 있겠지만, 거기서 멈춰. 디타람브에 있는 아내를 조금이나마 오랫

동안 그리워하고 싶으면 새겨들어. 다른 곳에서는 이렇게 친절하게 알려주지 않으니까."

기현이 서진을 타이르듯 말했다.

"다시 차근차근 이야기해보자. 넌 이미 두 번째 들어갔다가 나왔고, 두 번째는 우리 예상보다 오래 있었어. 한 시간 반을 훌쩍 넘겼지. 그 정도면 뭔가 성과가 있어야 하잖아. 안 그래? 기대치를 잔뜩 높여놨으면 뭔가 보여줘야지?"

서진은 기현을 물끄러미 올려다본다.

"그게 무슨 말이에요? 방금 막 재진입했잖아요. 그런데 당신들이 깨운 거고."

"……이건 무슨 소리야."

기현과 원진은 부지런히 시선을 주고받는다.

"똑바로 다시 말해."

원진이 서진의 가슴팍에 총을 겨누며 거칠게 물었다. 그러나 서진의 눈에 어린 당혹감은 진짜였다.

"그러니까 당신들 말에 따르면 내가 정말 두 시간이나 디타람브에 있다가 나왔단 말이에요? 그런데 왜 아무것도 기억이……. 아무런 기억도 없어요. 정말 그만큼 시간이 지났어요?"

민혁이 아레나에서 몇 번이고 봤던 눈빛이었다. 어째서 서진은 아무것도 기억해내지 못하는 걸까.

"하, 진짜. 왜 이렇게 일이 꼬이냐."

기현은 제 성질을 이기지 못하고 식탁 의자를 걷어찼다. 겉보기에도 조잡한 의자가 벽에 부딪히며 다리 한쪽이 볼품없이 기울어진 채 내팽개쳐졌다.

"깨워볼까요?"

민혁은 원진이 자신을 가리키는 걸 봤다. 기현은 고개를 끄덕였고, 원진은 곧 접속구와 연결된 모니터를 조작하기 시작했다. 그러자 경고음이 간헐적으로 울리기 시작했다. 기현이 왜 그러냐고 묻자 원진이 무어라 설명했는데, 민혁은 점차 그들의 말소리가 멀어짐을 느꼈다.

"그냥 벗겨도 문제는 없는 건가?"

"일단 신경 연결은 전부 안정적으로 해제된 상태입니다. 경고음은 단지 신체 컨디션이 나빠서 울리는 거 같습니다."

"얼마나 나쁘길래? 이제 곧 죽기라도 해?"

"모니터에 나타난 수치를 살펴보면, 그렇습니다. 병원에 데려가면 혹시 모르지만 이 정도면 옮기다 죽지 싶습니다."

기현은 나지막이 욕설을 읊조렸다. 그럼 장비를 챙기고 철수하자는 말에 원진이 잽싸게 움직였다. 접속구와 모니터를 비롯한 기타 장비들을 샘소나이트 트렁크에 가지런히 정리해 넣은 뒤 마지막으로 민혁의 눈을 까뒤집어 확인했다. 기현은 그사이 누군가에게 통화를 시도하고 있었다.

민혁은 생기를 잃어가는 자신의 눈에 서려 있을, 마지막에 발산해 낼 감정을 상상했다. 체념일까. 그사이에 희미한 희망이 조금은 피어오를 수도 있지 않을까. 그러다 문득 이제껏 희망의 싹을 피워낸 적이 많지 않다는 사실을 떠올렸다.

민혁의 시야에 구급대를 부르려는 서진이 보였다. 기현이 통화하며 손짓하자 원진이 정확하게 서진의 손목을 걷어차며 휴대전화를 날려 보냈다. 그리고는 항의하는 서진의 명치를 개머리판으로 찍은 다음, 군홧발로 휴대전화를 짓밟았다. 기현은 그 모습을 다 지켜본 뒤 핸도픈을 옮겨 쥐며 자리를 벗어났다.

그것이 마지막 광경이었다.

서진의 밭은 숨이 들렸으나 눈에는 암막을 친 듯 아무것도 보이지 않았다. 희미한 빛도, 실루엣조차도 보이지 않는 공허에 가까운 어둠이었다. 끝 모를 어둠은 전요식물처럼 민혁의 몸을 휘감듯 타고 올라와 눈꺼풀을 밀고 생기 잃은 동공의 자리를 대신 차지하기 시작했다.

민혁은 자신이 한바탕 긴 꿈을 꾸었다고 생각했다.

목이 잘리는 순간 바깥에서도 죽은 걸까. 아니면 접속 가능 시간이 지났을 때부터 이미 죽어있던 건 아닐까.

뇌파가 제멋대로 날뛰며 접속구를 망가뜨렸고, 전압이 기준치보다 낮아졌다거나 혹은 높아지는 바람에 로그아웃하지도 못하고 미적지근하게 얇은 경계에 머물러 있던 것 아닐까.

아레나에서 있었던 일들도, 7번의 시선에서 자신을 본 일도, 바깥의 상황들도 전부 허상에 불과한 것들일 테다. 어쩌면 자신이 겪은 게 주마등은 아니었을까. 풀지 못할 호기심이 동했다. 그 장면들이 자신이 겪었을 하나의 가능성이었을지 모른다는 생각에 회한이 들 법도 했지만, 어쩐지 평온했다. 집착과 미련이 뒤섞이고 엉클어져 오그라들고 탈색되는 장면들을 무심하게 바라볼 뿐이었다.

그 순간 난데없이.

민혁은 누군가 자신을 지켜보는 듯했다. 공허와도 같은 어둠이 사라진 자리에, 허상에 불과하다고 여긴 기억들이 헐거워진 때에, 알 수 없는 장면들이 민혁의 사위를 가득 채웠다.

점차 분열되고 파편화돼 각각의 서사를 만들어 나갔다. 그것은 민혁 본인이었다. 그 가운데 자신의 마지막 장면도 있었다. 아레나에서 목이 떨어져 나가고, 그곳에서 있었던 기억을 잃는 순간, 민혁은 무의식적으로 그 삶에 뛰어들었다.

이해 못 할 연민을 감지한 탓일까. 깨어나 이 순간을 기억한다면 후회할 테지만, 지금은 먼저의 삶을 고르지 않으면 후회할 것 같았다.

민혁의 심장이 다시 뛰었다.

차마 말로 표현하지 못할 격통에 비명도 내지르지 못한 채 깨어났다.

7

원진이 얼마나 세게 자신을 타격했는지 서진은 새삼스레 깨달았다. 몸이 절로 반으로 접히고, 토사물이 옷의 앞자락을 적셨다. 숨이 꺽꺽 막힐 지경이었다. 죽어가는 민혁을 당장 신경 쓸 여유가 없었다.

남의 집 바닥에서, 그것도 집주인은 죽었을지 모르는 상황에서 고통에 꺽꺽거리는 거 말고 할 수 있는 게 없었다. 통증이 차츰 줄어들며, 토사물에서 나는 시큼한 악취가 짙어졌다.

앞으로 어떻게 되는 걸까.

다니던 직장은 잘리다시피 그만뒀고, 기현은 아무런 이야기도 없이 떠났다. 며칠 뒤 찾아와 디타람브에 다시 들어가길 요구한다면 거절해야 할까? 거절할 수 있을까?

기현의 말에 따르면 민혁과 자신이 디타람브에 진입한 게 두 번째였으며, 첫 번째와 달리 한 시간 반가량 머물렀다고 한다. 어떻게 그럴 수 있을까. 민혁의 접속 가능 시간은 한 시간 정도에 불과했다. 그 시간을 넘긴다면 부적합 반응이 일어났을 테고, 그 전에 깨웠어야 맞다.

아니, 그전에 만약 기현의 말이 사실이라면 왜 아무런 기억도 남아있지 않는 걸까.

서진은 가까스로 몸을 일으켜 죽은 듯이 누워 있는 민혁에게 다가갔다. 기현의 이야기대로라면 접속 가능 시간을 훌쩍 넘긴 뒤에도 부적합 반응이 없었다는 말이 된다. 대체 그 안에서 어떤 일이 벌어졌던 걸까. 이야기를 듣고 싶었으나, 말해줄 사람이 없었고, 기억해내고 싶었으나 아무것도 기억나지 않았다. 그저 두 번째 진입하던 순간만이 떠오를 뿐이었다.

민혁의 손엔 아직 온기가 남아 있었다. 그러나 숨은 머금고 있지 않았다. 날씨에 맞지 않게 으스스한 오한이 느껴졌다. 균일하지 못하고 우둘투둘 일어난 회반죽 벽이 온기를 빼앗아 가는 거 같았다.

지금이라도 구급대를 불러야 할까. 서진은 볼품없이 박살 난 휴대전화를 살폈다. 단속적으로 불빛이 들어오긴 했으나 액정이 깨져 사용할 수 없었다. 혹시나 해서 민혁의 휴대전화가 있을 만한 곳을 살피다 민혁의 외투에서 찾아냈으나 배터리가 다 떨어져 있었다. 다행이었다. 켜져 있었더라도 막상 구급대를 부를 자신이 없었다.

죽음에도 책임이 있다면 누구에게 그 소재를 물어야 할까.

모든 걸 설명하고 감당할, 정확히는 기현과 다시 엮일 일을 만드는 게 꺼려졌다. 그렇다고 자신이 전부 책임질 수도 없는 노릇이었다. 그건 죄책감을 넘어서는 일이라고 생각했다.

도망가고 싶은 충동이 강하게 일었지만, 서진은 그럴 수 없다는 걸 잘 알았다. 말뚝에 매인 목줄에 구속돼 삶의 반경이 정해져 있었기 때문이다. 실상 그만큼의 영역이나마 제 것이라고 주장할 수 있었던 이유도 목줄 덕분이었다. 그렇지 않았다면 길을 잃고 헤매고 다닐 처지였을 테니까.

구급대를 부른 뒤 자리를 뜨면 되지 않을까 하는 생각이 들었을 무렵, 서진은 민혁의 작은 움직임을 포착했다. 처음엔 미세한 경련에 불과했다. 그마저도 잘못 본 줄 알았다. 하지만 오른손 검지에서 시작된 경련은 마치 파동을 일으키듯 민혁의 전신을 뒤흔들기 시작했다.

서진은 반사적으로 그의 양팔을 붙들었다. 하지만 운동엔 젬병인데다 타고나길 약하게 태어난 서진의 힘으로 용병 생활을 했던 민혁의 발작을 억누르기란 쉬운 일이 아니었다. 하는 수 없이 서진은 민혁의 배 위에 올라타 양쪽 무릎으로 팔을 한쪽씩 내리누르듯이 압박했다.

계속된 발작에 일단 나가서 구급대를 불러야 하나 생각할 때, 민혁이 튕기듯이 일어나 앉았다. 덕분에 서진은 그대로 뒤로 넘어가 뒤통수를 바닥에 부딪쳤다.

"괜찮……아요?"

서진이 얼얼한 뒤통수를 문지르며 민혁을 살폈다. 민혁은 무릎을 세워 앉은 채 두 손으로 머리를 감싸 쥐고 있었다. 괴로운 듯 벌어진 입에선 낮은 신음이 길게 흘렀다.

서진은 위태롭게 앞으로 고꾸라질 듯 갸우뚱거리던 민혁을 간신히 잡아 침대에 도로 뉘었다. 거칠게 내쉬던 숨이 차츰 고르게 바뀌었다. 경련은 보이지 않았고, 맥박도 규칙적이었다. 서진은 식탁 반대편에서 목제 의자를 가져와 앉았다. '어떻게'라는 의문은 중요하지 않았다. 괜찮다고, 괜찮아질 거라고, 서진은 오래도록 혼잣말을 우물대며 삼켰다.

* * *

호출 신호를 받자마자 기현이 제일 먼저 한 일은 장소를 확인하는 일이었다.

그들은 자신이 어느 곳에 있든, 한 시간 안쪽으로 도착할 수 있는 곳을 접선 장소로 정하곤 했다.

처음엔 우연으로 치부했던 일들이 반복되자 이들이 과연 어디까지 손을 뻗치고 있는지 궁금해졌고, 디타람브 접속구를 건네받았을 땐 그 호기심을 동여매기 위해 꽤 애써야만 했다. 언젠간 자연스레 알게 될 사실이었고, 때가 되기 전에 얻는 것들은 덜 익은 과일들처럼 떫기 마련이었다.

기현은 원진에게 수신받은 좌표를 일러줬다. 각자 호버 바이크에 올라타 좌표를 입력하자 공중에 떠올라 길 안내를 시작했다. 좌표의 끝자락은 지금은 폐쇄된 연구소의 구석에 있는 작은 헬기장이었다.

두 사람이 호버 바이크에서 내리자 나무 그늘 사이에서 한 사람이 걸어 나왔다. 고만고만한 중키에 평범한 체격의 그는 방탄 헬멧과 마스크를 착용해 얼굴을 알아볼 수 없었지만 비밀스러운 일을 하기에는 지나치게 평범해 보였다. 그는 짧게 인사한 뒤 기관단총의 총구를 길잡이 삼아 내저으며 두 사람을 이끌었다.

호버 바이크를 타고 왔을 때 어떻게 발견하지 못했나 싶을 정도로 연구소 한편에는 커다란 컨테이너들이 열을 지어 늘어서 있었다. 경비는 똑같아 보이는 여러 컨테이너 사이를 조금의 주저함도 없이 빠른 속도로 지나쳤다. 그리고 마침내 한 컨테이너 앞에서 멈춰 섰다. 다른 곳과 다를 바 없어 보였으나 컨테이너 주변이 미묘하게 떨리는 듯했다.

경비는 문을 열어 기현과 원진에게 먼저 들어가라고 안내했다. 비어 있을 거 같던 컨테이너는 정말 예상대로 구석에 찌그러진 캐비닛 외에는 아무것도 없었다. 그러나 경비가 들어와 문을 닫은 뒤 벽에 달린 컨트롤러를 조작하자 바닥이 열리며 내려갈 수 있는 길이 생겼다.

"잠깐."

무작정 내려가려던 두 사람을 막아선 경비는 내려가기 전 휴대용 금속탐지기를 이용해 소지품을 탐색했다. 그리고 원진에게 소총을 두고 내려갈 걸 요구했다.

원진은 순순히 총을 건넸고, 경비는 캐비닛에 총을 보관한 뒤 자물쇠로 걸어 잠그고 이번에는 기현과 원진을 먼저 보내지 않고 자신이 앞장서며 따라오라는 제스처를 취했다.

천장 양옆으로 달린 조명에 비친 그림자가 마치 여러 사람이 걷는 듯한 느낌을 줬다. 폐쇄된 연구소와 달리 여긴 꾸준히 관리해온 것 같았다. 꽤 깊은 지하임에도 습기가 느껴지거나 부식돼 나는 비릿한 녹내가 나지 않았다. 그저 윙윙대는 기계음만 잔잔하게 들려올 뿐이었다.

경비는 한 공간 앞에서 걸음을 멈췄다. 규모는 생각보다 작았지만, 흡사 중앙통제실처럼 보이는 공간이었다. 그곳엔 연구원으로 보이는 두 사람이 부지런히 움직이고 있었다. 그들 중 한 명이 경비와 가볍게 인사를 나눈 뒤 기현과 원진에게 접속구를 건넸다.

원진의 표정이 어두워졌다.

“실은 제가 부적합 판정을 받아서…….”

“디타람브로 접속하는 게 아닙니다. 그곳과 비슷한, 다른 가상공간이에요. 부작용은 없을 겁니다.”

연구원이 접속구를 건네며 싱긋 웃었지만, 민혁의 마지막을 보고 온 탓인지 원진은 머뭇거렸다. 보다 못한 기현이 나섰다.

"저 혼자 들어가도 될 겁니다. 지금까지 그래왔어요."

"오늘은 두 분 다 만나 뵙길 원하셔서요."

연구원 뒤에 서 있던 경비가 기관단총을 만지며 분위기가 험악해지자 원진은 하는 수 없이 접속구를 머리에 썼다.

기현은 말없이 접속구를 착용했지만, 본인이 태연한 척하는 것임을 인정해야 했다. 그는 눈을 감고 심호흡을 하며 긴장을 풀려 애썼다.

감았던 눈을 뜨자 온통 하얀 빛으로 감싼 공간이 나타났다. 그곳에 한 남자가 있었다. 보통 체격에 다소 무신경한 인상과 넓은 미간이 특징인 남성이었다. 기현은 몇 차례 만남으로 익숙한 얼굴이었다.

"인사드립니다, 아폴론."

"앉지."

아폴론이라 불린 남자는 자신의 앞에 놓인 의자를 가리켰다. 그리고 두 사람이 맞은편에 앉자마자 질문을 시작했다.

"아레나에 들여보낸 녀석들, 정체가 뭐야?"

"왜 그러십니까?"

"그냥, 조금 신경 쓰이는 점이 있어서."

아폴론이 대수롭지 않다는 듯 귀를 긁었지만, 기현은 남자의 대답에 신경을 곤두세웠다. 지금껏 아레나에 들여보낸 사람이 몇이나 될까. 기현이 보낸 사람만 해도 수십은 됐다. 하지만 그가 아레나를 끝낸 뒤 자신을 불러내는 경우도, 들여보낸 이에 관해 묻는 경우도 처음이었다.

아레나에서 무슨 일이 있었던 걸까. 아폴론은 오늘 두 사람에게서 어떤 다른 점을 발견한 걸까. 기현은 묻고 싶었지만 스스로를 절제할 줄 알았다.

"녀석들이 아레나에서 사고라도 친 겁니까?"

원진은 그러지 못했지만. 아폴론은 원진을 물끄러미 바라봤다.

"사고. 그래, 사고라고 할 수 있지."

아폴론은 이번에도 귀를 만지작거렸다. 순간 기현은 이상한 점을 포착했다. 그의 귀 일부가 잘려 나간 것처럼 보이는 잔상이 나타났다가 사라졌다. 단순한 착각이 아닌지 그는 자꾸만 잘린 모양대로 귀를 만지작거리고 있었다. 기현은 그와 눈이 마주치자 급하게 시선을 돌렸다.

"그 녀석은 뭐 하는 놈이지?"

"둘 중 누굴 말씀하시는 건지……."

"이민혁? 칼을 꽤 잘 쓰던데. 내가 볼 수 있을까?"

"아, 죄송합니다만, 그 친구는 사망했습니다."

기현의 대답에 아폴론의 입에 걸려 있던 웃음기가 사라졌다.

"왜?"

"예상하기로는 부적합 판정 때문이지 않을까 싶습니다.

"부적합 반응이랑 무슨 상관이야? 아레나에서 죽는다고 실제 죽는 경우 봤어? 거기서 죽으면 그저 디타람브 부적합 판정받을 뿐이란 거 알고 있잖아?"

"저희도 그렇게 알고 있었습니다만, 이번에는 증상이 달랐습니다. 만씀드렸듯 이민혁이란 놈은 죽었고, 다른 놈은 아예 기억을 잃었습니다. 두 번째 진입한 순간만 기억하고 그 뒤로는 하나도 기억나지 않는다더군요."

둘 다 이전과는 다른 반응이었다. 디타람브에서 유일하게 부적합 반응을 무시할 수 있는 곳이 아레나였다. 그래서 본인은 디타람브에 들어가지 못해도 남은 가족들 혹은 사랑하는 이를 위해 신체 유지 체임버를 구해보겠다고 자발적으로 아레나에 참여하는 인원이 나오곤 했었다. 신체에 부하가 큰 탓인지 다섯 번 이상 참여하면 부작용과 관계없이 죽게 됐지만 말이다.

"죽은 걸 직접 확인하고 나온 건가?"

"그렇지는 않습니다. 다만, 손 쓰기에는 이미 늦었다고 판단이 들었습니다."

"그럼 그대로 두고 나왔다는 거네?"

"……필요하십니까?"

"아니, 됐다. 어차피 시체에서 꺼낸 뇌 패턴을 따내는 건 해보나 마나 한 일이니까. 죽음이라는 큰 충격을 겪은 뒤에 괜히 모호해져서 복잡하기만 할 뿐 쓸모없어지는 경우도 많고."

아폴론이 기현을 바라보지도 않은 채 손사래를 쳤다. 기현은 그의 눈빛에서 사그라드는 아쉬움을 발견했다. 아폴론이 눈을 감은 채 입을 우물거렸다. 기현은 그가 바깥의 연구원들에게 지시하고 있음을 알아차렸다. 아마 민혁의 집으로 후처리를 위해 사람을 보내는 것이리라.

"이미 알고 계시겠지만 후처리할 만한 상황도 아니었습니다. 외진 곳이긴 하지만, 시간대도 애매하고, 사람이 아예 없는 곳이 아니라서요. 후속팀 보내서 처리해주셔야 할 것 같습니다."

"다른 한 놈은?"

"크게 신경 안 쓰셔도 됩니다. 그놈은 들어가서 뭘 했는지 기억도 나지 않는다고 하더군요."

남자가 이마를 찡그렸다.

"믿을 수 있는 거야?"

기현은 두 번째 접속에서 깨어난 서진의 멍청한 얼굴과 그보다 더 멍청했던 대답을 떠올렸다.

'그러니까 당신들 말에 따르면 내가 정말 두 번째 진입했다가 나왔단 말이에요? 그런데 왜 아무것도 기억이…… 아무런 기억도 없어요. 정말 두 번째 맞아요?'

"혹시 몰라 며칠간 주시할 예정입니다. 수상한 움직임을 보이면 그때 처리해도 그만이니까요."

"놈이 구급대를 부르거나, 따로 신고할 가능성은?"

"그럴 배짱은 없는 놈입니다. 다만……."

아폴론이 계속 이야기하라는 뜻으로 고갯짓했다.

"신경 쓰이는 점이 있다면, 그 녀석은 저희가 바깥에서 깨우기 전에 일어났다는 겁니다. 이런 경우가 처음이라 당황스럽긴 했는데, 안에서 어떤 일이 벌어졌던 건지 저희가 알지 못해서……."

기현이 말을 멈췄다. 급한 일이 있는 건지 그가 잠시 바깥과 연결돼 있음을 눈치챘기 때문이다. 기현은 작게 한숨을 내뱉고 주변을 살폈다. 남자를 만날 때마다 이곳에 접속했지만, 기현은 여전히 가상 공간이라는 것에 익숙해지지 않았다.

이딴 게 어떻게 인류의 방주가 될 수 있을까. 기현은 기후 위기에 때맞춰 등장한 디타람브가 방주 취급 받는 게 이해가 되지 않았다. 디타람브의 등장 초기, 사람들은 안전성이 검증되기도 전에 앞뒤 가리지 않고 디타람브로 이주했다. 동경하던 누군가의 이주 소식이 들려오면 다음 날 디타람브 이주자 수가 훌쩍 증가하곤 했다. 풀을 뜯던 양 떼 중 한 마리가 절벽으로 뛰어내리자 주변에 있던 수백 마리의 양이 뒤따라 절벽으로 곤두박질쳤다는, 언젠가 본 기사 속 양처럼 말이다.

"놈이 살아 있어?"

그 순간 아폴론의 들뜬 목소리가 들렸다. 기현은 잡념을 덮으며 원진과 시선을 주고받았다. 이유 모를 불쾌감이 엄습했다.

"제가 잘못 들은 게 아니라면, 살아 있다는 놈이 혹시 이민혁입니까?"

"그렇다는군. 들것에 실려 나가지도 않고 제 발로 걸어 나와 구급차에 탔다던데?"

그는 분명 민혁의 생존에 즐거워하고 있었다. 그의 욕망의 윤곽이 이렇게 뚜렷하게 드러나는 건 처음이었다. 대체 아레나에서 무엇을 봤길래 저리도 신난 걸까.

"그럼 제가 놈을 예의 주시하겠습니다. 그리고 이번에 말씀하셨던, 찾으신다는 사람이 누군지도 알려주시면 다음 일정이 조금 수월해질 듯합니다."

원진이 또다시 대책 없는 물음을 던졌다. 기현은 제 고민을 긁는 그 질문이 반갑기도 했지만, 동시에 부적절함과 무책임함을 동시에 느꼈다. 아폴론은 그 사실을 눈치챘는지 흥미롭다는 듯 기현을 쳐다봤다.

"자네도 궁금한가? 희한하군. 자네가 내게서 뭔가를 궁금해한 적이 없었는데 말이야."

그가 기현에게 시선을 고정했다. 그 대답에서 약간의 경계하는 기색이 느껴졌다. 기현은 그 말이 궁금증은 버리라는 경고처럼 느껴졌다.

"아닙니다."

"아니긴, 사람이 참 솔직하지 못해. 그래, 자네는 궁금해할 만한 자격이 있지. 지금까지 시키는 일 군말 없이 진행했고, 적어도 오늘을 제외하곤 내 심기를 거스르는 일도 없었으니까 말이야."

대수롭지 않게 읊조리던 아폴론이 원진을 노려봤다.

“그런데 자네는 아직 본인의 역할을 모르는 모양이군. 그럼 곤란한데.”

그가 자리에서 일어나 기현과 원진 뒤쪽으로 걸어가더니 두 사람의 어깨에 팔을 둘렀다.

“정말 이야기를 들어볼 텐가?”

아폴론은 원진의 어깨를 두어 번 툭툭 두드렸다.

“자네들은 디타람브에 대해 얼마나 알고 있지? 사람들은 곁에 둔 것일수록 많이 안다고 착각들 하곤 하는데. 디타람브도 마찬가지야. 아는 걸 이야기해봐.”

기현은 머릿속으로 디타람브에 관해 떠올렸다. 내가 뭘 알고 있지, 남들보다 더 아는 게 있던가. 기현은 불현듯 디타람브의 개발자가 떠올랐다.

디타람브가 처음 개발됐을 당시, 사람들은 그 개발자가 한국인이라는, 그것도 AI 학부를 갓 졸업한 취업준비생이라는 사실에 경악했다. 곧이어 개발자를 추측하는 가짜뉴스가 수도 없이 쏟아졌고, 당사자가 아니라는 반박 기사도 같은 양만큼 작성됐지만, 사람들은 유독 정정 기사를 믿지 않았다.

결국 며칠 뒤 당사자가 직접 비대면 인터뷰를 요청했다. 인터뷰 당시 마스크를 쓰고 진행했기에 얼굴은 밝혀지지 않았지만 이름만은 확실하게 공개됐다. 본인을 김정현이라 소개한 그는 올해

S대 AI 학부를 졸업했다며 간략하게 자신을 밝혔고, 디타람브의 개발 과정 또한 간단하게 이야기하는 것으로 인터뷰를 마쳤다.

채 5분이 되지 않는, 자신의 할 말만 주르륵 나열해 정상적인 인터뷰라고 할 수도 없었지만, 사람들은 인터뷰가 끝나기도 전에 그의 신상을 알아냈다.

막상 재학 중에는 행실이든, 작업물로든 눈에 띄지 않았다는 그는 디타람브를 만들어낸 해에 그 명성에 힘입어 여성으로서는 유일하게 세계에서 영향력 있는 인물 10인에 들었을 뿐만 아니라 당당히 1위를 차지했다.

당시 기현은 작은 IT 기업을 다니고 있었다. 직원이 채 열 명 남짓한 작은 회사였으나 모두 30대 초중반의 젊은 사원들로 구성돼 아이디어가 넘쳤고, 업계에선 나름대로 촉망받던 사람들이 모여 만들었다는 기대를 받던 회사였다.

하지만 디타람브가 등장한 뒤, 사장의 느닷없이 폐업을 선언했고 기현은 하룻밤 만에 직장을 잃었다. 사장을 원망하지는 않았다. 자신도 따로 회사를 운영하는 것보다 디타람브에 고용돼 일하는 게 더 낫다는 판단을 했으니까. 대부분이 디타람브로 이주하는 걸 선택했고, 아직 들어가지 않은 사람 중 능력 있는 이들은 디타람브에 고용됐다.

기현은 그 어디에도 속하지 않았다.

그러던 어느 날, 기현에게 정현이 메시지를 보내왔다. 내용을 확인하기 전 발신자를 확인하고 기현은 가벼운 열망을 느꼈다. 세계 최고의 개발자와 일하게 됐다니. 그가 자신을 찾아줬다는 생각에, 아무것도 성사되지 않았음에도 그 결과에 도취됐다.

그러나 메시지 앱에서 내용을 읽고 난 뒤, 기현은 자신이 큰 착각을 했음을 깨달았다.

정현은 디타람브가 기현이 재직하던 회사, 니컴(NICOM)이 개발 중이던 인공지능, 마인드허브를 토대로 만들어졌다고 이야기했다. 그리고 그뿐이었다. 함께 일하자거나 마인드허브와 관련해 많은 작업을 한 기현에게 사과하고 싶다는 내용은 없었다. 잘못 이해했나 싶어 짧은 내용을 몇 번이고 거듭 확인했지만, 오직 그 말뿐이었다.

기현은 그 메시지에 어떻게 행동해야 할지 한참을 고민했다. 그리고 마침내 그 메시지에 답장을 보내거나 예전 동료들에게 이 사실을 알리는 게 아닌, 그저 한 커뮤니티에 정현의 메시지를 캡처해 올렸다.

수백 개의 댓글이 달리고, 언론사에서 인터뷰 요청 한둘이 들어올 줄 알았으나 예상과 달리 아무도 관심을 갖지 않았다.

언론사에서 인터뷰 요청이 왔더라면, 혹은 중립에 서서 의심하는 댓글이 한둘쯤 있었으면 자신의 삶이 지금과 달랐을까. 기현은 그런 생각을 하다 피식 웃으며 고개를 저었다. 이미 모든 마음이 시들어버렸다.

그 며칠 뒤, 정현은 디타람브를 만들어낸 건 우연의 결과라는 인터뷰만 남기고 자취를 감췄다. 그의 행방을 알아내려는 사람들의 노력은 지금까지도 이어졌으나 쏟아지는 제보 중 쓸 만한 건 없었다. 디타람브는 그가 모습을 감춘 뒤에도 사람들을 끌어모으며 인류를 위해 스스로 발전해가고 있었다.

하지만 이런 이야기가 아폴론이 원하는 답은 아닐 거였다. 침묵이 다소 길어지는 사이 별안간 원진이 테이블 위로 엎어졌다. 기현은 깜짝 놀라 그를 쳐다봤으나 아폴론은 아랑곳하지 않았다.

"내가 찾고 있는 사람이 누구냐면 말이지."

그는 움찔거리는 기현을 바라보며 태연히 말했다.

"디타람브. 내가 찾는 사람은 디타람브야."

이내 그의 얼굴이 이제는 완벽하게 절반이 잘린 귓바퀴부터 흐무러졌다. 기현이 감았던 눈을 뜨자, 그는 하얀 공간에서 다시 현실로 돌아와 있었다. 접속구를 벗으며 그는 자신의 옆에 앉았던 원진을 찾았지만, 헛수고였다.

"어디로 데려간 겁니까?"

기현의 질문에 아무도 대답하지 않았다. 자신을 이곳으로 이끈 경비가 그저 따라오라며 고갯짓할 뿐이었다. 내려온 길을 거꾸로 되짚어 올라가는 동안 윙윙대는 기계음 사이로 전기톱이 단단한 물체를 가르는 듯한 소리가 목덜미를 붙잡았다. 기현이 주춤하자 경비가 잠시 눈길을 줬지만 재촉하진 않았다. 어쩌면 처음부터 예정돼 있었던 일일 수도 있겠다고 생각했다.

컨테이너로 올라오자 경비가 캐비닛을 열어 원진의 소총을 건넸다. 오랜만에 쥔 소총은 생각보다 묵직했다. 경비가 느닷없이 왼손에 착용했던 장갑을 벗고 벅벅 긁어댔다. 화상 흉터가 핏줄처럼 손등을 덮고 있었다.

8

먼지바람이 휘날리는 길거리엔 좀처럼 사람을 찾아볼 수 없었다. 그러나 병원 안은 달랐다. 대기 의자엔 이미 사람들이 가득했고, 자리가 나기 무섭게 새로운 사람이 엉덩이를 들이밀었다. 눈치 싸움에 지친 사람들은 대기실 바닥이 자신의 안방인 양 철퍼덕 주저앉아 있었고, 오래 있을 걸 대비해 바닥에 깔개를 깔아 영역 표시한 뒤 앉는 사람들도 있었다.

각자의 공간에서 생존의 불안을 가다듬던 사람들은 아무 이유가 없어도 병원을 찾곤 했다. 다른 사람을 눈으로 보고 그들이 내뱉는 숨을 들이마시며 실존의 감각을 깨닫고 아직 살아있구나, 하며 평안을 얻는 건지, 정확한 생각은 알 수 없었으나 민혁의 눈엔 그들 모두가 동물처럼 보였다. 죽음이 꽁무니를 좇아 구석에 몰리자 극한의 효율을 추구하려는, 곁에 붙은 동료의 체온에 안심하면서도 아직 내 차례는 아니리라는 이기적인 생각이 본능에 깔린 영락없는 동물.

그 동물들이 아까부터 민혁을 힐끔힐끔 바라보고 있었다.

민혁은 야구모자를 푹 눌러썼다. 이게 다 아까 기절한 탓이었다. 자신의 생각보다 아레나에서 고생한, 정확히는 죽다 살아난 후유증이 큰 모양이었다. 병원에 들어서자마자 약간의 두통을 느꼈을 뿐이었는데, 눈을 떠보니 무언가를 붙잡을 새도 없이 볼품없이 쓰러진 후였다.

불행 중 다행으로 마침 지나가던 최 선생 덕분에 대기 순번을 무시하고 검사를 받을 수 있었지만, 그때 생긴 소동으로 민혁은 병원에 있는 모두의 눈길을 받고 있었다. 그래도 통상적이었다면 검사받는 데만 반나절, 결과가 나오는 것도 반나절은 족히 걸렸을 일을 한 시간 안에 끝낸 것에 감사하며 민혁은 검사결과지를 들고 오는 최 선생에게 감사 인사를 건넸다.

"결과를 듣지도 않고 그렇게 인사하실 것 없어요."

"결과가 어떻게 나왔든 신경 써주신 거 아는데요, 뭘."

"제가 직원 휴게실에서 기다리라고 말씀드리지 않았나요?"

민혁은 결과지를 받아 들기 위해 손을 내밀었다. 그러나 최 선생은 검사결과지를 무기 휘두르듯 휘휘 저으며 앞서서 빠르게 걸었다. 민혁이 속도를 내 최 선생 옆에 따라붙으며 물었다.

"많이 안 좋습니까?"

최 선생은 대답이 없었다. 휴게실에 도착하자 그는 민혁에게 검사결과지를 건넨 뒤 정수기에서 물을 내려 마셨다. 질끈 묶은 머리를 풀고 스트레칭을 하는 모습에 괜스레 미안해졌다.

"바쁘신 거 뻔히 아는데……. 그냥 밖에서 검사결과지만 주셔도 대충 이해했을 겁니다."

최 선생은 번질거리는 이마를 소매로 훔치다 말고 민혁을 찌를 듯이 노려봤다.

"안타깝지만 의사도 사람이라서 쉴 시간이 필요해요. 민혁 씨 핑계 대고 잠깐 도망친 거니까 고마워할 필요 없어요. 그리고 민혁 씨는 용병 일 하신다면서요? 그럼 더 건강에 신경 쓰셔야죠."

"아직 젊으니까 괜찮지 않을까요?"

"젊어서 괜찮다는 사람이 로비에서 쓰러지고, 전신 검사를 요청해요?"

최 선생이 얼굴을 찌푸리자 민혁이 어깨를 으쓱해 보였다.

"다행히 별 이상은 없어요. 솔직한 마음으론 정밀검사까지 진행해보고 싶은데, 당장 그럴 시간은 없다고 하니까 넘어가는 거예요. 대체 뭘 하고 다니시는 건지 모르겠지만, 의사로서 몸 사려가면서 하시라고 말씀드리고 싶네요. 부적합 판정받으신 분들은 디타람브에 못 들어가는 대신 냉동 체임버 이용할 수 있는 건 알고 계시죠?"

"냉동 체임버? 그건 얼맙니까?"

"지금 돈이 중요해요?"

민혁은 최 선생의 질문이 모욕적으로 들렸다. 그렇지만 애써 내색하지 않았다.

"중요하죠. 여태껏 냉동인간이 다시 깨어났다는 이야기는 들어본 적 없어서요. 허튼 데 돈 쓰면 아깝잖아요. 그 얘긴 됐고, 어쨌든 저 괜찮다는 거잖아요? 검사상 문제없다, 이거죠?"

"정상이죠. 아마 당장은 큰 문제 없을 겁니다."

"그럼 됐습니다. 요 며칠 몸이 안 좋아 걱정됐거든요. 정말 죽겠다 싶을 정도로."

"아마 본인 얼굴 볼 시간도 없을 정도로 바쁘셨나 봐요. 몸에 신경 좀 쓰세요. 곧 다크서클이 목까지 내려앉겠어요."

"며칠 쉬면 괜찮아질 겁니다."

머쓱해진 민혁은 주변을 두리번거리다 정수기 바로 위에 걸린 십자가에 못 박힌 예수상을 발견했다. 본인 몸을 돌보기보다 사람들을 치료하는 데 애쓰는 병원 관계자, 그들의 수고를 대신 짊어지기라도 한 듯 유독 초췌한 모습의 예수상이었다.

"어울리지 않아요? 병원에 사람들이 득시글하니 방주 같고, 실제로 방주에 들여보내기도 하고."

민혁의 시선을 따라간 최 선생이 물었다.

당신도 기억해둬. 인간이 만든 구원의 소비기한은 항상 기대보다 짧기 마련이거든.

민혁은 십자가를 보며 선지자를 떠올렸다. 그리고 뒤따라 서진이 자연스레 떠올랐고, 그와 나눈 대화가 묻어왔다.

다시 정신을 차렸을 때, 민혁은 잠시 발작을 일으켰다는 사실을 기억해내지 못했다. 다행히 기억은 서서히 돌아왔지만, 누군가 주입하듯 인위적인 느낌과 함께 머리에 격통이 느껴졌다.

"두 녀석은 일이 끝나자마자 떠난 건가요?"

잠시 뒤, 통증이 사라지자 민혁은 서진에게 물었다.

"네, 뭐, 보시다시피."

서진은 또 발작을 일으킬까 계속 눈치를 살폈다.

"내가 발작이 심했던 모양입니다."

민혁은 일부러 자신이 잠깐이나마 죽음의 경계를 넘어갔다가 돌아온 사실을 이야기하지 않았다.

"네. 그 체격으로 발작을 하니 감당이 안 되더군요."

서진의 대답에 다른 말을 잇고 싶었으나, 무슨 말을 꺼내야 좋을지 알 수 없었다. 주입된 기억들이 단층선처럼 다소 엇갈린 채 제자리를 찾아가는 중이었기 때문인데, 그걸 설명하자니 열심히 말해본 들 이해하지 못할 거 같았다.

"혹시나 해서 묻는 건데, 우리가 디타람브에 두 번째 들어간 뒤 한 시간 반 동안이나 접속했다고 하더군요. 그런데 나는 아무것도 기억나는 게 없어요. 혹시 그 안에서의 일이 기억납니까?"

서진은 눈언저리를 문지르는 민혁에게 조심스레 물었다.

"아직 몸도 성치 않은 사람한테 이런 걸 물어보는 게 실례인 줄은 알지만, 궁금해서요. 이걸 들어야 다음 방향도 정할 수 있을 거 같기도 하고."

"두 사람이 겪은 일을 한 사람만 기억하고 있으면 그 기억이 옳은지 그른지 어떻게 확신할 수 있을까요?"

"방법이 없잖아요. 당신이 이야기 지어내는 데 재주가 없기를 바라야죠."

서진은 재차 질문하기 전 잠깐 뜸을 들였다. 자신의 말을 믿을 수 있냐는 민혁의 말에 본인조차 확신할 수 없는 꺼림칙함이 섞여 있는 듯했기 때문이다.

"그 안에서 나는 어땠습니까?"

민혁은 서진을 응시했다. 예상치 못한 느슨한 질문이었다. 궁금한 게 고작 그것인지, 아니면 모든 걸 기억하고 있으면서 떠보기 위함인지 의심스러웠다.

"별 뜻 없고, 그냥 궁금해서 그래요. 첫 번째 진입했을 때처럼 민폐만 끼친 건 아닌지 걱정되기도 하고요."

민혁은 옆구리에 난 흉터를 어루만졌다. 그곳에는 자신이 예전에 입은 부상의 흉터가 있었다. 베일 때 워낙 크게 벌어지기도 했고, 수술실 의사가 예쁘게 꿰매지 못해 커다랗게 남은 흉터. 병원에서 상처를 꿰맬 때 이 정도 크기라면 치매에 걸리더라도 날짜와 장소를 계속 기억하겠다 싶었다.

물론, 지금도 기억하고 있었지만, 민혁은 이제 이 흉터를 볼 때마다 그 기억보다 서진이 먼저 떠오를 듯했다.

"별일 없었고, 오히려 도움이 됐습니다."

"아내는요? 혹시 내가 아내를 만나러 가야겠다고 이야기하지 않던가요?"

"내가 부적합 판정을 받은 탓에 우리한테 주어진 시간이 빠듯했습니다. 방법을 고민하느라 다소 큰소리를 내긴 했지만, 결과적으로 우리는 둘로 갈라졌고요. 당신은 아내를 만나러 향하고, 나는 의뢰를 완수하기 위해 움직였어요."

서진은 민혁의 이야기를 들으며 고개를 주억거렸다.

"다시 만났을 때 아내를 만나지 못했다고 했습니다. 나도 의뢰를 해결 못 했고요. 결과적으론 둘 다 실패한 셈입니다."

"둘로 갈라지지 않았다면 나았을까요?"

적어도 서진의 아내는 만났을지 몰랐다. 그러나 이미 집을 알고 찾아가 기다릴 정도였다면 그마저도 확실하진 않았다. 가능성일 뿐이라 민혁은 그저 고개를 가로저었다.

"대체 무슨 일이 있었던 겁니까?"

"첫 번째와 비슷한, 그냥 좀 더 길고 지난한 과정을 거쳤다고만 알아두면 됩니다."

서진은 묻고 싶은 게 많아 보였으나 민혁의 말에 입을 꾹 다물었다. 그런 표정으로 한참 동안 곁을 지켰다. 이제 괜찮다며 집에 가보라고 했지만, 서진은 꿈쩍도 하지 않았다. 민혁은 될 대로 되라는 심정으로 서진을 등지고 돌아누웠다. 그러다 깜빡 잠이 들었고, 일어났을 때 서진은 집에 갔는지 보이지 않았다.

"더 궁금한 거 없으세요?"

최 선생은 다소 의도가 보이는 질문을 건넸다. 민혁은 조각난 기억들을 밀쳐두고 엉뚱한 걸 물었다.

"선생님은 신을 믿습니까?"

뜬금없는 질문임에도 최 선생은 제법 성실히 대꾸했다.

"믿죠. 믿은 지 얼마 안 됐어요. 디타람브가 나왔을 즈음이니까, 몇 년 안 됐죠. 왜요?"

"별건 아니고. 아는 사람 중에 독실한 사람이 있어서요. 혹시 아실까 해서."

민혁은 선지자를 떠올렸다. 최 선생이 모든 환자를 다 기억할 리도, 그가 이 병원에서 검사를 받았을지도 확신할 수 없었지만, 민혁은 선지자가 근처의 추팔산업단지에 있었던 만큼 이 병원을 통해 디타람브에 들어가지 않았을까 생각했다.

"나한테 묻는 거 보니까 찾는 사람이 디타람브에 들어가기라도 했나 보죠?"

민혁이 고개를 끄덕였다.

"그럼 확률이 많이 줄어들지 않나요?"

"다른 병원은 어떤지 모르겠지만, 우리 병원은 문진표에 종교 유무를 묻는 칸이 없어요."

최 선생의 입에서 작은 웃음소리가 새어 나왔다.

"제가 아는 어떤 사람은 사람들을 디타람브에서 내보내려고 들어갔다고 했어요. 다 내보내고 자신이 맨 마지막에 나오겠다더군요.”

“이야, 그러다 나 잘리겠어요. 사람들이 디타람브에 안 들어가면 나 뭐 먹고 살라고. 유지 체임버 관리하고, 이주자 신체검사하는 거 힘들다고 투정 그만 부려야겠네. 혹시 모르니 이제 진찰할 때 환불 안 된다고 미리 이야기해둬야겠어요.”

최 선생은 정말 놀란 것처럼 다소 과장되게 말했다.

“디타람브엔 언제 들어갈 생각이십니까?”

“내가 말씀 안 드렸구나? 저도 부적합 판정받았어요.”

최 선생이 관자놀이를 꾹꾹 누르며 남 일 이야기하듯 말했다.

“내 자리가 없다는데 어쩌겠어요. 당장은 이것저것 복잡하게 생각하기 싫어서 하던 일이나 계속하는 거죠.”

“대단하시네요.”

민혁이 민망한 듯 주억거리자, 최 선생은 익숙한 반응이라도 되는지 웃음을 터트렸다.

“그런 소리 들을 만큼 대단한 일은 아닌 거 같은데. 아니면 같은 처지라 나름 위로하는 건가요?”

“그럴 리가요. 진심입니다. 오해하신 뜻은 아니었지만 불쾌하셨다면 죄송합니다.”

최 선생은 디타람브 적부 판정을 위해 환자들과 면담하다 보면 꼭 끝에 그런 질문이 뒤따라붙는다고 설명했다.

‘선생님은 언제 디타람브에 들어가세요? 난 선생님 보면 참 대

단해. 젊겠다, 돈 있겠다, 나 같으면 다 때려치우고 제일 먼저 들어갔을 텐데.'

디타람브가 사람들에게 공개된 지 얼마 되지 않았을 때는 이주할 수 있는 사람은 한정적이다, 자신들이 확보해놓은 자리를 싸게 주겠다는 유언비어가 퍼지곤 했다. 대부분은 믿지 않고 넘겼지만, 간혹 혹해서 모든 재산을 날리는 사람도 봤고 자신을 찾아와 물어보는 일도 많았다고 했다.

그럴 때마다 최 선생은 지금은 자리가 한정적이라도 이미 세상 사람 절반은 들어갈 수 있으며 디타람브가 서버, 쉽게 말해 자리를 늘리고 있다는 이야기를 차근차근했다. 그래도 안심하지 못하는 경우엔 자신은 부적합 판정을 받았으니 대신 들어가시면 되겠다고 안심시켜 돌려보내곤 했다.

"물론, 디타람브 적합 판정을 받고 진작에 이주한 동료들도 있어요. 믿을지 모르겠지만 맹세코 단 한 번도 그들을 원망하거나 부러워해본 적 없어요. 내가 대단한 일 하는 것도 아니고, 그들이 비겁한 것은 더더욱 아니죠. 그냥 각자의 선택인 거잖아요."

민혁은 그가 결국 냉동 체임버에도 들어가지 않을 거 같다는 생각이 들었다. 지금의 일을 지속하는 건 어쩌면 관성에 가까운 버릇 아닐까. 병원 내에서 그가 막무가내로 순번을 무시하며 검사를 진행하고 환자들이 득시글한 상황에서도 빠져나와 잠깐의 휴식을 취할 수 있는 것도, 병원 관계자들마저 디타람브로 들어가기 위해선 그의 도움을 받아야 하기 때문일 수도 있었다. 방주의 마지막 문을 닫으며 들어가려다 물이 차오르면 안 될 테니까.

민혁은 골치 아픈 일을 싫어하고 야심 같은 게 없었다. 그래서 20대 초반에 줄이 닿아 용병과 관련된 업을 시작하게 됐을 때도 그렇게 오랫동안 할 생각은 없었다. 남들이 보기엔 용병 일이 민혁에게 딱 맞춤옷으로 보였을 테지만, 그 스스로는 어울리지 않는다고 여겼다. 그래서 동료들과 어울리지 못하고 겉돌곤 했다.

아이러니하게도 그런 점 덕분에 용병 생활을 잘 해낼 수 있었지만 말이다. 의뢰인이 시키는 일만 하면 됐고, 지키라면 지켜내면 되고 되찾아오라면 가져오면 그만이었다. 그거면 충분했다. 복잡한 건 싫어했고, 단순한 걸 좋아했다. 고용인은 외려 그런 점을 마음에 들어 하기도 했다.

최 선생이 다시금 머리를 질끈 묶었다. 머리가 짧고 푸석한 탓일까. 민혁은 한 번에 손에 착 감겨 들어오지 않아 여러 번 머리를 그러모으는 그의 모습을 보다가 눈길을 아래로 떨어뜨렸다.

"돈이나 벌어야죠. 맨날 뼈 빠지게 일해서 벌어도 돈은 충분하다는 느낌이 없어요. 바깥에 환자들을 두고 너무 무례했나요?"

민혁이 고개를 가로저었다.

"아뇨. 솔직한 대답이라 마음에 드네요."

뭐라고 덧붙이려던 찰나 누군가 휴게실 문을 두드렸다. 민혁과 최 선생이 고개를 돌리자 문이 살짝 열리며 한 여성이 얼굴을 빼

꼼 드러냈다. 누군가를 찾는 듯 휴게실을 살피다가 최 선생을 발견하곤 반가운 기색을 보이며 안으로 몸을 밀어 넣었다.

"안녕하세요, 선생님. 수간호사님께 여쭤봤더니 휴게실에 가 보라고 하셔서요."

그는 민혁과 눈이 마주치자 살짝 고개를 숙여 인사를 건넸다. 평균보다 큰 키에 민트색 카고바지와 안전화, 검은색 무지 티에 토시를 착용한 모습이 오밀조밀한 이목구비, 찰랑거리는 단발과는 다소 어울리지 않았다.

"아, 내 정신 좀 봐. 미안해요. 내가 요새 깜박깜박해요. 이야기 마치고 금방 따라갈게요."

여자는 싱긋 웃더니 먼저 준비하고 있을 테니 이야기 나누시라며 휴게실을 나갔다.

"신체 폐기 건 때문에 온 외부 업체 직원이에요. 정확히 말해 직원은 아니고 사장이죠. 알고 보니 또래라 나도 모르게 말을 놨는데 저쪽에선 지금까지 존댓말을 써서 어색한 사이."

최 선생이 정수기에서 두어 번 연거푸 물을 따라 벌컥벌컥 들이켰다.

"기다리실 텐데 얼른 가보세요. 저도 이만 가봐야 해서."

"아버님 안 뵙고 가세요?"

"괜찮습니다. 지금 얼굴 보면 괜히 걱정하실 것 같아서. 며칠 뒤에 다시 찾아뵙죠."

"실은 제가 드릴 말씀이 있어서요."

"편하게 말씀하세요."

민혁은 그가 무슨 이야기를 꺼낼지 충분히 짐작하고도 남았지만, 일부러 그가 입 밖으로 꺼내주길 바라며 유도했다.

* * *

길거리에는 사람은 많지 않았다. 드문드문 보이는 이들은 흘깃거리며 한쪽으로 멘 작은 숄더백을 꽉 붙잡고 걸음을 재촉했다. 시청에서 콘밀을 배급받아 오는 모양이었다. 시청 쪽으로 갈수록 사람들이 많이 모여 있었다. 총을 든 군인들이 바깥에서부터 배치돼 있었고, 사람들은 늘어진 줄을 따라 신분 확인을 하고 차례대로 시청 안으로 들어가고 있었다.

정부에서 주는 콘밀은 품질이 좋지 않았다. 옥수수의 달고 구수한 맛이 나쁘지 않긴 했으나 그건 가끔 먹었을 때의 이야기였다. 민혁의 아버지는 옥수수죽을 먹을 때마다 어렸을 때 먹었다던 육회를 입에 올렸고, 해파리냉채를 떠올렸다. 민혁은 육회는 먹어본 적 있었지만 아주 어렸을 때라 기억이 나지 않았고, 해파리냉채는 구경조차 해본 적이 없었다.

아버지가 굳이 인터넷으로 찾아서 보여준 사진에 아버지의 설명을 결합해 맛을 상상해보려 했으나 민혁은 톡 쏘는 매콤한 맛이 무엇인지 도무지 짐작되지 않았다. 그러고 보면 민혁은 늘 아버지와 같이 죽을 먹을 때면 기억도 안 나는 맛과 보지도 못한 맛을 상상하며 먹곤 했다.

시청에서 소방서로 빠지는 사잇길을 지나 한때 식당으로 들어찼던 골목을 지났다. 그 역시 민혁이 어릴 적 이야기라고 언젠가 아버지에게서 전해 들은 이야기였다. 가끔 자신과 아버지의 어릴 적을 헷갈린다는 느낌을 받았다. 요즘 들어선 육회 역시 먹어본 적 없을 거라는 생각이 확고해졌다.

이미 녹슬어버린 간판을 달고 있는 방직공장을 끼고 돌자 황고벽돌로 외벽을 꾸미고 홀로그램 간판을 단 건물이 보였다. 민혁은 건물 뒤로 곧장 걸어갔다. 검은색 벙거지를 푹 눌러쓴 사내가 구석에 서 있었다. 민혁이 사내에게 다가가자 바닥을 쪼아대던 참새 한 마리가 보리 낟알을 물고 푸드덕 날아올랐다.

민혁은 무관심하게 서 있는 사내에게 종이를 내밀었다. 종이 안 내용을 확인한 사내는 다소 의아한 표정을 지었으나 군말 없이 민혁을 들여보냈다.

9

최 선생과의 대화 후, 민혁은 곧장 이곳으로 왔다. 최근 여러 가지 일을 겪은 덕분에 돈을 벌 만한 한 가지 계획이 떠올랐기 때문이다.

민혁의 계획을 실현하려면 우선 접속구가 필요했다. 그리고 접속구를 얻을 수 있는 곳은 민혁이 알기론 이곳뿐이었다. 분명 기현이 쓰던 접속구 역시 이곳에서 나온 물건이리라.

요즘 떠도는 소문이 사실인 듯 지물포 입구에는 어중이떠중이들이 잔뜩 모여 있었다. 민혁은 카자흐스탄으로 출국하기 전에 이용한 이후로 오랜만의 방문이었는데, 그전과는 분위기가 사뭇 달랐다.

불안에 마비된 이들과 쾌락에 몸을 내맡기는 이들이 모여드는 곳. 사회적 제약에 걸려 갈 곳을 잃은 모든 게 모이는 곳. 그리고 웬만한 사람들은 평생 살면서 한 번도 겪어볼 일 없는 일들을 업으로 삼는 곳. 지물포는 그런 곳이었다.

이 지역이 '지물포'라 불리는 데 특별한 이유가 있는 건 아니었다. 그저 이 지역의 처음 구심점이 되던 가게가 지물포였고, 그 가게를 중심으로 사람과 가게들이 하나둘 생겨났기에 다들 자연스럽게 이곳을 지물포라 불렀다.

디디타람브가 등장하기 전 지물포에는 장기 매매업자, 도박업자, 장물아비, 사기꾼 등이 주로 몰렸다. 사기 쳐서 번 돈으로 잘 살아 보겠다며 신분 세탁을 했던 부부 중 한 명이 몇 달 뒤 별안간 나타나 살인청부업자를 찾는 일은 이곳에서 흔하디흔한 이야기 중 하나일 정도로 말이다.

나라를 구성하는 법과 도덕이 좀먹힐수록, 사람들이 세상에 울분을 토해내고 평생을 지켜온 신념이 빛바랠수록 지물포는 더욱 융성해졌다. 권력자들은 절대 지물포의 팔다리를 묶지 않았다. 이곳을 억압해 자신의 지위를 높이는 것보다 원하는 대로 이용하는 게 훨씬 편하고 효율적이었기 때문이다.

지물포를 아는 모두가 이곳에서는 입을 다물고 필요만 충족해야 함을 잘 알았다.

그런 지물포에 최근 커다란 변화의 바람이 불었다. 과거 지물포를 이루고 중심을 이루던 것들은 이제 한낱 구경거리로 전락해 버렸다. 사람들은 더는 장기를 사고팔기 위해, 밤새 노름을 하기 위해, 범죄 행적을 감추거나 무면허 시술을 받기 위해 지물포를 찾지 않았다. 최근 지물포를 찾는 이들의 목적은 모두 디타람브였다. 그리고 그 중심에 디타람브 접속구가 있었다.

현재 널리 알려진, 공식적인 루트로 디타람브에 들어가려면 우선 신체를 유지할지 폐지할지 선택해야 했고, 그다음으로 막대한 비용을 지불해야 했다. 그러나 접속구를 이용한다면 무조건 신체 폐기를 선택해야 하긴 하지만, 공식적인 루트보다 30퍼센트 저렴하게 디타람브로 들어갈 수 있었다. 그것도 싼 금액은 아니었지만, 사람들은 그 약간의 배려에 감사해하며 발 디딜 틈 없이 이곳에 몰려들었다.

바로 그 지물포의 입구를 지키는, 벙거지 모자를 멋스럽게 눌러 쓴 사내는 민혁을 처음 봤을 때 다소 의아함을 느꼈다. 최근 이곳을 찾는 사람들의 낯빛은 하나같이 비슷했다.

무언가 체념한, 혹은 절박한 얼굴.

그러나 민혁은 달랐다. 지치고 무언가 걱정이 많아 보이긴 했지만, 그 안에 요즘 통 볼 수 없던 달뜬 열망을 안고 있었다. 그래서 고민했다. 달뜬 열망을 가진 사람들은 대개 문제를 일으키고는 하니까.

지물포는 다루는 일이 일이니 만큼 애초에 오가는 사람을 가리지 않았지만, 단 한 가지, 안에서 사고를 일으킬 만한 사람은 철저히 배척했다. 누군가 죽을 걸 두려워해서가 아니라, 관리 소홀로 손님이 떨어져 나가거나 유통하는 물건이 상할까 염려스러웠기 때문이다. 그래서 지물포로 들어가는 입구를 지키는 일은 아무나 할 수 있는 일은 아니었다. 손님을 잘못 들여 사고라도 벌어지면 문지기는 자격을 잃었다. 지물포에서 자격을 잃는다는 말은 곧 쥐도 새도 모르게 사라진다는 뜻이었고 말이다.

"들어가십쇼."

한참을 고민하던 벙거지는 결국 민혁이 지나갈 수 있도록 길을 열었다. 민혁에게서 사고의 냄새가 풍기긴 했지만, 사고를 일으키는 인물이 아닌 휩쓸리는 인물처럼 보였기 때문이다.

"앞에 보이는 사람들 따라가면 되시고, 아마도 기다리는 줄이 제일 길어 찾기 어렵지는 않을 겁니다."

벙거지는 길을 터주며 짧게 안내했다. 민혁은 벙거지의 말대로 사람들을 따라 걸었고, 금세 사람들이 몰린 곳을 발견할 수 있었다. 사람들은 가판대 앞에 모여 이십 대 중반쯤으로 보이는 남녀에게 순서대로 날짜와 시간을 이야기하고 있었다.

전체적인 모습은 병원 수납 데스크의 풍경과 비슷했으나 민혁은 그 모습이 어딘가 생경했다. 굳이 따지자면 불법을 저지르려 모인 사람들이 질서정연하게 줄을 선 게 어딘가 어색했다. 민혁은 그 어색함을 털어내려 애쓰며 줄의 맨 뒤에 가 섰다.

"9월 이후엔 안 돼요. 우리 어머니가 오늘내일하거든. 언니, 어떻게 좀 일찍 안 될까요?"

민혁의 앞에 서 있던 여자는 자기 차례가 되자 가판대 여성 직원에게 불쌍한 눈으로 사정했다. 와이드 데님 팬츠에 검은 레더 재킷, 슬릭번 스타일의 여자는 가판대 직원보다 적게 잡아도 다섯 살은 더 많아 보였으나, 기회를 얻을 수 있다면 나이쯤은 연연하지 않는 듯했다. 가판대 여자는 작게 욕을 읊조리곤 여자는 상대도 하지 않고 민혁에게 시선을 던졌다.

"다음 오세요. 그쪽은 가시고요."

"아니, 잠깐만. 그런 게 어딨어!"

여자는 허무하게 자기 차례가 넘어가자 목소리를 높였다. 소란이 일어날 낌새에 뒤에 서 있던 이들이 힐끔거리기 시작했다. 뒷사람들이 점차 거리를 좁혀오고, 민혁이 가판대 앞으로 나서려 하자 아찔해진 슬릭번은 싹싹 빌며 사정했다.

"미안해. 내가 괜한 소리를 했어."

"나 두 번 이야기 안 해요. 가세요."

여자는 매정하게 슬릭번을 떨쳐냈다. 슬릭번은 가판대를 붙잡고 주저앉아 눈물을 흘렸다. 그러나 여자는 아랑곳하지 않았다.

"아저씨, 안 들어가실 거예요?"

민혁은 자신을 향한 재촉에 가판대를 잡고 뭉그러진 슬릭번을 피해 엉거주춤 섰다. 슬릭번의 울음소리는 줄어들 기미가 안 보였고, 민혁은 가판대 여자와 슬릭번을 번갈아 봤다. 사람들의 시선을 잡아끄는 데 효과가 있다고 생각했는지 울음이 점점 커졌다. 슬릭번의 통곡에 주변 업자들의 미간에 주름이 지는 게 보였다. 결국 여자는 가판대를 엎을 기세로 세게 걷어차고는 앞으로 나서서 슬릭번의 손을 잡아끌었다.

예상치 못한 상황에 슬릭번은 가짜 울음을 멈춘 채 질질 끌려갔다. 가판대 여자는 보기보다 힘이 좋았고, 결과적으로 슬릭번은 길거리 한복판에 나동그라졌다.

“재수 없게 어디서 질질 짜고 있어. 공식 루트로 비싸게 들어가든지 그냥 뒈지든지 알아서 해. 절대 들여보내 줄 마음 없으니까.”

가판대 여자가 돌아왔을 때쯤엔 슬릭번의 울음소리가 다시 들렸으나 이제는 아무도 반응을 보이지 않았다. 가판대 여자가 민혁에게 물었다.

“들어가실 날짜랑 시간 불러주세요. 들으셨는지 모르겠지만 예약이 밀려 있어서 9월 말부터 가능하세요.”

“혹시 그쪽이 사장입니까?”

민혁의 대답도 예상에서 벗어났는지 가판대 여자는 눈을 질끈 감았다.

“안 들어가실 거예요?”

“접속구 빌리러 왔는데, 누구랑 이야기하면 되죠?”

“우리는 렌트 안 해요.”

“그럼 렌트 하는 집 좀 알려줘요.”

가판대 여자가 코웃음쳤다.

“아저씨, 지물포 처음이에요? 지물포에서 접속구 취급하는 곳 우리밖에 없는데?”

“보아하니 그냥 직원 같은데, 사장님 좀 불러줄래요?”

가판대 여자가 뭐라 말하려다가 입을 다물었다. 같이 가판대에서 있던 남자가 다가와 손목을 잡으며 제지했기 때문이다. 남자는 여자에게 제가 맡던 쪽 사람을 부탁하며 민혁을 상대했다.

남자는 뺨에 긁힌 자국이 있었으나 그 외의 외양은 전반적으로 거친 사람을 상대하는 일을 해온 거 같지 않았다. 손이 희고 가늘었으며, 얼굴도 곱상한 편이었다. 생각해보면 여자 쪽도 마찬가지였다. 다소 거친 구석이 있었으나 목숨을 걸고 앞뒤 재지 않고 우악스러운 행동을 하는 사람들을 상대할 만한 힘은 없어 보였다. 지물포가 안전해서 그런 걸까.

"사장님과 미리 약속을 잡으셨습니까?"

"아뇨."

민혁의 말에 남자가 고개를 저었다.

"그러시면 저희도 방법이 없습니다. 아무나 들일 수는 없으니까요."

민혁이 가판대 남자와 여자를 번갈아 바라봤다.

"유기현."

민혁이 시큰둥하게 말했다.

"모른다고 하진 않겠죠? 여기서밖에 다루지 않는 구속구를 가지고 있던 사람인데."

여자는 민혁을 탐문하듯 훑어봤지만, 남자는 이미 결론을 내린 듯했다. 그는 한걸음 물러서며 민혁을 안쪽 공간으로 안내했다.

남자의 행동에 여자는 눈썹을 살짝 추켜세웠지만, 별다른 말을 덧붙이지 않았다.

남자가 안내한 공간은 지물포의 특성상 손님을 맞이하는 응접실 용도로 만들어졌다기 보다는 직원 휴게실의 느낌이 강했지만, 흙바닥이었던 지물포 거리와 달리 바닥이 콘크리트폴리싱 마감 처리된 덕분에 한결 깔끔한 인상을 줬다.

"사장님이 언제 돌아오실지 저희도 잘 모릅니다. 믿으실지 모르겠지만, 저희도 사장님과 연락이 잘 되는 건 아니라서요. 어쩌면 오늘 헛걸음하신 걸 수도 있습니다. 괜찮으십니까?"

"난 괜찮으니 가서 하던 일 하시죠. 장사 잘되던데."

"마실 거 좀 드릴까요?"

"괜찮습니다. 대신 필요한 게 있으면 불러도 될까요?"

남자가 딱딱한 표정을 풀고 슬쩍 웃었다.

"안타깝게도 이곳엔 호출 벨이 없어서요. 필요한 게 있으면 직접 나오셔야 할 것 같습니다. 말씀해주시면 찾아드리죠."

민혁이 고개를 끄덕였다. 장단에 맞춰주는 건 여기까지인 모양이었다.

남자가 방을 나가고, 민혁은 아까 줄에 서서 본 사람들을 떠올렸다. 그리고 그 위로 병원에 자리 잡고 앉아 있던 사람들의 모습이 겹쳐졌다.

아무것도 없는 사람들은 소리 지르는 법이 없다.

병원에 자리 깔고 앉아 있던 이들이 그러했고, 황사를 뚫고 시청으로 가 콘밀을 받아오는 이들이 그러했으며, 민혁이 그랬다. 그렇게 보면 슬릭번 스타일의 여자는 아직 무언가를 어설프게라도 쥔 사람일지 모른다. 어중간하게 쥔 이들의 치열함, 민혁은 잘 이해가 가지 않았다.

"지금 아버님 병원비가 생각보다 많이 밀렸거든요. 알고 계시죠? 저희도 마냥 기다릴 수는 없는 상황이라서……."

최 선생은 그때, 민혁의 예상대로 아버지의 병원비에 관해 조심스레 꺼냈다. 짐작하고 있었지만, 머리가 지끈거리는 걸 막을 순 없었다. 밀주를 만들어 팔지 못하고, 출납관리소에서는 퇴직한 상태인 데다 모아둔 돈도 많지 않았다.

한때는, 밀주를 팔아 모아둘 정도의 돈이 생겼을 때는 어쩌면 전부 괜찮아질지 모른다고 생각했던 적도 있었다. 얼마 지나지 않아 아버지가 그 생각을 깨뜨렸지만 말이다.

밑 빠진 항아리. 아버지는 민혁에게 있어서 절대 고칠 수 없는 항아리였다.

한창 밀주를 팔 때도 그랬는데, 더는 밀주를 팔지 못하는 요즘 민혁의 주머니 사정은 궁핍 그 자체였다. 병원비는커녕 곧 생활비도 부족해질 상황이었다.

"사정이 여의치 않으시면 조금 더 기다려드릴 순 있는데, 그러려면 이번 달 안에 한 달 치라도 먼저 선납해주셔야 할 거 같아요.

그래야 상부에 대충 둘러댈 수 있거든요. 이건 저도 어쩔 수 없는 부분입니다."

"죄송해요. 안 그래도 아버지께 들어서 알고 있었는데, 일이 바빠 미처 신경 쓰지 못했네요. 일단 말씀해주신 대로 이번 달 안에 한 달 치나마 선납하겠습니다. 괜히 신경 쓰이게 해드린 거 아닌지 모르겠네요."

최 선생은 다행이라며 흐릿한 미소를 보였다. 그리고 잠깐 주저하다가 만약 조금 더 여유가 있다면 신체 유지 체임버 계약금도 이번에 같이 납부하는 게 어떻겠냐고 제안했다.

아버지 같은 환자의 경우, 위급한 상황이 생겼을 때 가족들과 연락이 되지 않는다면 부득이하게 신체를 폐기한 채 디타람브로 이주가 진행되는데, 계약금을 넣어두면 응급 상황에도 뇌 패턴 분석이 끝난 후 곧바로 체임버에 보관이 가능해진다며 민혁을 설득했다. 아버지가 이미 계약서에 동의했으니, 계약금을 넣어두는 편이 여러모로 유리하다는 제안이었다.

하지만 이번 달은 고작 5일이 남아 있었고, 최 선생의 제안을 모두 수락한다면 납입해야 할 금액은 3천만 원에 가까웠다.

운 좋게 곧장 용병 계약을 맺더라도 계약금으로 그만큼의 금액을 줄 업체는 손에 꼽았다. 업체에 속하면 다소 위험한 일도 맡아야 한다는 것도 마음에 걸렸다. 유지비를 계속 내야 하기에 혹여 몸을 다친다면 큰일이었으나 자신에게 선택권은 없을 게 뻔했다.

그렇다고 업체에 속하지 않고 개인적으로 움직이자니 남은 시간이 발목을 잡았다. 계약금에 맞추려면 적어도 열 건 이상의 의뢰를 받아야 할 텐데 그 시간으로는 어림도 없었다.

오죽하면 우승하면 신체 유지 체임버를 준다던 아레나까지 떠올랐으니 이내 고개를 저었다. 디타람브에 다시 들어가긴 싫었다. 그렇게까지 해서 디타람브로 이주해야 한다는 것에 회의감이 느껴졌다.

매일 저녁 여덟 시마다 뉴스에서는 양복을 차려입은 앵커가 당일 디타람브로 이주한 사람이 몇 명인지를 알렸다. 지금까지 남은 사람이라면 개인의 신념 때문에 남았거나 돈이 모자라는 사람들이 대다수였다. 그도 아니면 부적합 판정을 받아 선택의 여지마저 빼앗긴 이들이거나. 그런 상황에서도 뉴스 속에서 이주하는 사람들의 숫자는 조금씩 늘어나고 있었다. 그렇게 사람들의 불안을 자극하곤 했다.

동정하는 듯한 앵커의 태도와 기계적인 말투를 들으면서 민혁도 한때는 조급했던 적이 있었다. 해외에서 용병 일을 할 당시엔 아버지의 생활비와 청구된 병원비용을 보면 목숨이 오가는 현장이라고 가릴 수 없었다. 그 와중에 디타람브 이주 비용까지 생각하자니 머리가 지끈거렸다. 항상 목숨을 내거는 건 이번이 마지막이라고, 조금만 더 모으면 이렇게 위험하게 사지에 뛰어들 필요 없다고 스스로 속이듯 반복적으로 다짐하며 불안을 잠재웠다.

민혁은 자신이 부적합 판정을 받아서 포기하려는 건지, 아레나를 접했기 때문인지, 아니면 그저 지친 탓인지 선뜻 이야기할 수 없었다. 다만 오래도록 불안과 걱정에 노출됐기 때문인지 예전보다 무뎌진 건 확실했다.

민혁은 아버지와 좀 더 상의해보겠다고 대답했다. 최 선생은 종교적인 문제 때문이냐고 물었지만, 민혁은 그저 고개를 저었다. 최 선생의 진료를 말릴 생각도, 대기실의 사람들에게 떠벌릴 생각도 없었다. 디타람브, 정확히는 아레나에 대해 말하며 그들에게 남은 희망을 앗아갈 필요는 없었다.

누군가 문을 벌컥 열고 들어오는 것과 동시에 민혁은 도망치듯 현실로 돌아왔다.

"나를 찾으셨다던데."

처음 만나는 사람이 분명한데, 들어본 적 있는 목소리였다. 의아함을 숨기지 못하던 민혁은 사장의 얼굴을 본 순간 그녀가 누구인지 알아챘다. 이 가게의 사장은 바로 병원 휴게실에서 최 선생과 이야기를 나누던 도중 슬쩍 얼굴을 비췄던 여자였다. 뒤에 선 남자가 문을 닫고 나가자, 민혁은 곧장 질문을 쏟아냈다.

"우리, 병원 휴게실에서 만났죠?"

사장은 테이블 위에 잔을 올려놓은 뒤 민혁에게 슬쩍 밀었다.

"전에 만났다고 해서 특별대우 없고, 처음 봤다고 해서 차별 없어요. 적어도 나는. 그쪽도 그러길 바라고요."

"당신 진짜 사장 맞습니까?"

사장은 잔을 들어 입술만 적시듯 살짝 마셨다. 미간을 살짝 찌푸린 사장은 대답 대신 질문으로 맞받았다.

"그럼 뭐로 보이는데요?"

"이런 일을 한다는 말은 못 들었는데. 이곳에서 화장장 업무도 하는 겁니까?"

사장은 대답할 가치도 없다는 듯 고개를 까닥였다.

"피차 바쁜 몸이니 본론만 간단하게 이야기하죠."

"직원에게 못 들었습니까?"

"당신이 거짓말한 거 참아주는 것도 한계가 있어요. 이 술만 아니었으면 문 열고 들어오자마자 당신 몸통에 구멍 몇 개 내놨을 겁니다."

민혁은 그제야 사장이 내민 잔을 바라봤다. 오래됐는지 살짝 삭은 향이 풍겼지만, 맛을 살짝 보자 자신이 만든 술임을 알 수 있었다.

"이게 왜 당신한테 있죠?"

"내가 당신 고객이었으니까요. 그건 당신이 지금 어떤 처지인지도 알고 있다는 뜻이죠."

사장은 잔에 든 술을 단숨에 비워냈다.

"나는 기현이라는 남자가 잘렸다는 소식 들은 적 없고, 당신이 고용됐다는 소문도 들은 적 없습니다. 내가 유일하게 접속구를 렌트해주는 곳은 그들뿐이에요. 당신과 대화할 이유가 없다고 이야기하는 거고요."

사장이 빈정거리듯 말했다.

"언제까지 배짱부리나 싶어서 듣고 있다는 말이에요. 알아들어요?"

"그들한테 빌려줬다면 나한텐도 빌려줄 수 있지 않아요?"

"디타람브에 들어가시려고? 당신 부적합 반응으로 알고 있는데? 이렇게 막무가내로 빌려 가려는 사람들 때문에 우리가 렌트를 안 하는 거예요. 접속구 개수는 정해져 있는데, 빌리려는 사람은 많고, 그렇다고 일일이 사람 보낼 수도 없는 노릇이고. 왜 본인들 생각만 할까? 대체 왜 그래요? 바깥의 사람들은 다 호구라서 줄 서 있는 줄 압니까?"

민혁은 말없이 다시 잔을 들어 한 모금 삼켰다. 술을 많이 만들었어도 즐기기 위해 마신 적은 없었다. 완성되면 맛을 조금 볼 뿐이었다. 발효된 곡물 냄새가 비강을 타고 확 퍼졌다. 만든 지 오래돼 시큼한 맛이 났다. 단번에 마셔버릴까 생각도 했지만 그랬다가 대화도 끝날 거 같아서 민혁은 잔을 슬쩍 밀어뒀다.

"난 디타람브로 이주할 생각이 아니에요. 오히려 그곳에서 사람들을 빼내려고 하는 겁니다."

사장의 커다란 눈동자가 미동도 없이 민혁에게 고정됐다.

"현재 디타람브에 들어간 사람을 다시 만날 방법은 없는 걸로 알아요. 맞죠? 다시 돌아오려면 신체 유지 체임버를 포기해야 하는 걸로 알고 있고요. 거금을 들여 이주해놓고 다시 빠져나올 사람이 몇이나 될지 모르겠지만."

사장이 피식 웃었다.

"제가 듣기로 이주한 이들을 내보낸 사례가 있다고 들었습니다. 이걸 잘만 이용하면 돈을 벌 수 있지 않을까요?"

"그 전에 한 가지만 물어볼게요. 어디서 그런 이야기를 들었는지 모르겠지만, 지물포든 어디든 디타람브에 이주했다가 돌아왔다는 이들을 만나본 적 있어요?"

짧은 침묵이 이어졌다. 민혁의 대답을 들을 필요도 없다는 듯 사장은 고개를 끄덕였다.

"어디서 누구한테 들었는지 모르겠지만, 보기 좋게 속았네요. 디타람브로 이주한 사람들은 다시 바깥으로 나올 수 없어요. 바깥, 그러니까 지금 이 현실이 안전해질 때까지는요."

"언제부터 그랬는데요?"

"정말 어지간히 관심이 없었나 봐요. 초창기 몇 달을 제외하고는 늘 그래왔어요. 그때는 이주 방법도 지금과는 다소 달라서 가능했겠지만요."

"바뀐 이유는요?"

사장은 술잔을 감싸 쥔 채 의도적으로 민혁의 시선을 피하며 천천히 대답했다.

“앞서 말했다시피 돈 문제죠. 재차 들어갈 때 비용이 또 발생하는데 굳이 나오려 하겠어요? 이쯤 되니 굳이 디타람브에서 빼낼 이유가 있나 궁금해지네요.”

다시 현실로 나올 수 없다고? 민혁은 사장의 눈치를 살폈다. 적어도 거짓말을 하는 얼굴은 아니었다. 선지자는 그때 분명 자신이 내보낸 사람이 있다고 자랑스럽게 언급했다. 정책이 바뀌기 전에 내보낸 걸까? 하지만 그렇다고 해도 그의 행동에 이상한 점이 한둘이 아니다. 기후 위기의 심각성을 고려해 이주한 이들이 나올 수 없다면 이후에 들어간 이들이 선지자에게 이야기하지 않았을 리 없지 않은가. 이야기해주는 이들이 없더라도 디타람브 내 이주자들에게 바뀐 지침을 알려주지 않을 이유도 없었다

정말 사장의 말대로 선지자의 거짓말일까. 그러나 그는 그럴만한 이유나 명분이 없다.

“현실이 안전하다는 판단은 누가 내리는 거죠?”

“당연히 디타람브가 내리죠.”

민혁은 묵묵히 잔을 기울여 술만 홀짝홀짝 마셨다. 사장이 민혁의 얼굴을 쏘아보며 테이블을 톡톡 두드렸다. 마침내 침묵을 잘라내고 민혁이 물었다.

“접속구는 당신이 만든 건가요?”

사장은 침묵을, 민혁은 그렇다는 대답으로 받아들였다.

“그럼 접속구를 개조할 수도 있겠네요? 바깥나들이 하고 싶다

는 이들의 의식을 잠시나마 내 몸으로 옮겨서 이용할 수 있게 하는 건 어떻습니까. 밖에 하고 싶었던 이야기도 보내고 ,만나고 싶은 사람도 만나고. 디다람브의 정책이 당신 말대로라면 수요는 충분할 겁니다."

사장은 이번에는 흥미가 동한다는 듯 피식 웃음을 터뜨렸다.

"그런데 당신, 나를 움직이게 만들 돈은 있는 거죠?"

"당장은 없지만, 곧 생길 건 있습니다. 얻는 수익을 7대 3으로 나누죠. 내가 7, 당신은 3. 당신한텐 이득 아닙니까?"

"자존심 세울 여유가 남았나 봐요? 아직 살 만한가 봐. 내가 그쪽 사정 꽤 자세히 알고 있는데. 그게 아니어도 여기까지 찾아올 정도면 알만하지만."

"거절입니까?"

사장은 대답을 질질 끌면서도 서두른다든가 쫓기는 듯한 태도를 취하지 않았다. 들은 순간 이미 답을 정했기 때문일까. 아니면 이조차도 주도권을 자기가 쥐려는 걸까.

"좋아요. 대신 한 가지 부탁이 있어요. 당신이 술을 다시 만들어줬으면 좋겠어요. 맛을 봤으니 알 테지만 너무 오래됐거든."

사장이 유감스럽다는 듯 말한 뒤 민혁의 잔을 들어 남은 술을 입에 털어 넣었다.

"당연히 곡식은 내가 구해줄 거예요. 하는 김에 용병 일도 해줬으면 하는데. 그 값은 따로 치를 거고요. 대신 아까 말한 서비스로 얻는 수익은 6대 4로. 물론 6이 나고요. 어때요, 이 정도면 꽤 괜찮은 대우죠?"

"술은 그렇다 치고, 용병으로까지요?"

민혁이 의아한 표정으로 사장을 바라봤다.

"평생 밑에서 구를 팔자라는 게 당신 같은 사람을 두고 하는 말인 거죠. 사람이야 써먹기 마련인데."

"그런 사람이 저 비리비리한 애들한테 가판대를 일을 맡겨요? 가뜩이나 이주하겠다는 사람들한텐 민감한 일을?"

"나는 질문이 많은 사람을 좋아하지 않아요. 생각은 내가 할 테니까, 움직이기만 해요. 그래서 할 겁니까, 안 할 겁니까?"

"해야죠. 그러려고 온 거니까. 이왕 이렇게 된 거 늦었지만 통성명이나 하죠. 이민혁입니다."

사장은 민혁이 내민 손을 못 본 체하며 지나쳤다.

"내 이름을 알 필요는 없어요."

"그럼 뭐라고 부르죠?"

사장은 민혁을 물끄러미 쳐다봤다.

"난 물건만 팔지, 이름은 안 팝니다. 이 정도 거리만 유지하죠. 어차피 친목질하자고 만난 것도 아니니까 상관없잖아요. 이름 대신 사장이라 부르고요."

사장은 술을 마셨음에도 창백하다 못해 푸르스름한 얼굴빛을 유지하고 있었다. 날이 선 이목구비는 어떤 표정도 만들어내지 않았다. 사장은 그저 시간이 다 됐다는 듯 휴게실 문을 열어줬다.

민혁은 지물포에 올 땐 목적과 돈만 필요하다는 걸, 이해받기 위한 이유 따위 필요 없다는 걸 새삼 깨달았다.

"이틀 뒤 저녁에 봅시다."

10

민혁은 집에 돌아오자마자 사장에게 받은 싹 난 보리들을 서로 겹치지 않게 소쿠리에 펼쳐 햇빛이 잘 드는 곳에 뒀다. 보리 싹은 자칫하면 떫은맛을 낼 수도 있다는데, 이런 때 맛을 구분하는 건 사치였다. 그리고 약간의 떫은맛도 있어야 오묘한 맛의 엿술이 완성된다. 사실 무엇이 됐든 상관없었다. 마시는 사람들은 약간의 알딸딸함, 금기를 어기는 행위, 그게 주는 작은 환희를 즐거워했다. 그건 민혁과는 상관없는 일이었다.

다시금 원점으로 돌아온 거 같았다. 다시는 술을 만들 일이 없을 줄 알았다. 하지만 얄궂게도 민혁은 싹 난 보리들을 널어놓을 소쿠리를 버리지 않았고, 위치도 기억하고 있었다. 어쩌면 이렇게 될 줄 알고 있었던 걸까. 용병 일도 거절할 수 없는 일의 연속이었다. 결국 모든 건 돈 때문이었다. 돈 때문에 목숨을 걸었고, 목숨을 걸고 돈을 벌었다.

금기. 요즘 시대에는 곡물이든 과일이든 술로 만드는 게 허락되지 않았다. 당장 끼니를 때울 것도 부족했기 때문이다.

그렇다면 접속구를 통해 디타람브로 이주하는 것도 금기라고 할 수 있을까?

자칭 전문가라는 이들은 디타람브를 가리켜 최고의 인공지능이라고 떠들어대곤 했다.

민혁은 접속구를 통해 잠시나마 디타람브에 접속하는 방법이 어떻게 가능한 건지, 뇌패턴을 분석해 디타람브에 이주한다는 게 정확히 어떤 식으로 이뤄지는 건지 알지 못했다.

하지만 최고의 인공지능이라는 디타람브가 아레나도, 접속구를 통해 불법으로 접속하는 것도, 모든 사람이 디타람브로 이주하지 못하리란 것도 정말 모르고 있었을까, 의문이 들었다. 스스로 발전하는 인공지능. 인류의 미래라는 거시적인 목표가 아닌 혹시 다른 목적이 있는 건 아닐까.

민혁은 느닷없이 뻗어나간 생각의 목적지가 어이없어 웃음을 터뜨리곤 곧장 주변을 살폈다. 엿들을 사람도 없고, 딱히 의도를 지닌 말도 아니었지만, 아레나를 겪고 난 뒤 괜스레 이상한 생각이 들었다.

요 며칠 몸이 좋지 않다는 핑계로 한껏 웅그러진 게 원인일까.

민혁은 달라진 햇빛 위치에 맞춰 소쿠리를 옮겨놓고, 옷을 벗은 뒤 욕실로 들어갔다. 가운데가 살짝 오목한 콘크리트 바닥은 서늘하다 못해 쌀쌀했다. 크롬 샤워기의 수압은 약했고, 미지근했다. 욕실 창문에 달린 방충망을 열려고 하니 꽤 덜거덕거렸다.

방해물 없이 곧장 내리쬐는 햇볕에 몸을 맡기며 몸에 물을 뿌렸다. 그러나 갑작스레 바람이 불어닥치는 바람에 창문을 열기 전보다 더 덜덜 떨렸다.

수건으로 물기를 대충 닦아내고 옷을 갈아입은 뒤 침대에 누웠다. 침대 바로 옆에는 하얀 가루들이 쌓여 있었다. 천장에서 벗겨진 페인트칠이 떨어진 거였다. 업자를 불러 알아보니 천장 안쪽으로 새는 물 때문에 페인트칠이 벗겨진다고 했다. 페인트칠을 다시 해봐야 근본적인 문제 해결이 되지 않으면 다시 벗겨질 게 뻔하니 민혁은 협탁과 침대의 배치를 바꾸는 선택을 했다.

협탁엔 아버지와 찍은 사진이 덩그러니 놓여 있었다. 혈액 투석을 받은 지 몇 년 되지 않았지만, 민혁의 뇌리에 아버지는 처음부터 신부전 환자였던 것처럼 각인됐다.

얼기설기 붙인 욕실의 타일 벽에 기대어 얼마 나오지도 않는 소변을 보는 것, 숨을 쌕쌕거리며 쉬다가 새벽에 병원에 실려 간 것이 아버지에 대한 기억의 전부였다. 마치 날 때부터 그랬던 사람처럼 건강했던 모습은 아득하게만 느껴졌다. 엿술을 만들 때처럼 의외의 모습이 보여도 그때뿐이었다.

아버지가 병원에 입원하지 않고 집에 있었다면 천장의 페인트를 다시 칠하자고 몇 번이나 이야기했을 거다. 그리고 민혁은 어차피 디타람브로 들어가실 텐데 왜 애먼 곳에 신경을 쓰냐며 반대했을 테고. 둘 다 정작 필요한 돈 이야기나, 천장에 새는 물 이야기는 제외한 채 말이다.

* * *

바깥으로 나설 때면 짐승의 아가리로 발을 뻗는 기분이었다.

민혁은 코트를 입고 현관 앞에 섰다. 현관문에 달린 이쿠아 유리를 통해 모래 먼지로 인한 누런 풍경을 흐릿하게 볼 때마다 매번 나가기가 망설여지곤 했다. 소파에 널브러진 머플러를 둘러 입가를 가린 뒤 문을 열었다.

예약해 둔 호버 바이크를 타고 도심 외곽을 달렸다. 도로 옆으로 길게 뻗은 가로수들이 바람에 흔들릴 때마다 메마른 나뭇가지에 쌓인 모래 먼지가 사방으로 뿌려져 시야가 가려졌다. 속도를 높였다가 줄이기를 몇 번 반복하자 한때는 수목원으로 쓰였던 시설이 나왔다. 민혁은 수목원을 지나 지물포로 향하는 샛길로 빠졌다.

곧 익숙한 방직공장과 홀로그램 간판이 보였다. 근처에 호버 바이크를 세우고 휴대전화 앱으로 이용요금을 결제했다. 지물포 입구로 다가가니 민혁을 알아본 벙거지 사내가 곧장 들여보내 줬다.

가판대 남자는 민혁을 발견하자마자 자연스럽게 안쪽으로 안내했다. 지난번과 달리 휴게실이 아닌 반대편으로 안내했는데 이번에도 문에는 아무런 팻말이 붙어 있지 않았다. 휴게실처럼 테이블과 의자 몇 개만 놓인 게 아닌 한쪽 벽을 메운 가상화면과 용도를 알 수 없는 기기 장치들이 가득 차 있어 그저 사장의 사무실이 아닐까 유추했다.

사장은 사무실 끝, 비싸 보이는 의자에 고글을 쓰고 앉아 있었다. 그는 민혁을 보자 고글을 벗고 소파에 앉으라며 손짓했다.

"이게 뭡니까?"

그는 엄지손톱 크기의 네모난 칩을 민혁에게 내밀었다.

"바이오칩이죠. 접속구를 개조해달라고 한 건 당신이었고요."

"머리에 쓰던 걸 이만한 크기로 줄일 수 있었습니까? 그럴 거면 처음부터 이렇게 만들지 그랬어요?"

"이건 사람 몸에 심는 용도예요."

사장이 시큰둥하게 말했다.

"뭐요? 아니 왜요?"

민혁이 마뜩잖은 표정으로 사장과 그가 손가락으로 집고 있는 작은 칩을 번갈아봤다.

"당신 처음에 나한테 한 말 잊었습니까? 디타람브로 이주한 사람들에게 당신 몸을 빌려준다면서요. 어디가 됐든 그들이 접속구를 쓴 채 가만히 누워 천장이나 보려고 당신 몸을 이용하겠습니까? 움직이고 싶을 거 아니에요. 나가서 아는 사람들을 만나 근황을 묻고, 디타람브에 관한 이야기를 하고 싶어 하겠죠. 이제 대답이 됐습니까?"

민혁이 떨떠름하게 고개를 흔들었다.

"안전한 거 맞습니까?"

"나를 못 믿는 겁니까, 아니면 돈 벌기 싫은 겁니까? 당신이 심든 안 심든 난 내 수고비 받아낼 겁니다. 돈 벌 다른 방법 있으면 지금 그만둬도 돼요. 자신 없으면 그냥 입 다물고 얌전히 앉아있으면 됩니다. 어차피 10분 안쪽으로 시술 끝나니까."

사장은 대수롭지 않게 말했으나 실은 경고와 다름없었다. 민혁의 대답을 듣지 않고 일을 진행하려는 거 보면 확실했다.

사장은 곧바로 라텍스 장갑을 끼고 민혁의 뒷머리를 살짝 들어 머리핀으로 고정했다. 그런 다음 거품을 살짝 묻혀 목에서 3센티미터 위를 엄지손톱 크기만큼 두피가 보이게 밀어냈다.

수건으로 뒤통수와 목을 말끔히 닦아 남은 머리카락과 거품을 없애고 알코올 스와프로 이식할 부위를 여러 번 닦아낸 다음, 칩을 부위에 갖다 댔다.

이게 끝이냐는 민혁의 대답은 채 말이 돼 나오지 못했다. 칩에서 뻗어 나온 머리카락보다 얇고 무수히 많은 침이 민혁의 뇌와 연결되는 동시에 디타람브와 연결됐다. 민혁은 가상화면에 뜬 정보들이 무엇을 의미하는지 전부 알지 못했지만, 그 둘은 확실히 눈에 띄었다.

따끔한 감각은 처음 침이 나와 머리에 고정될 때 느껴진 게 전부였으나, 이물감은 사장이 뒤통수에서 흐르는 피를 몇 번이고 닦아내고, 결국 흐르지 않을 때까지도 이어졌다.

“이물감이 드는데 괜찮은 겁니까?”

“며칠 지나면 괜찮을 겁니다.”

“이번이 처음 아닙니까? 그걸 어떻게 알아요?”

“내가 만들었으니까요.”

사장이 건성으로 대답했다. 민혁이 더 따지려 하자 사장은 자신의 단발머리를 들어 뒤통수를 보여줬다. 그의 머리에도 사장이 보여줬던 것과 똑같은 크기의 칩이 박혀 있었다.

“당신…… 당신은 그걸 왜 심었습니까?”

“내가 질문이 많은 사람 좋아하지 않는다고 말하지 않았던가요? 매칭됐으니 일이나 하죠?”

디타람브 이주자들에게 몸을 빌려주는 일로 돈을 벌겠다는 계획은 사실 반쯤은 의문에서 돋아났다.

다소 무모한 이 발상의 시작점은 사실 서진이었다. 디타람브에 접속했을 때 급박한 상황이었음에도 서진이 아내의 안전을 확인하고자 잠시 만나고 오면 안 되겠냐고 하던 이야기에서 힌트를 얻었다.

처음 그의 이야기를 들었을 땐 어이없었다. 자신에게 남은 시간이 빠듯하다는 걸 서진도 알고 있었고, 시간이 다 되면 자동으로 로그아웃되는 줄도 알았다.

그러나 시간 내 완수하지 못하고 두 번째마저 실패로 돌아갈 경우 어떤 불상사가 벌어질지는 알 수 없었다.

결과적으로 서진은 아레나에서 겪은 일들을 하나도 기억하지 못했고, 민혁은 말 그대로 죽다 살아났다.

서진이 현실에서도 디타람브로 이주한 아내와 연락할 방법이 있었다면 어땠을까. 그렇다면 아내의 안전을 확인하지 않으려 했을까? 사실 서진과 함께 선지자와 합류하고, 덩치들을 만났다고 해서 아레나에 참여해 서진이 기억을 잃고, 자신이 죽을 뻔했던 결과가 크게 달라지진 않았을 거다. 하지만 미련이 생기는 건 어쩔 수 없었다. 왜 디타람브는 바깥으로 나오는 것도, 연락도 막아 놓은 걸까.

디타람브로 이주한 이들과 연락이 가능하다면 별다른 마케팅이 필요 없었겠지. 사람들이 염려하던 것도 걱정할 필요 없고, 시술도 안전하고, 먹고 마실 걱정을 하지 않아도 되며 먼지에 뒤덮인 하늘이 아니라 화면에서만 보던 푸르른 하늘을 느낄 수 있다고, 가족과 지인들에게 매일 이야기할 테니까. 정말 그저 기술적인 문제일까.

민혁은 기술 문제도 생각해봤으나 사장이 고작 이틀 만에 만들어낸 걸 보면 그건 아닌 듯했다.

그나저나 사장은 칩을 어떤 방식으로 이용하고 있는 걸까.

* * *

생각에 집중하려던 순간 민혁은 자신의 입속으로 물이 들어오는 걸 느꼈다. 물임을 확인하자마자 다시금 감각이 무뎌졌다.

디타람브 이주자에게 몸을 빌려주는 계획에서 제일 중요하게 따진 건 안전이었다. 이주자들은 오랜만에 민혁의 몸을 빌려 현실로 돌아와 가족 또는 지인을 만날 테니 가볍게 달뜬 상태일 테고, 그럴 때 예기치 않은 사고가 자주 발생한다는 건 기정사실이었다.

그래서 민혁의 몸에 적응하기 전까지는 감각을 최대한 열어 두어 불상사를 막고, 이주자가 몸을 움직이는 게 수월해지면 빌려주는 시간엔 민혁이 느끼는 감각이 둔해지도록 조절했다.

칩을 이식하고 처음으로 몸을 빌려준 디타람브 이주자는 중년 여성이었다.

"그날 기억나니? 너희 초등학교 입학하는 날……."

민혁은, 정확히는 민혁에게 몸을 빌린 여자는 자식 둘을 앞에 앉혀놓고 기쁜 듯이 어렸을 적 이야기를 재잘대고 있었다. 민혁은 문득 왜 여자의 자녀들은 디타람브로 이주하지 않았는지 궁금했다. 자신이 아버지를 부양하듯, 아픈 어머니를 디타람브로 이주시키고 유지 비용을 벌고 있는 걸까. 아니면 부적합 판정을 받았거나, 돈이 넉넉해서 현실에 조금 더 머물고 싶은 걸까.

지금 민혁은 물에 둥실 떠 있는 듯한 느낌이었다. 분명 몸이 있고, 눈으로 자식들의 얼굴을 보고 귀로 자식들의 대답이 들리지만 얇은 막이 한 꺼풀 덧씌워진 듯 완벽하게 침투하진 못한다. 여자가 자신의 팔을, 정확히는 자신이 오른팔로 왼쪽 어깻죽지를 긁는데도 아무런 느낌이 없다. 마취한 듯 무감각해진 것을 보고 있자니 기묘했다.

사장은 민혁이 이틀 전 지물포에 왔을 때부터 신청자를 받아뒀다고 했다. 신청자 중 연결된 가족들과 일정을 잡아뒀다고 했고, 만남이 끝난 뒤 이주자와 만난 가족 혹은 지인에게 돈을 입금받기로 했다는 이야기를 전해줬다.

사장은 몸을 빌리러 온 이에게 불법적이고 일탈적인 행위는 일절 금지하며, 그런 걸 시도할 경우 원주인이 언제든지 몸의 통제권을 가져올 수 있다고 경고했다.

시간은 두 시간 남짓이었고, 그동안 민혁은 아무것도 할 수 없었다. 할 수 있는 거라고는 잘 들리지 않는 그들의 이야기를 경청하거나, 혼자 생각에 빠지는 방법뿐이었는데, 민혁은 후자를 택했다.

처음엔 호기심이 동해 그러면 안 되는 줄 알면서도 그들의 이야기에 집중했으나 흥미로운 이야기도 아닌 데다 자식들도 정말 만나겠다고 한 사람들이 맞나 싶을 정도로 덤덤하게 굴어서 괜히 머쓱해졌다.

지금도 이야기는 여자의 주도로 다분히 일방적으로 이뤄졌다.

처음엔 반가워하던, 아니 신기해하는 거 같던 그들은 이야기가 이어지면 이어질수록 점차 불편한 기색을 드러냈다. 내뱉는 숨만큼 공기도 무거워졌다. 이주하기 전에도 그랬던 듯 멋쩍은 관계처럼 보였다.

한 시간쯤 지났을 무렵, 여자는 했던 이야기를 반복해서 했다. 더는 할 이야기가 없어 보였다. 그때 자식 중 하나가 머플러 이야기를 꺼냈다.

여자는 민혁의 몸에 적응하자마자 보라색 머플러를 사야 한다고 우겼다. 약속 시간이 삼십 분밖에 남지 않아 그럴 수 없다고 했지만, 그걸 매고 가지 않으면 자식들이 자신임을 믿지 않을 거라고 우겨대는 통에 지물포를 뒤져 간신히 보라색 머플러를 구매한 뒤 약속 장소로 향했다.

결과적으로 십 분가량 늦었으나 자식들은 오랜만에 만나는 엄마를 기다리고 있었다. 그들의 뜨악한 표정은 웬 우락부락한 남자가 보라색 머플러를 착용해서 그런 줄 알았으나 그런 것이 아니었다.

여자는 남편을 일찍 여의었을 때의 감정과 마지막으로 사줬다던 보라색 머플러를 기억하고 있으며 디타람브에서 옷차림을 변경하지 못해 불편하다는 이야기를 꺼냈다.

그 이야기를 듣자 자식 중 한 명이 실망한 표정으로 말했다. 그

머플러는 불륜녀에게 선물할 예정이었으나 차에서 우연히 발견하는 바람에 엄마의 깜짝 선물로 둔갑했고, 몇 달 뒤에 꼬리가 잡힌 남편과 불륜녀에게 사실을 들은 뒤에도 끝내 버리지 못하고 옷장 깊숙이 숨겨뒀던 거라는 다소 뻔한 이야기였다.

여자는 그랬구나, 하며 고개를 끄덕였다. 수많은 이별과 사랑과 인연과 후회가 차곡차곡 쌓이더라도 절대 잊지 못하리라 생각했던 것들도 잊힐 수 있다는 사실에 감사하다고 했다.

자식 중 좀 더 어린 쪽이 이주할 때 부작용으로 몇몇 기억이 사라질 수 있다고, 최 선생이 일러준 사실을 언급했다. 여자는 희미한 표정을 지어 보였다. 민혁으로선 그 얼굴에 드러난 표정이 무엇인지 알 수 없었다.

희한하게 그 뒤로 분위기가 조금 풀렸다.

머플러에 관한 기억을 완전히 잊었다면 어떻게 됐을까. 이 여자는 그 기억이 필요하리란 걸 알았을까.

여자는 어느새 디타람브에서 지내는 일을 떠들어대고 있었다. 자주 마주치는 종교인이 있는데 웬 커다란 팻말을 들고 다니며 디타람브 밖으로 나가야 한다고 마주치는 사람마다 붙잡는 통에 짜증이 이만저만이 아니라고 했고, 자식들은 디타람브로 이주한 사람은 다시 나갈 수 없는데 왜 그러냐며 코웃음 쳤다, 애초에 밖에서 사람들을 설득할 생각 없이 종교인이 들어와 있는 자체가 웃긴다며 여자의 말에 공감했다.

민혁은 종교인 이야기를 듣자마자 몸의 통제권을 빼앗고 그 종교인이 어떻게 생겼는지 묻고 말았다.

자식들의 항의로 금세 돌려주긴 했지만, 민혁은 그날 시간이 종료됐을 때 받아야 할 금액의 절반만 받았다.

민혁은 여자가 디타람브로 돌아간 뒤 자신이 성급했다는 걸 깨달았다. 여자가 돌아가고서도 그의 기억이 부분적이나마 자신의 머릿속에 남는다는 걸 깨달았기 때문이다. 여자가 말한 종교인, 선지자의 기억은 꽤 선명했다. 그는 자신이 기억하는 모습 그대로여서 달라진 점을 찾기 힘들었다.

다음날도 민혁은 디타람브 이주자 3명에게 몸을 빌려줬다. 흥미로운 사실은 그들의 기억 속에서도 선지자를 찾을 수 있다는 점이었는데, 이주자 3명이 디타람브 내에서 거주하는 지역이 거리가 있음에도 전부 선지자를 마주쳤다는 게 의아했다.

하루에 두 명 내지는 세 명. 이렇게 이주자들에게 몸을 빌려주면 부스러기처럼 남는 기억들이 신경 쓰였지만, 몇 시간 내로 희미해지곤 했다. 그들은 정말 행복할까. 이주자들은 디타람브 생활보다 바깥에서 만나는 사람들과의 추억을 떠올리고 그 시절 이야기를 많이 했다. 어쩌면 디타람브에서 같이 지내지 않으니 그런 것일 수도 있겠지만, 지금까지 만난 이주자들 모두 그러는 탓에 이주를 후회하는 가 아닐까, 의구심이 들곤 했다.

"디타람브에서는 잘 지내고 있는 거요?"

세 번째 이주자의 친구라는 사람이 시간이 다 돼 민혁에게 몸의 통제권이 돌아왔을 때 물었다. 그는 친구에게 물은 것이 아니라 민혁에게 묻는 것 같았고, 대답하지 않을 수 없었다.

"같이 이야기하셨잖아요. 잘 지내고 계십니다."

세 번째 이주자의 친구는 그 말을 믿는 것 같지 않았다. 민혁의 대답 자체를 신뢰하지 않는 건지 디타람브에서 지내는 생활이 미더운 건지 짐작할 수는 없었으나 그가 서둘러 자리를 뜨는 바람에 물어볼 수 없었다.

휴대전화 알람이 울리는 것과 동시에 민혁도 자리에서 일어섰다. 밀린 병원비를 수납하기 위해서였다.

* * *

원무과에서 중간 정산을 한 민혁은 아버지가 입원해 있는 병실로 올라갔다.

무턱대고 찾아오긴 했지만, 막상 아버지가 병실에 없자 민혁은 조금 당황했다. 당연히 병실에 있을 줄 알았기 때문이다. 아버지의 일과는 뻔했다. 투석 받고 온 후에는 대부분 잠을 청했고, 그렇지 않은 날에는 보통 병실에 놓인 텔레비전을 보거나 운동 삼아 병실을 천천히 돌아다니곤 하는 게 전부였다. 하지만 병동과 다른 병실까지 둘러봐도 아버지는 나타나지 않았다.

간호사에게 물어보려고 나가는데 엘리베이터 앞에서 무릎을 잡고 몸을 숙인 채 숨을 고르는 아버지를 발견했다. 민혁은 아버지를 부축해 병실 침대로 옮겼다.

“어디 다녀오신 거예요?”

“가만히 있기 심심해서 주변 좀 돌다 왔다. 무슨 일 있어?”

“무슨 일이 생길 뻔했네요. 몸도 안 좋으면서 왜 그렇게 무리하셨어요?”

“몸이 찌뿌둥해서 잠깐 움직였다. 무리한 것도 아닌데 오랜만에 많이 걸어서 그래.”

민혁의 걱정을 책망으로 들은 아버지는 핑계 대듯 중얼거렸다. 아버지의 처지를 이해하지 못할 건 아니었다. 디타람브에 들어가기로 한 뒤 아버지는 곧장 입원했다. 아버지의 몸은 빠르게 쇠약해졌고 이주할 거라면 괜히 시간 끌 필요 없었으니 어찌 보면 당연한 조치였다. 하지만 본인은 몸이 쑤실 만도 했다. 민혁은 괜스레 딴청 피우는 아버지를 못 본 척하며 말했다.

“병원비 수납했어요.”

아버지의 표정이 한결 밝아졌다. 그건 아버지에게 어떤 확신을 주는 듯했다. 아무리 형편이 좋지 않아도 자신을 내치지 않을 거라는 일종의 자기 암시에 가까운 것을 읽어낸 거였다.

“내가 얼른 디타람브로 이주해야 너도 한시름 놓을 텐데…….”

“아버지.”

민혁은 아버지의 눈을 바라보는 게 정말 오랜만이라고 생각했다. 이렇게 가까이서 마주 보는 건 처음이었다. 아버지의 눈동자는 옅은 갈색빛을 띠고 있었다. 아직도 아버지에 대해 모르는 게 많았다. 변해가는 겉모습도 낯선데 하물며 시시각각 바뀌는 마음이라고 다를까.

“디타람브 정말 들어가고 싶으세요?”

“왜? 돈이 부족하냐?”

“부족하긴요. 아버지가 괜히 겁먹고 나중에 딴소리하실까 봐 그러지.”

“그럴 리 없다.”

아버지는 단호하게 말하며 몸을 뒤척이며 침상에 누웠다. 민혁은 이불을 끌어다 덮이지 않은 발목까지 덮어줬다.

“요새 소문도 안 좋고 부작용이 있니 어쩌니 말들이 많아서 여쭤봤어요.”

“아무리 좋은 일 해도 뒤에서 욕하는 사람들은 다 있는 법이야. 어느 시대고 그랬어.”

“이만 가볼게요. 쉬세요.”

“힘들면 이야기해라. 난 들어가지 않아도 좋으니까.”

민혁은 아버지가 저런 말을 할 때가 싫었다. 정확히는 말에 실린 함의가 노골적으로 읽혀 참을 수 없었다. 아버지는 디타람브에 들어가길 원한다. 하지만 자식인 본인이 힘들다면 거절할 의사도 있다. 들어가면 좋겠지만, 그렇지 않아도 상관없다는 건 민혁이 꼭 해줬으면 한다는 이야기를 꼬아서 하는 것에 불과했다.

아버지는 진심을 말할 때마다 거짓을 섞었고, 거짓에 씻겨나간 진실은 노골적인 사실이 드러나서 불편하다는 걸 모르는 듯했다. 항상 그런 식이었다. 그렇게 이야기할수록 민혁이 어떤 수를 써서든 이뤄준다는 걸 알기에 내뱉는 덫에 불과했다. 민혁은 매번 희망의 탈을 씌운 덫에 걸려 발버둥을 치곤 했다. 매번 같은 자리에 남는 생채기는 더 이상 피를 쏟아내지 않았다.

엘리베이터가 만석이길래 민혁은 기다리길 포기하고 비상계단으로 내려갔다. 비상계단 문을 연 순간 엘리베이터 앞에 선 최 선생과 눈이 마주쳤다. 옆에는 사장도 함께였다. 민혁은 두 사람에게 꾸벅 인사했다.

"오셨어요? 아버님과 이야기 나누셨나 봐요."

"네, 수납하고 겸사겸사 이야기 나눴습니다."

"그럼 조심히 들어가세요."

평소와 달리 대화를 일찍 끝내는 최 선생의 태도가 걸려 엘리베이터가 도착했지만 아직 위층에 머물러 있었다.

최 선생은 왠지 모르게 초조해 보였다. 환자들의 눈이 있으니 당황한 기색을 감출 법도 한데 그럴 여유마저 없는 모양이었다. 무슨 일이 벌어진 것이 틀림없었다. 닫히는 엘리베이터 문 사이로 사장과 눈이 마주쳤으나 어울리지 않게 그가 먼저 고개를 돌렸다.

동시에 휴대전화 알람이 울렸다. 사장의 문자 메시지였다.

[할 말 있으니 사무실로]

11

채 열 자가 되지 않는 문자 메시지에서 어떤 불안감이 읽혔다.

민혁은 병원에서 나오자마자 곧장 지물포로 향했다. 접속구를 예약하기 위한 줄은 오늘도 길게 늘어서 있었다. 가판대에 서 있는 두 사람 모두 민혁을 신경 쓰지 못할 정도로 달력과 태블릿을 번갈아 보며 바쁘게 일정 조율을 하고 있었다.

민혁은 두 사람 중 조금 더 가까이 있던 남자 쪽으로 다가가 얇게 말아쥔 주먹으로 가판대를 톡 건드렸다. 줄을 선 이들의 시선이 전부 민혁에게 쏠렸다. 덩달아 민혁을 발견한 남자의 표정이 굳어졌다.

이쯤 되면 민혁의 방문을 그러려니 할 법도 한데 가판대 남자는 여전히 민혁을 경계하는 눈치였다. 오히려 처음에 경계하던 여자 쪽은 시큰둥했다. 민혁이 가게 안쪽으로 향하자 가판대 남자가 뒤따르며 물었다.

"사장님 안 계십니다. 오늘 일정은 없다고 알고 있는데요."

민혁은 사장이 보낸 문자 메시지를 보여줬다.

가판대 남자는 들릴 듯 말 듯 한 목소리로 무어라 말한 뒤 뒤따르는 걸 멈췄다.

민혁은 칩을 이식받았던 사장의 사무실로 들어가 소파에 주저앉았다. 이름도, 용도도 모르는 기기 장치 들이 저마다 빛을 발산하며 윙윙거렸다.

민혁은 칩을 이식한 뒤 이따금 뒤통수를 만지는 버릇이 생겼다. 딱딱한 건 얼추 비슷했지만, 유독 차가웠던 데다 당연하게도 칩 위에는 머리털이 자라지 않아서 상처 부위에 생긴 까만 딱지처럼 계속 손이 갔다. 어떤 걸 어떻게 조작하면 이런 걸 만들어낼 수 있을까 생각하는데 사장이 문을 열고 들어섰다.

사장은 민혁이 서 있는 위치를 파악하고 그 주변 기기를 빠르게 훑었다. 건드린 물건이 없는지, 확인하는 모양새였다. 기분 나쁠 일은 아니었다. 오히려 물어봤다면 솔직하게 답해줬을 텐데 사장은 그러지 않았다.

잠시 뒤 사장은 앉자마자 휴대전화를 만지작거리며 급히 디스플레이를 조작했다.

"무슨 일입니까?"

"폐기할 신체가 사라졌어요."

사장이 차분한 목소리로 말했다. 문자에서 읽어낸 반응과 사뭇 달랐다. 오래 겪진 않았지만, 사장은 계산적인 사람이라는 걸 쉽게 알 수 있었다. 아무 관련이 없는 자신에게 이런 이야기를 꺼낼 성격이 아니었다. 폐기될 신체나 신체를 훔쳐 간 범인 찾는 걸 도와달라는 이야기를 할 것이 분명했다. 어쩌면 둘 다이거나.

민혁은 병원에서 마주친 최 선생의 표정을 떠올렸다. 이 정도 사안이면 그런 반응을 보여도 이상하지 않았다. 오히려 나름의 침착함을 유지한 축에 속한다고 봐도 무방했다. BPC에서 폐기될 신체라 하더라도 보안이 뚫렸다는 건 다시 말해 사람들에게 무분별한 거부감을 심어줄 수도 있었기 때문이다.

"잘 몰라서 그러는데, 폐기할 신체라면 죽은 겁니까 아니면 깨어날 수 있는 겁니까?"

"신체 유지 체임버에서 나가는 순간 죽은 거나 다름없어요."

"몇 구나 사라졌는데요?"

"두 구요."

"도둑질한 놈들은 찾았을 테고, 뭘 하면 됩니까?"

사장은 민혁을 향해 턱을 살짝 들었다. 민혁은 사장이 조작한 디스플레이로 시선을 옮겼다. 사건 개요가 시간순으로 간략하게 정리돼 있었는데 범인에 대한 건 적혀 있지 않았다.

"중요한 건 범인인데……. 아직 특정하지 못한 겁니까?"

"이름은 모르고 특이하게 이니셜만 알고 있습니다. SJ. 어떤 사람인지 좀 알아봐주세요. 만나게 되면 죽여도 상관없습니다."

"그런 이야기를 너무 쉽게 하는 거 아닙니까?"

"쉬운 이야기를 어렵게 할 필요도 없죠. 그런 재주도 없고."

사장이 무심한 표정으로 대답했다.

“당신한테 이유는 별 의미가 없군요?”

“이유가 중요합니까? 동기가 뭐가 됐든, 놈이 시도했고, 훔쳐 갔다는 게 결과예요. 지금 몇 사람이 손해를 보고 있는데.”

“그래서 지금 어디 있는데요?”

“디타람브.”

“디타람브에서 사람 죽이는 게 가능합니까?”

“경험, 있는 걸로 알고 있는데?”

사장이 뜻 모를 소리를 해댄다고 생각한 그때, 디스플레이에 아레나에서 만났던 7번의 얼굴이 떠올랐다.

“익숙한 얼굴이죠? 이 사람이 SJ입니다.”

민혁은 난데없이 등장한 7번의 얼굴에 흠칫 놀랐다. 하지만 순전히 7번의 얼굴에 놀랐다기보다는 사장이 어떻게 이 사실을 알고 있는지 의아했다. 디타람브에 들어가 무엇을 했는지 아는 사람은 직접 아레나에 들어간 이들뿐이다.

“정확히는 당신이 죽을 뻔했죠. 자세히도 알고 있다, 그죠?”

사장이 해수욕장에 널린 조개껍데기를 처음 발견한 아이처럼 웃었다.

“당신이 그걸 어떻게 압니까?”

“당신들이 불법으로 접속하는 걸 디타람브가 가만두겠어요? 혹시 전 세계 인구가 동시다발적으로 들어가는 데다 지금까지 들어간 인원들도 관리하니 불법 접속쯤이야 때론 놓칠 수 있다고 생각한 건 아니죠? 그렇게 생각했으면 디타람브를 너무 만만히 봤어요. 우리가 다 뒤에서 조작하는 거예요. 들키지 않게. 저 두 사람이 크래킹하는 거라고요. 저래 봬도 고급 인력이에요."

사장은 문 바깥 가판대에 서 있는 두 사람을 가리켰다. 험한 일을 할 거 같은 인상은 아니었는데 역시 맡은 일이 따로 있었다.

"그럼 당신이 도운 조직이 뒤통수를 쳤다는 이야기네요?"

"정확히 말하자면 그들은 내가 신체 폐기하는 건 몰랐으니 뒤통수라고 보긴 어렵지만, 이래저래 골치 아파진 건 사실이죠."

"왜 그들을 도왔죠? 전후 사정 다 알면서 나한테 의뢰하는 이유도 모르겠네요."

"영원한 동료도, 적도 없다는 거 알 만한 사람 아니었나?"

"그럼 그들한테 가서 이야기하면 되잖아요. 굳이 이럴 필요까지 있습니까?"

"왜요? 이쪽이 더 쉬운데? 알다시피 난 지금 일을 처리하려는 거예요. 다시 말해줘요? 내 발등에 불이 떨어졌고, 나는 시체를 구해야 한다고요."

민혁의 표정이 미묘해졌다.

"디타람브에 있는 건 시체가 아닙니다. 그리고 난 디타람브 부적합 판정자고요. 오래 못 있는다는 얘깁니다."

"걱정 마요. 죽이라는 건 농담이었고, 당신 실력이면 접속 시간 안에 충분히 하고도 남을 일이니까. 그저 SJ와 오래도록 이야기하면 됩니다. 그를 못 만난다면 관련 있는 자들이라도 좋아요."

민혁은 접속구를 달라는 뜻으로 손을 내밀었지만, 사장은 대신 디스플레이에 뜬 버튼을 가볍게 눌렀다. 잠시 뒤 민혁의 머릿속으로 5초 뒤 디타람브에 접속한다는 안내 음성이 들렸다.

"뭐야? 이거 뭐예요? 이런 식으로 접속 가능한 거 이야기 안 했잖아요?"

사장은 대답 없이 침묵으로 일관했다. 다만 벌떡 일어선 민혁의 어깨를 눌러 소파에 앉힐 뿐이었다. 소파와 맞닿는 순간, 민혁은 본인의 감각이 디타람브로 전이됐음을 깨달았다.

* * *

7번을 만나려면 어디로 가야 할까? 아레나? 하지만 다시 아레나로 들어가는 건 지옥문을 제 발로 걸어 들어가는 것과 다를 바 없었다.

아레나 주변을 어슬렁거리다 보면 만날 수 있을까? 한 시간 안에 그가 나타날까? 만약 진짜 마주친다면 어떻게 해야 하지? 민혁은 아무런 대책이 없었지만, 가만히 있는 것보다 움직이는 쪽을 택했다. 일종의 버릇이었다. 민혁은 어느새 선지자를 처음 만났던 골목에 와 있었다.

쓸쓸하게 방치돼 군데군데 뼈대를 드러낸 콘크리트 건물들과 황량한 거리가 만들어낸 살풍경은 여느 골목과는 결이 다른 지독한 악취를 뿜어내는 듯했다.

민혁은 천천히 걸어갔다. 다신 엮이지 않으리라 자신했지만, 이렇게 된 걸 보면 보고 싶은 것만 보고 듣고 싶은 것만 들으면서 남은 생을 사는 꿈이 요원한 일 같아 끔찍해졌다. 이곳에 재차 방문한 건 사장과의 계약 때문이었지만, 사실 자신이 접속구를 구하고자 지물포를 찾아갔기 때문이다. 탓하려면 민혁 본인을 탓해야 했다.

걸음이 빨라질수록 생각도 덩달아 빨라지는 거 같아 민혁은 속도를 늦췄다. 불행인지 다행인지 선지자는 쉽게 찾을 수 있었다. 그는 자신에게 했던 것처럼 팻말을 들고 지나가는 사람들에게 이곳에서 나가라며 느닷없이 소리치곤 했다.

놀라는 사람도 있었지만, 화내는 사람이 대다수였고, 대꾸 없이 슬금슬금 피하는 사람도 있었다.

그가 동일한 장소에서 같은 일을 반복하고 있는 걸 눈으로 확인하니 처음 만난 당시로 돌아간 거 같았다. 아레나를 겪고 현실에서 눈을 뜬 뒤로 민혁의 꿈에서 한동안 선지자가 나왔다. 그럴 때마다 민혁은 여러 질문을 떠올리곤 했다.

선지자는 정말 신의 목소리를 들었던 걸까. 그렇다면 그의 영혼은 지금 어디쯤 가고 있을까. 그의 최종 목적지는 어디일까. 한참의 고민 끝에 민혁은 깨달았다. 그의 최종 목적지가 궁금한 것보다 어떻게 하면 그처럼 확신하고 삶을 영위할 수 있는지. 그게 몹시도 궁금했고, 부러웠다. 자신은 신이 눈앞에 모습을 드러내더라도 의심을 반복하다가 끝내 그의 옆구리를 찌를 거 같았기 때문이다.

그는 아레나에서 있었던 일을 기억하고 있을까? 아니면 서진처럼 하나도 기억하지 못할까? 아레나에서 있었던 일을 기억하지 못하더라도 기시감은 들기 마련일 텐데 어떻게 같은 자리에서 저럴 수 있을까.

"저거 또 저러네. 아 씨 진짜."

등 뒤에서 몇 사람의 노골적인 비아냥이 들려왔다. 그들이 선지자를 잘 알아서 그런 게 아니었다. 자주 마주쳐 익숙해진 탓에 그래도 되는 것처럼 막 대하는 부류였다. 민혁은 뒤에서 들려오는 소리로 방향을 유추하며 거리에서 슬쩍 비켜섰다.

소리의 진원은 금방 민혁을 지나쳤는데, 잠깐이나마 두 사람과 눈이 마주친 민혁은 곧 그들이 누군지 알 수 있었다. 2번이었던 근육질 몸매에 수염을 기른 50대 후반의 남성과 6번이었던 중단발머리의 중년 여성이었다.

두 사람은 민혁을 흘깃 쳐다볼 뿐 별다른 반응 없이 지나쳤다. 민혁을 기억하지 못하는 듯했다. 어쩌면 직접적으로 부딪친 적이 없으니 그럴 수도 있겠다 싶다가 경기장에 참가한 인원이 얼마 되지도 않았는데 사람 모두를 기억 못 하는 건 왠지 수상쩍었다.

민혁은 슬그머니 그들의 뒤를 밟았다.

의외의 광경이 펼쳐졌다. 6번과 2번이 등장하자 선지자가 눈치를 보며 자리를 옮겼다. 지난 경기에서 초반에 얼굴만 확인했던 6번은 기세 좋게 다가가 선지자를 몰아붙였고, 선지자의 발걸음은 점차 빨라졌다. 두 사람이 원래 알고 있던 사이였던가? 그렇다면 왜 지난번엔 아무런 언질도 없었을까.

만약 서로 몰랐던 사이였으나, 경기 이후 알게 됐다고 한다면 자신도 알아봤어야 했다. 원래 몰랐던 사이가 맞고, 경기 이후 기억을 잃었는데 단순히 이곳에서 전도하는 모습에 마찰이 일어난 상황이라면 굳이 처음부터 이곳에서 전도를 할 필요가 없었다.

선지자는 어느새 샛길을 지나 이면도로를 건너고 있었다. 그가 뒤따라오는 6번과 2번을 살피며 걸음을 재촉한 사이 덩치들이 모습을 드러냈다. 선지자는 팻말을 휘두르며 저항했지만, 소용없는 일이었다. 팻말은 쉽게 부러졌고, 덩치들이 선지자를 흠씬 두들겨주자 금세 축 늘어졌다.

선지자는 자신과 동행했던 지난번처럼 건물 지하로 끌려갔고, 2번과 6번은 제 발로 그곳을 찾아 들어갔다. 기억한다면 자신과 눈이 마주쳤을 때 반응해야 했다. 갑작스러운 상황이었기에 예기치 못한 반응이 나올 법도 했지만, 남자는 물론 여자도 아무런 반응이 없었다. 그렇다면 기억을 잃었다는 건가? 그럼 왜 아레나로 향하는 건지 이해할 수 없었다. 기억이 매일 리셋되는 걸까? 하지만 그럴 수가 있을까.

민혁은 순간 자신의 머리를 스쳐 지나간 생각에 소름 돋았다.

만약 저들이 아레나 혹은 아레나 인근만 머물게 세팅돼 있다면? 정해진 장소를 벗어날 수 없도록 설정할 수 있다면, 그건 누굴 위한 걸까? 디타람브일까, 아니면 이주자들일까. 다른 지역으로 갈 수 없다는 건 얼핏 행동에만 제약을 둔 것 같지만, 행동의 근간이 되는 생각을 제한했다는 뜻이었다.

하지만 민혁은 자신의 몸을 이용했던 이주자들에게서 그런 내용을 들은 적 없었다. 만약 이주자들이 알 수 없도록 기억을 통제하고 있다면, 이건 이주를 포기할 만큼 심각한 사안이었다.

기억을 통제시켜 사람들을 아레나에 강제로 참여시키는 거라면, 기현의 의심이 사실일 수도 있었다.

그렇다면 디타람브가 아레나를 만든 이유는 무엇일까? 민혁은 불현듯 아레나의 관중을 떠올렸다. 만약 선지자가 이주자라면, 그래서 아레나에 강제적으로 참여하게 된다면 불만을 가지는 이들이 나올 거였다. 선지자의 인권을 위해서가 아니라, 같은 방식의 경기가 재미없다는 식으로 말이다.

만약 선지자가 실제 인물이 아닌 디타람브가 만든 인격이라면? 그렇다면 아레나에 디타람브가 연관돼 있다는 말이 된다. 시야가 한 번 깜빡이며 남은 시간을 알려주었다. 어느새 이십 분 남짓한 시간만 남아 있었다.

이곳에서 7번 혹은 다른 이들을 기다린다고 해도 그들이 이곳으로 들어갈지도 모르는 일이고, 지금쯤이면 모두 아레나로 들어갔을 확률이 높았다. 민혁은 만에 하나의 가능성으로 건물 지하로 내려가 봤지만, 분명 길이 나 있음에도 지나갈 수 없었다. 일종의 오류인지 현재로선 알 수 없었다.

선지자에게 말이라도 걸어봤어야 했던 걸까.

어차피 하는 말은 같았을 것이다. 민혁이 겪었던 것과 오늘 봤던 것, 몸을 빌려준 사람들이 하나같이 외쳐댔던 그 말.

당장 이곳에서 나가!

불현듯 민혁은 의뭉스러운 생각이 들었다. 민혁의 몸을 빌려 현실로 잠시 건너온 사람들은 전부 선지자를 만났다. 민혁이 알기로 선지자는 추팔산업단지 C6 구역에 머물렀고, C6 구역은 사람이 많지 않은 구역 중 하나였다.

선지자가 좌충우돌하는 편이긴 했으나 그것도 이곳에 한정된 이야기였다. 상식적으로 다른 구역에 있는 사람들이 선지자를 만났다는 건 말이 되지 않는다.

조금 전 가정한 것처럼 이주자들의 통행에 제한을 걸어둬서 선지자가 이곳에만 머물게 된다면 다른 구역에 사는 사람들은 선지자를 만날 수 없다. 그들 역시 움직일 수 없을 테니 당연했다.

아레나에 참가시키기 위해 기억을 리셋하는 거 역시 가능성이 적았다. 관중이 좋아하지 않을 게 뻔했고, 디타람브가 기억을 조작해 참가시킬 정도라면 관중들의 반응을 놓칠 리 없었다.

민혁은 생각을 곱씹었다. 뭔가 놓치는 게 있었다. 제자리를 빙빙 돌던 민혁이 멈칫했다.

선지자가 가상의 인물이라면 말이 됐다.

그렇다면 선지자를 복제해 여러 구역에 두는 것도 가능하다. 구역마다 선지자가 존재하고, 그들이 아레나에 참여할 이들을 꾀어내는 임무를 맡았다면 일견 그럴듯하다.

민혁은 곧장 제일 가까운 B 구역으로 뛰어갔다. 하지만 이유 모를 찜찜함이 가시질 않았다.

B 구역에 도착하자 마지막 가설도 완벽하지 않다는 걸 깨달았다. 같은 인물을 복제해 여러 군데에 두는 게 가능하다면, 실제 인물을 복제하는 것도 가능할 터였다. 오히려 그편이 더 쉬웠다. 생각해보면 디타람브가 뛰어난 인공지능이긴 해도 인물을 창조해내는 건 다른 영역이었다. 확실한 증거를 찾아야 했다. 그러려면 만들어진 인격이든, 실제 인물이든 선지자를 만나야 했다.

B6 구역엔 없었고, B4 구역에도 없었다. 잘못 짚었던 걸까. 시간은 십 분 남짓 남았고, 민혁은 B1 구역과 B7 구역으로 가는 갈림길에서 B7 구역으로 향했다.

민혁은 일부러 쇠락한 골목길을 찾아다녔다. 그리고 마침내 휘황찬란한 판초 사내를 발견했다. 그는 민혁에게 외쳤다.

"당장 이곳에서 나가!"

선지자는, 아니 지금 만난 이도 선지자라고 할 수 있을지 모르겠지만, 같은 성경 구절이 쓰인 팻말을 들고 있었고, 초췌한 얼굴에 뻗친 머리, 갈라진 음성, 판초를 입고 있는 것도 C6 구역의 선지자와 똑같았다. 손이 덜덜 떨리며 헛웃음이 나올 뻔했다. 민혁은 잊을 수 없는 선지자의 다음 말을 내뱉는다.

"영원한 불구덩이로 떨어지고 싶지 않으면 당장 이곳에서 나가라고."

"영원한 불구덩이로 떨어지고 싶지 않으면 당장 이곳에서 나가라고."

그는 민혁이 자신의 말을 똑같이 따라 하자 움찔거렸다.

"우리 어디서 만난 적 있지 않습니까? 나 기억 안 나요? 당신, 당신은 대체 누굽니까?"

민혁은 뒷걸음질하는 선지자의 손목을 콱 붙들었다. 그는 어안이 벙벙한 표정이었다.

"똑바로 봐요. 나 정말 모르겠습니까? 당신 언제부터 여기 있었습니까? 언제 디타람브에 들어왔어요? 목회자 이전에 군인이었죠? 어디서 복무했죠?"

선지자는 넋 나간 얼굴을 하고 알 수 없는 말을 중얼거렸다.

기존 이주자를 복제했거나 여러 정보를 조합해 만들어졌다는 단 한 마디. 그 한마디면 충분했다. 많이도 바라지 않았다. 만들어진 인격이라면 실제 이주자들의 기억을 조합해 만들었거나, 인터넷에 떠도는 정보들을 조합해 만들었을 테니 허점이 있을 거다. 하지만 상태가 이래서야 기존 인물의 복사본인지, 만들어낸 인격인지 알아낼 수 없었다.

다른 구역으로 건너가기엔 접속 유지 시간이 빠듯했다. 지금 만난 선지자에게 답을 끌어내야 하는 상황이 답답할 뿐이었다.

서로 다른 구역에 선지자가 둘 이상 존재한다는 것만 알려도 사람들은 디타람브의 진의를 의심할 거다. 아레나에서 목숨을 건 일종의 투기판이 벌어진다는 것까지 알려지면 어떻게든 디타람브로 이주하기 위해 불법을 저지르던 것도 줄지 않을까, 그런 생각이 들었다.

그러나 민혁은 이런 사실들을 알려도 지금과 달라지지 않으리란 걸 어렴풋이 짐작했다. 앞으로 인류는 몇 해나 더 바깥에서 버틸 수 있을까. 디타람브로 이주하지 않으면 굶어 죽거나, 냉동인간이 되는 수밖에 없다. 냉동인간 시술을 받고 다시 깨어난 사례는 아직 없으니 가능성으로 두는 것조차 사실 무의미했다.

그럴듯한 해명문이 올라오면 사람들은 지금처럼 디타람브로 향할 거다. 그럼 지금 선지자의 정체를 밝히려는 행동엔 어떤 의미가 남을지 의문이었다. 민혁은 선지자를 붙들고 끊임없이 자문자답했다. 그냥 이대로 놔두는 게 모두에게 좋을 거라는 생각이 들자 선지자를 붙들고 있던 손에 힘이 빠졌다.

선지자는 여전히 횡설수설했다. 의미 있는 말은 찾기 힘들었다. 만약 선지자가 실제 이주자를 복제한 인물이라면, 각 개체의 기억을 공유하도록 설정됐을 거다. 각 구역에서 발생하는 돌발상황에 대처하는데 훨씬 효과적일 테니까 말이다. 놀랐다는 반응으로 보기엔 지금은 좀 과했다. 디타람브가 만든 인물이라면 느닷없이 벌어진 상황에 오류를 일으켰다고 봐도 될 정도였다.

선지자가 일순 흐릿하게 보였다. 남은 접속 시간을 알리는 신호음이 점점 커지며, 일정한 주기로 반복됐다. 순간 시야가 깜빡이며 꺼졌다.

민혁이 천천히 눈을 떴다.

사장의 사무실, 그 안에 있던 기기들과 인영이 흐릿하게 보였다. 그들은 가판대 남녀, 사장의 말에 따르면 크래커들이었다.

"정신이 들어요? 몸에 이상 없으시죠? 예정 시간보다 조금 일찍 깨웠어요."

남자가 말에 민혁은 괜찮다고 대답했다. 적어도 당장은 아무 이상 없었다. 더군다나 일찍 깨웠다니 별문제는 없을 거다.

"그럼 가보셔도 돼요. 사장님은 일이 있어서 깨시기 직전에 나가셨어요. 아, 혹시 부작용 나타날까 봐 걱정되시면 조금 머무르다가 가셔도 됩니다. 휴게실에서 쉬시면 돼요."

모니터에서 눈을 떼지 않던 그는 민혁이 움직일 생각을 하지 않자 의자를 빙 돌려 마주 봤다. 그는 덥수룩한 머리를 쓸어 넘기며 민혁에게 물었다.

“뭐 필요한 거 있으세요? 아니면 혹시 몸 안 좋으신가요?”

디타람브에 접속한 뒤엔 유독 피곤했으나 민혁은 흐트러짐 없는 자세를 지키려 노력했다. 정리 안 된 질문들이 머릿속을 둥둥 떠다니고 있었다. 잠시 정리할 시간이 필요했다. 잠긴 목소리가 민혁을 초조하게 만들었다.

“궁금한 게 있는데, 시간 괜찮으면 대답해줄 수 있습니까?”

남자는 모니터와 같이 일하는 크래커 여자를 바라봤다. 크래커 여자의 입술이 댓 발 나왔지만 남자는 애써 괜찮다는 듯 고개를 끄덕였다.

“네, 그러세요.”

“디타람브에 있는 사람의 기억을 여기서도 볼 수 있습니까?”

“모니터로 볼 수 있냐는 말씀이죠? 그건 불가능해요. 디타람브는 개인 뇌 패턴을 분류하고 보안을 유지하는데 가장 신경을 많이 쓰거든요.”

예상한 일이었다. 그런 일은 없겠지만, 디타람브에서 삭제되거나 바깥에서 쉽게 접근할 수 있다면 사람들이 지금처럼 안심하고 이주하진 않았을 거다. 어쨌든 선지자의 기억을 이곳에서 엿볼 수 없다면 남은 방법은 하나였다.

“디타람브 이주자의 동의를 받지 않고 내 몸을 빌려줄 수 있을까요?”

이주자들에게 몸을 빌려주고 나면 민혁의 머릿속에 이주자의 기억이 잠시나마 남는 걸 이용하려는 계획이었다. 물론, 기억이 전부 남지는 않았다. 하지만 조각난 기억을 하나하나 꿰어맞추다 보면 선지자를 디타람브가 만들었는지, 이주자의 기억을 조작해 이용한 건지 명확히 알 수 있을 것 같았다.

"이주자의 동의를 받지 않고 진행하겠다는 건가요?"

"그럴 수 있습니까?"

"당연히 안 되죠."

알만한 사람이 왜 그러냐는 듯 남자가 미간을 잔뜩 찡그린 채 민혁을 봤다.

"뭐가 다른 겁니까? 내가 문외한이라 그런지 몰라도 동의를 받든 받지 않든 크게 다를 것 없어 보이는데."

"사장님이 바쁘셔서 생략하신 듯하니 간단하게 설명할게요."

남자가 본격적으로 민혁을 향해 몸을 돌렸다.

"먼저 이주자가 민혁 씨의 몸을 이용하는 건 간단해요. 우리는 이주자의 뇌 패턴을 민혁 씨에게 이식한 칩에 잠시 복제하는 거예요. 복제한다는 건 당사자들도 알고 있는 사항이고요."

"디타람브가 뇌 패턴 보안에 최적화돼 있다면서 디타람브의 보안 체계를 회피해서 칩에 복제하는 일이 가능한 겁니까?"

"사실 복제하는 건 우리가 하지 않아서 어떤 경로로 이뤄지는지 정확히는 몰라요. 그건 사장님이 직접 하시거든요. 우리는 흉내도 못 낼 만큼 까다롭다는 말이고요. 애초에 사장님이 아니었다면 시도도 못 했을 겁니다. 지금에야 말하지만 어떻게 이주자에게 몸을 빌려줄 생각을 했는지 신기했어요."

남자가 고개를 살랑살랑 내저었다. 민혁은 그의 반응엔 아랑곳하지 않았다.

접속구를 며칠 만에 작은 칩으로 개량한 걸 확인했으니 어렴풋이 짐작하고 있었으나 사장의 실력은 민혁의 생각보다 훨씬 뛰어난 모양이었다. 선지자의 기억을 엿보기 위해선 사장에게 직접 이야기하는 수밖에 없었다. 사장은 이주자 본인의 동의를 얻어야 한다는 것쯤은 가볍게 무시할 거다. 그러기 위해선 뭔가를 더 해줘야겠지만 말이다.

"이주자가 민혁 씨의 몸을 이용할 수 있는 시간을 두 시간으로 제한한 건 육체적 부담을 줄이려는 것도 있지만, 디타람브의 감시를 피할 수 있는 최대시간이 얼추 그 정도거든요."

"그럼 내 몸을 이용하는 시간이 끝나면 내 몸에 복제된 기억은 다시 디타람브로 전송되는 겁니까? 양쪽의 기억이 오류 없이 잘 합쳐질까요?"

남자는 눈을 동그랗게 뜬 채 민혁을 바라봤다. 당혹스러워하면서도 그럴 수 있겠다고 생각했는지 저 혼자 고개를 주억거렸다.

"모르셨구나? 복제된 이주자의 인격은 정해진 시간만큼 민혁 씨 몸을 이용하고, 이후엔 삭제돼요."

"삭제한다고요?"

“네, 삭제. 말 그대로 그냥 사라지는 거죠.”

“복제했다면서요? 다시 디타람브에 있는 원래 인격에 덮어씌우면 안 되는 겁니까? 기억이 충돌한다거나 기술적 오류가 발생하는 거예요? 그럼 내 몸을 빌려서 누군가 만난 기억이 없는 거 아닙니까?”

“아쉽지만 그게 두 번째 한계예요. 생각해보세요. 한 사람의 전부인 기억을 복제하기가 쉬웠으면 어떻겠어요? 디타람브에 또 다른 내가 있다면요? 끔찍하지 않겠어요? 다시 원래 기억에 덮어씌우는 일도 문서 저장하듯 쉬웠으면 누가 비싼 돈 들여서 유지체임버로 신체를 유지하며 디타람브를 이용하려 하겠어요. 막말로 남의 신체에 내 기억 덮어씌우면 그만이잖아요. 디타람브가 그토록 보안에 신경 쓰는 이유기도 해요.”

남자는 민혁의 표정을 살폈다. 알아듣는지 못 알아듣는지 살피는 것 같아 민혁은 가볍게 고개를 끄덕였다. 전문 용어를 쓰지 않고 이야기해준 덕에 알아듣기 어렵진 않았다. 다만 한 가지 궁금증이 생겼다. 그건 사장에게 물어야 답을 얻을 것 같았다.

“덮어씌우는 건 말씀하신 대로 기술적 문제도 있긴 해요. 예를 들어 디타람브에 있는 이주자 A의 원본과 민혁 씨의 칩에 복사된 복사본 A′가 있어요. 둘은 복사된 순간부터 같은 사람이 아니게 된 거예요. 단 두 시간뿐이지만 실제로 몸을 빌리다 보니 받아들이는 정보가 어마어마하거든요. A′를 A에 덮어씌웠을 때 어떤 반응을 일으킬지 저희도 알 수 없어요. 일단 A의 새로 추가된 기억으로 정보량이 확 늘어버리면 디타람브가 외부에서 개입했다는 걸 알아채고 방화벽이 더 강화될 가능성이 커지는 건 확실하고요. 그럼 민혁 씨는 둘째치고, 저희 접속구 사업도 어려워지거든요. 적당한 선에서 타협을 본 거죠."

"그럼 이주자들은 왜 내 몸을 이용하는 겁니까? 그들에게 남는 것이 아무것도 없는데?"

"자신을 위해서가 아니라 남아 있는 사람들을 위해서 하는 거겠죠. 솔직히 저도 그들의 입장을 온전히 이해할 수 없긴 하지만요. 직접 겪지 않는 이상 누가 이해할 수 있겠어요. 안 그래요?"

"그런데 그건 왜 이야기 안 하죠?"

남자의 표정에서 점차 귀찮음이 묻어나기 시작했다.

"이번에 내가 디타람브에 다녀온 거, 잘 된 겁니까?"

"사장님은 만족스러워하셨어요."

민혁이 골똘히 생각에 빠진 사이 남자는 얼른 의자를 돌려 일하기 시작했다. 여자한테서 나는 키보드 소리가 유달리 튀는 것 같았으나 민혁이 신경 쓸 일은 아니었다.

민혁이 지물포를 나서자 휴대전화 진동이 울렸다. 문자 메시지 알림이었다. 확인해보니 부재중 통화가 다섯 통 넘게 와 있었다. 부재중 통화는 전부 병원이었고, 문자 메시지는 개인 휴대전화 번호였다.

아버지가 쓰러지셨고 위급한 상황이라 당장 디타람브 이주 시술을 해야 하니 바로 병원으로 오라는 내용이었다.

12

민혁의 집에서 돌아온 후 서진의 생활패턴은 엉망진창이 됐다.

매일 새벽 뜬눈으로 지새웠고, 해 뜨는 걸 보면서 잠자리에 들어 늦은 오후에 일어나 해가 지는 걸 바라봤다. 그게 일상의 전부였다. 통장의 잔액이 줄어들수록 생활비와 아내의 디타람브 유지비용을 낼 생각에 불안했으나 그건 잠시뿐이었고, 불안감은 쉽게 무력감으로 바뀌어 다음날도 같은 하루가 반복됐다.

밤낮이 바뀐 서진은 아주 이른 출근과 아주 늦은 퇴근을 하는 사람들이 뒤섞이는 소리를 들으며 잠을 청했다. 황사가 유독 심한 날에는 먼지를 헤치고 출근하는 사람들을 걱정하다 까무룩 잠이 들었다.

밤새 비가 내리는 날이면 베란다 문을 열어 두곤 했다. 황사가 옅어져 골목을 지나는 사람들의 머릿수를 셀 수 있었지만, 황사가 심한 날과 같이 우산에 가려 사람들의 표정이 보이지 않는 건 마찬가지였다. 다만 서진의 시선엔 그들의 우산 속 짜증스러운 표정이 그려졌다. 수영의 표정이었다.

수영의 병에는 완치라는 개념이 없었다. 화상으로 얼룩진 피부를 이식해서 붙이고, 절단한 손가락과 발가락이 다시 생겨난다고 해도 고생했던 시간까지 되돌릴 수 있는 건 아니니까. 그 시간은 수영과 서진 모두에게 비극이었다. 서진은 사고 전의 수영과 사고 후의 수영이 마치 다른 사람처럼 느껴졌다.

수영은 매일 집에 누워서 통곡의 고리를 만들어 멍에처럼 매곤 했다. 그걸 서진이 끊어주길 바랐다. 서진은 비관 속으로 침잠하는 아내를 수없이 끄집어냈지만, 수영은 언제나 다시 제자리로 돌아갔다.

사랑이라는 감정으로 버티기엔 현실은 너무 괴로웠고, 수영이 디타람브로 들어가겠다고 했을 때 남몰래 안도의 한숨을 내쉬었다. 숨통이 트이는 느낌이었다.

그런데 지금 느끼는 이 감정은 무엇일까. 서진은 무엇이 삶을 이토록 구기는지 알 도리가 없었다.

자려고 누웠던 서진은 갑작스레 시작된 구토감에 화장실에 가려고 일어서려다 그만 어지러움에 자리에 주저앉고 말았다. 기다시피 화장실로 가 겨우 구역질을 마치고, 서진은 입을 씻어내며 생각했다. 자신이 며칠이나 밥을 먹지 않았는지 떠올리려 했으나 잘 떠오르지 않았다.

서진은 냉장고를 열어봤다. 그나마 수영이 곁에 있던 시절엔 그를 돌보기 위해 비싸더라도 마트에 가서 종종 장을 보곤 했다. 서진은 배급받은 콘밀을 먹더라도 수영에겐 좋은 걸 먹이려 했다. 그래야 회복이 빠를 거라고 생각하던 날들이 있었다.

수영이 디타람브로 이주한 뒤 몇 주 정도 지났을 때가 떠올랐다. 그즈음 서진은 일부러 집에 들어와서 잠만 자고 나갈 정도로 바쁜 일상을 보냈다. 그래야 다른 생각이 들지 않았으니까. 그러던 어느 날 집 안에서 퀴퀴한 냄새가 나는 걸 알아챘고, 이내 그 냄새의 근원지가 냉장고라는 사실도 확인했다.

냉장고 문을 여니 수영의 몫으로 사뒀던 음식들이 전부 뭉크러져 악취를 풍기고 있었다. 쓰레기가 된 음식물들을 모두 버린 뒤 서진은 냉장고 코드를 빼뒀다. 그때부터 냉장고는 본래의 기능을 상실한 채 미지근한 물을 보관하는 용도로 전락했다.

그러나 지금 냉장고에는 미지근한 물조차 없었다. 민혁은 손을 씻고 외투를 걸쳤다. 시청에 가서 콘밀이라도 받아와야겠다 생각했다.

이런 거지 같은 순간이라도 인간은 배가 고팠으니까. 죽지 않으려면 먹어야 했으니까.

* * *

시청에서 콘밀을 받아 나오면서, 서진은 시청 광장 앞에 모인 사람들을 흘끔 봤다. 디타람브 반대 시위 집회를 위해 모인 사람들, 대략 열다섯 명 정도의 사람들이 두건으로 눈만 내놓은 채 얼굴을 가리고 있었다. 앉아 있는 사람도 있었고, 팻말을 들고 서 있는 사람도 있는 등 행동이 제각각이었으나 모두 공통적으로 아무런 소리도 내지 않았다.

디타람브는 신종 차별 도구!

신체 폐기한 이들도 사람인가!

디타람브 결사반대!

그들이 들고 서 있는 팻말과 현수막에는 익숙한 글귀가 적혀 있었다. 아마 남아 있는 사람들 중에 저 말을 들어보지 않은 사람은 없을 거다. 하지만 그들은 소수의 사람을 제외하고 대다수의 호응을 끌어내지는 못했다. 그들의 문제는 다른 대책을 제시하지 못한다는 거다. 반대를 위한 반대라는 지적에 그들은 항상 말문이 막히곤 했다.

처음 디타람브가 등장했을 땐 종교단체에서 주말마다 반대 집회를 열곤 했었다. 종교 집단이다 보니 모이는 사람들도 기존 집회보다 많았고, 그것만으로도 사람들의 이목을 끄는 것에 성공했다. 그러나 대다수의 종교 지도자가 디타람브로 이주하자 집회 횟수는 점차 줄었고, 종교 집회를 핑계 삼아 과격하게 시위하던 이들도 점차 자취를 감췄다.

디타람브는 진짜 방주가 아니며 몇 년 뒤에 신이 내려주는 방주가 나타날 거라고 주장하는 사람들부터 돈이 없어서 아예 들어갈 수 없으니 일단 반대부터 하는 사람들도 있었다. 부적합 판정을 받은 사람들 일부도 반대 집회에 참여하곤 했다.

그들의 눈빛을 보며, 서진은 얼마 전 아내를 무조건 디타람브에서 빼내라던 민혁의 말이 떠올랐다. 그는 자세히 말하지 않았지만, 두 번째로 디타람브에 접속했을 때 무언가 일이 벌어진 게 틀림없었다. 서진은 민혁이 이야기했던 '지난한 과정'을 자세히 캐묻고 싶었지만 이야기하길 꺼리는 듯해 당시엔 묻지 못했다.

서진이 이런저런 생각을 하며 집에 도착하니 집 앞에 누군가가 서 있었다. 썩 달갑지 않은 손님이었다.

"집에 있으면서 없는 척하는 줄 알았는데, 아니었군."

기현은 서진에게 악수를 청했다. 그러나 서진은 응하지 않은 채 도어락을 해제했다.

"며칠 사이 부쩍 말랐네. 혼자 있어도 잘 챙겨 먹어야 나이 들어서 고생 안 해."

계속된 이기죽거림에 서진이 싸늘하게 기현을 노려봤다. 그는 아직도 그 차디찬 방에 민혁을 두고 간 원진과 기현의 뒷모습을 또렷이 기억하고 있었다.

"아직 볼일이 남았습니까? 우리가 서로 건강 챙길 정도로 살가운 사이는 아니잖아요."

"아직 할 일이 남지 않나?"

“들어가서 겪었던 일을 기억 못 할 정도면 분명 위험한 일을 겪었을 겁니다. 그런데 그곳으로 또 밀어 넣겠다고요? 당신 정말 인간으로 살 생각은 없는 겁니까?”

“오해하는 거 같은데, 이번엔 나 좋자고 하는 게 아냐. 아니, 나보다는 당신을 위한 거지.”

서진은 한숨을 쉬며 문을 열었다.

“당신이랑 말다툼할 기운도 없으니 가시죠.”

“이걸 보면 생각이 달라질 거 같은데.”

기현은 손에 쥐고 있던 봉투를 서진에게 내밀었다. 서진 앞으로 온BPC에서 온 통지서였다. 봉투는 이미 뜯겨 있었다. 기현이 먼저 확인한 듯했지만 그걸 따지고 있을 새가 없었다.

서진은 통지서를 꺼내 읽었다. 통지서에는 수영이 디타람브에 들어가기 전, 신체 유지 체임버에 보관 중인 본인의 신체를 폐기하는 데 동의했으며 이를 남편인 서진에게 알린다는 내용이 적혀 있었다. 그리고 그 끝에는 계약자가 지정한 암호를 알아야 폐기를 취소할 수 있다고 했다.

“이 개자식!”

서진이 기현의 목을 조르며 벽에 밀어붙였다. 그는 이런 행동을 예상이라도 했다는 듯 얼굴이 시뻘게졌음에도 아무런 저항도 하지 않았다. 서진은 인상을 찌푸렸다.

“이런 식으로 사람을 협박해?”

“지금, 내가 협박하는 것처럼……, 보입니까? 컥. 협박은 당신이, 하는 거 같은데.”

기현은 눈까지 붉게 물들었음에도 자신의 목을 조르는 서진의 팔을 뿌리치지 않았다. 서진은 버티다 못한 기현의 눈에 흰자위가 가득해질 즈음에야 욕을 뱉으며 힘을 풀었다. 기현은 복도에 주저앉아 거칠게 기침을 토해냈다.

“컥 콜록……, 콜록! 이제 좀 속이, 풀리나? 어때, 이래도 디타람브에 들어갈 마음이 없나?”

서진은 대답을 망설였다.

“결과를 바꿀 생각 하라는 게 아니야. 아내를 설득해서 결정을 바꾸라는 이야기가 아냐. 그냥 오랜만에 아내와 이야기나 좀 나눠보라는 거지. 명색이 남편이잖아.”

서진은 초조함과 의아함을 잔뜩 머금은 채 기현을 바라봤다. 정확히는 기현의 눈동자에 비친 자신을 보려고 했다. 사고 후 수영의 눈에 비친 자신은 어떤 모습이었을지 단 한 번도 생각해본 적 없었다. 아니 눈을 마주치려고는 했는지조차 기억나지 않았다.

* * *

민혁은 지물포를 나서자마자 공유 호버 바이크를 탄 뒤 병원으로 향했다.

아버지가 입원해 있던 병동으로 가 이름을 대며 아들이라고 하니 간호사가 침착하게 상황 설명을 해주며 민혁을 안내해줬다.

수술실에서 잠시 기다리라는 말이 무색하게 최 선생이 문을 열고 나왔다.

"아버지는요?"

민혁은 인사도 생략한 채 그에게 달려들 듯 물었다.

"무리하셨는지 병원 산책로에 쓰러져 계셨어요. 담당 선생님께서 몸무게를 좀 줄이셔야 한다고 따로 말씀하셔서 아버님께서 나름대로 운동하시려던 것 같아요. 근래 들어 몸무게가 많이 늘어 투석할 때마다 힘들어하셨거든요. 다행히 급하게 옮겨서 생명에는……."

민혁이 말을 잘랐다. 말이 길어지는 걸 참을 수가 없었다.

"본론만 간단하게요. 괜찮으신 거죠?"

최 선생은 민혁의 호흡을 진정시키듯 눈을 천천히 깜빡였다.

"산소포화도가 많이 떨어졌고, 응급투석을 진행했음에도 여전히 호흡이 가쁘고 맥박도 불안정해 저희로서는 신속히 결정해야만 했습니다. 냉동 체임버에 들어 가셔봤자 소용없다고 판단했고, 아드님께 전화를 몇 통이나 걸었지만 받지 않으셔서 제 자의로 디타람브로 이주해드렸습니다. 아버님 신체도 일단 유지 체임버에 옮겨드렸어요."

잘된 일일까. 민혁이 내뱉는 한숨을 최 선생은 안도의 한숨이라 착각했다.

“일단 감사합니다.”

“당연한 일을 한 건데요. 전화를 받지 않으셔서 원치 않으시는 줄 알면서도 진행했습니다. 그 점은 사과드리죠.”

“나는 한때 아버지가 디타람브에 들어가길 바라면서도 들어가지 않았으면 했습니다.”

민혁이 음울하게 말했다.

“금액적으로 부담이 되긴 하죠. 그래도 들어가시는 편이 아버님께는 훨씬 좋은 선택이 됐을 겁니다.”

“처음에 그랬죠? 돈을 내야 한다면서요? 그래야 유지 체임버에 넣어준다고 하지 않았습니까? 안 그러면 폐기한다면서요?”

민혁은 최 선생의 행동이 의아했다. 물론 그 행동이 자신을 위한 것임은 의심할 여지가 없었지만 일개 환자와 의사의 관계에서 행한 행동으로 보기에는 다소 무리가 있었다.

“그랬죠. 그런데 차마 폐기할 수가 없어서……. 아니라고 하면서도 계속 고민하시는 것 같았거든요. 아니었나요?”

“병원에 방문하는 모든 환자한테 이럽니까?”

최 선생이 시선을 피한 채 고개를 가로저었다.

“당연히 그러지 않죠.”

“지금 당신의 마음이 뭐든 동정에서 시작된 거예요. 그저 우리가 비슷한 처지라서 그럴 겁니다. 그건 결국 당신을 망칠 거고요.

그렇지 않더라도 내 인생은 확실히 망쳐놨네요."

민혁의 단호한 대답에 최 선생은 애써 시선을 맞췄다.

"그렇게 마음에 안 드시면 지금이라도 폐기하시면 되잖아요. 왜 자신한테 마음 쓰는 사람한테 상처를 줘가면서 멀어지는 거죠? 그럴 필요까진 없잖아요. 내가 한 일이, 그 호의가 당신 인생을 망쳤다는 이야기를 들을 정도로 하찮게 보였어요?"

최 선생은 가까스로 표정을 내비치지 않았지만, 목소리가 떨리는 것을 막을 수는 없었다. 민혁은 오래도록 침묵을 지켰다. 이런 상황에서 어떤 대답이 적절한지 찾을 수 없었기 때문이다.

다른 사람의 호의를 기대하기 어려운 세상이었다. 민혁은 디타람브에 억지로 접속하게 된 것이 서진의 탓이라고 생각했다. 내색하진 않았으나 곡물을 준 서진의 호의를 원망했고, 밀주의 유통망을 들킨 서진이 무능하다고 생각했다.

하지만 곡물을 받아 밀주를 만든 건 민혁 본인이었고, 밀주를 팔다 걸린 건 운이 나빠서였다. 적어도 서진을 전부 탓할 수는 없었다. 그렇게 생각했었는데, 뜻밖의 호의에 본능적으로 경계심이 발동한 모양이었다. 최 선생은 아무런 잘못이 없었다.

"미안합니다. 내가 말이 심했어요."

"디타람브를 싫어하는 이유, 뭔지 말해줄 수 있어요?"

민혁은 잠시 생각한다. 그 잠깐의 머뭇거림으로 민혁은 자신이 솔직할 수 없다는 것을 깨닫는다.

"나도 모르겠습니다."

최 선생은 피곤하다며 먼저 자리에서 일어섰다. 민혁은 무슨 말인가를 하려다가 끝내 입을 다물었다.

13

디타람브는 여러모로 쾌적했다.

황사가 날리지도 않았고, 잿빛 구름이 느닷없이 비를 쏟아내지도 않았으며 햇빛이 따갑지도 않았다. 항상 적당한 바람이 불었고, 햇살은 잘 말린 이불처럼 포근했다.

사람들이 많이 거주하지 않는 외곽은 적용이 덜 됐다지만, 도심은 전부 신축 건물들처럼 화려했다. 언제고 이 모습을 계속 유지할 터였다.

디타람브 내에서 부패하는 건 존재하지 않았다. 자신의 냉장고와 달리. 그래서일까. 서진은 디타람브가 낯설었다. 이곳이 현실이 아니라는 사실이 절실히 체감됐다.

서진은 수영이 있을 아파트를 향해 걸으며 주변 풍경이 바깥과 얼마나 다른지, 같은 점은 뭐가 있는지 등을 살폈다. 그러다 손을 꼭 쥔 채 걸어가는 노부부를 흐뭇하게 보며 걸어가던 중 그의 앞으로 익숙한 사람이 스쳐 갔다. 서진은 그 사람이 누구인지 알아채기도 전에 반사적으로 팔목을 덥석 붙잡았다.

"수영아?"

다름 아닌 수영이었다.

“이거 놔요!.”

수영이 외마디 소리를 내질렀다. 수영은 생각보다 훨씬 더 놀랐다. 예상치 못한 반응에 서진은 엉거주춤 팔을 놓았다.

“누구세요?”

“누구냐니……. 나야, 박서진. 당신 남편. 모르겠어? 못 알아보겠어?”

예상치 못한 수영의 대답에 서진은 더듬거리며 물었다. 그러나 이어지는 수영의 대답은 더 뜻밖이었다.

“……내가 결혼을 했던가요?”

“잠깐 이야기 좀 할 수 있을까, 있을까요?”

서진은 혹여 다른 사람을 착각했나 싶어 서진은 수영의 얼굴을 빤히 들여다봤다. 불쾌하다는 찌푸려지는 얼굴은 어떻게 보나 자신이 아는 수영이 확실했다. 그런데 왜 알아보지 못하는 걸까. 이주하는 과정에 문제가 있었던 걸까. 서진은 뭐가 됐든 당장은 수영과 이야기를 나누며 오해를 풀어야겠다 생각했다.

“정말 이상한 사람 아닙니다. 잠깐 이야기 좀 해요. 정말 잠깐이면 됩니다. 왜 나를 기억하지 못하는지 모르겠지만, 내가 다 설명할 수 있어요. 이름 최수영. 한영아파트 102동 504호에 살고 있죠?”

수영이 주위를 둘러봤다. 주변에 지나가는 사람을 보고서야 그녀의 경직된 표정이 다소 풀렸다. 자신이 아닌 타인들을 보며 안심하는 것 같아서 서진은 맥이 빠졌다. 하지만 입장 바꿔 생각해본다면 이해 못 할 것도 아니었다. 그녈서는 갑자기 처음 보는 남자가 남편이라며 강요하는 꼴이었으니까. 서진은 문득 자신이 그 사고 이후로 단 한 번도 그녀의 입장에서 생각해본 적이 없다는 걸 깨달았다.

"……지금 우시는 거예요?"

수영이 당혹스러워하며 서진의 얼굴을 쳐다봤다. 잠시 난처해하던 그녀는 서진의 소맷자락을 붙잡고 근처에 이야기할 만한 곳이 있다며 그를 이끌었다.

서진과 수영은 근처 공원 벤치에 거리를 두고 앉았다. 오는 사이 다소 진정이 됐는지 서진은 머쓱하게 눈물을 닦았다.

"집에 있을 줄 알았어요. 그래서 집으로 가던 중이었는데, 이렇게 만날 줄 몰랐습니다."

그도 그럴 게 서진이 기억하는 영의 모습은 항상 집에 있는 모습이었다. 수영은 대답 없이 고개만 살짝 끄덕였다.

"집으로 찾아왔으면 아마 더 놀랐을 거예요. 조금 전에도 충분히 놀라긴 했지만."

수영은 서진에게 잡힌 오른 손목을 가볍게 주물렀다.

"미안해요. 너무 놀라서 나도 모르게……."

"괜찮아요."

서진은 잠시 숨을 고른 뒤 자신들의 첫 만남부터, 해프닝 많았던 결혼식과 신혼여행, 풍족하진 않아도 서로에게 최선을 다했던 결혼생활을 수영에게 이야기했다. 수영은 서진이 하는 이야기를 열심히 귀담아들었지만, 그중 어느 것도 기억하지 못했다.

"그랬군요."

수영은 마치 남의 이야기를 들은 것처럼 대답했다.

"남편이라니, 믿기질 않네요. 그쪽이, 그러니까 오해하지 말고 들어줬으면 좋겠어요. 당신이 싫다는 말이 아니에요. 그냥, 내가 결혼을 했다는 게 믿어지지 않아서. 난 항상 혼자 살아야지 생각했거든요."

"그렇게 생각한 이유가 있어요? 오해하지 말아요. 나도 그냥 궁금해서……. 대답하기 싫으면 안 해도 돼요."

머쓱한 듯 손을 내젓는 서진의 모습에 수영은 피식 웃었다.

"거창한 이유는 아니에요. 독립적인 성격인 데다 남한테 간섭받는 거 싫어하고, 동네에서 소문난 왈가닥이었거든요. 연구원직이 아니었으면 직장에서도 아마 예전에 잘렸을 거예요."

"연구원이요? 누가요?"

서진의 질문에 수영은 꽤 진지한 얼굴로 대답했다.

"자 연구원이었잖아요. 지금은 다 내려놓고 디타람브에 들어와서 아무 상관 없는 일 하고 있지만요."

수영은, 적어도 수영이 서진을 속인 게 아니라면, 평범한 회사원이었다. 업계에서 내로라하는 회사의 마케팅 부서에서 바쁜 나날을 보냈다. 일도 잘하는 편이라 승진도 빨랐고, 자부심도 대단했다.

"여기선 무슨 일을 하고 있는데요?"

"복합상가 1층을 관리하고 있어요. 음, 청소 일이나 판매는 아니고요. 표현이 어색하긴 하지만 일종의 키오스크 역할을 하고 있어요. 어떻게 설명하면 좋을까요? 건물 한 층에 내 의식을 전이시키고 인공지능 대신 나를 사용한다? 명확하게 설명하기는 어렵지만, 흥미로워요. 디타람브에서 진행하는 거라 그런지 피곤하지도 않고, 사람들 만나기도 좋아요."

"왜 그 일을 하는 거예요?"

"디타람브에 보다 잘 적응하기 위해서?"

자신을 처음 본 것처럼 대하는 수영을 억지로라도 붙잡고 대화를 이어 나간 건 마음 한구석에 이 모든 게 수영의 선 넘은 장난 혹은 디타람브에 있어서는 안 될 자신을 만나 생긴 일시적이 기억 혼란이라 믿었기 때문이다. 어떻게 이럴 수 있을까.

서진은 마지막으로 사고에 대해서라도 꺼내볼까 했지만, 이내 포기했다. 이 사람의 상처를 건드려서까지 그러고 싶지 않았다.

"이제 가봐야 할 것 같아요."

"다른 약속이 있는 건가요?"

"나는 디타람브로 이주하지 않았거든요. 초대받지 않은 손님이라 얼른 나가야 해요. ……저기요?”

서진은 하던 말을 멈추고 수영을 바라봤다. 뭔가 이상했다. 그녀는 지금껏 보인 천진한 얼굴이 아닌 가면처럼 무표정한 얼굴을 하고 있었다. 수영은 하얗게 질린 채 서진을 응시했다. 그러나 서진은 그녀가 자신을 보고 있는 게 아님을 알았다.

수영은 곧 옆머리를 짚으며 얼굴을 찡그렸다. 그리고는 떨리는 목소리로 낮게 말했다.

“여기로……, 절대 오면 안 돼.”

* * *

기현은 메신저 앱을 뒤적거렸다.

대화창은 하나였고, 그마저도 상대편에서 보낸 메시지 두 통이 전부였다. 두 번째 메시지는 첫 번째 메시지를 받은 뒤 몇 년이 지나 받은 온 거였다.

[디타람브는 기현 씨가 다니던 회사 니컴에서 개발하던 ‘마인드허브’를 토대로 만들어진 인공지능입니다. 죄송합니다.]

[디타람브를 망치려는 사람이 있습니다]

전부 같은 사람, 정현에게서 온 문자였다.

정현에게서 두 번째 문자를 받은 직후, 기현은 놀라기보다 곤혹스러웠던 게 떠올랐다.

자신이 다니던 회사의 인공지능을 훔쳐서 만든 게 디타람브였다면, 그래서 사과의 메시지를 남기고 인터뷰까지 한 뒤 자취를 감출 거였으면 적어도 자신한테 다시 이런 문자를 남기면 안 되는 거 아닌가.

혹시라도 사과하고 싶었다면 얼굴을 비추고 용서를 구해야 했다. 그러지 않았다는 괘씸함과 한편으로는 디타람브를 망치려는 사람을 알고 싶다는 호기심이 매시간 서로를 쓰러뜨리며 기현의 머릿속을 어지럽혔다.

기현이 아폴론을 만난 게 바로 그 무렵이었다. 그는 자신의 밑에서 일하라고 하며 구미가 당기는 제안을 했다. 먼저 출납관리소에서 받는 월급의 3배가량을 다달이 넣어준다고 했고, 원한다면 디타람브로 언제든 이주할 수 있게 해준다고도 했다.

하지만 무엇보다 기현의 마음을 흔들었던 건 그와 일하다 보면 언젠가 정현을 만날 수 있지 않을까 하는 기대감이었다. 아폴론은 기현이 아닌 그 누구보다 디타람브에 해박했고, 어떤 일이든 행할 수 있을 능력이 있었다. 그와 함께한다면 언젠가는 정현을 만날 수 있을 듯했다.

그 이후 기현은 아폴론이 시키는 일을 하나도 빠짐없이 해냈다. 적당한 사람을 꾀어내 아레나에 들여보내는 일은 기본이었고, 부적합 판정을 받은 이들이 행여 죽기라도 하면 아폴론이 보낸 팀을 도와 처리할 때도 있었다. 그의 명령에 단 하나의 의구심도 가지지 않았다.

하지만 근래 들어 그가 이상해졌다. 행동과 말을 도무지 이해할 수가 없었다.

찾는다던 사람이 디타람브라는 이야기는 뭘까. 최초로 디타람브를 만들었다고 알려진 정현을 말하는 걸까? 또 민혁이 살아있음에 그토록 좋아한 이유는? 지금껏 한 번도 떠올리지 못한 의구심을 가지게 되자 의문은 꼬리에 꼬리를 물고 늘어났다.

그의 최종 목적은 뭘까. 사람을 찾는 게 목적이었다면 굳이 그럴듯한 미끼로 현실에서 사람을 꾀어 아레나로 보낼 필요가 없었다. 아레나를 크게 키우면 언젠간 만나리라 생각했을 것 같진 않았다. 아폴론은 단순한 사람이 아니었다.

그때 알람이 울렸다. 서진과 디타람브로 접속하기 전 한 시간 반이 지나면 로그아웃시키겠다고 약속했다. 기현은 기기를 조작했고, 곧이어 서진이 눈을 떴다. 서진은 잠시 눈을 끔뻑거리다가 기현이 건넨 물을 마시며 점차 정신을 차렸다.

"아내는 만났나?"

서진이 무표정한 얼굴로 고개를 가로저었다.

"아내가 맞는데, 아내가 아니었습니다."

서진은 디타람브에서 만난 수영의 이야기를 자세하게 풀어냈다. 자신뿐만 아니라 결혼한 일 자체를 기억하지 못했으며, 서로에게 들어 기억하던 과거도 다르다는 사실을 이야기하며 서진은 또다시 혼란스러워졌다.

"이주할 때 부작용이 발생할 수 있다는 이야기를 들은 적이 있지만, 이 경우는 너무 심한데."

"정량화된 모델의 패턴을 따다가 아내의 뇌 패턴 몇 개를 복제해 넣는 게 아니잖아요. 분명 의사 말로는 개인의 뇌 패턴을 분석해 그대로 디타람브에 이주시킨다고 했습니다. 부작용이요? 그래요. 어차피 사람이 하는 일이니까 부작용이 발생할 수 있다고 칩시다. 근데 그래 봐야 나랑 있었던 추억 몇 조각 잊는 정도여야죠. 내가 만난 아내는 생판 다른 사람이었습니다. 이 정도 부작용이면 이미 내 아내는 내가 알던 아내가 아닙니다. 디타람브에 보낸 게 사별한 꼴이 됐네요."

쓴웃음을 짓는 서진에게 기현은 조심스럽게 말했다.

"혹시나 해서 묻는 거지만 디타람브로 이주하기 전에 아내의 그런 모습 본 적 있습니까?"

"뭐라고요?"

"단순히 육체에서 벗어나서, 그러니까 호르몬 등을 비롯한 육체의 간섭을 받지 않아 전혀 다른 존재가 된 거 같다는 말이 아닌 거죠?"

서진은 다시 한번 곰곰이 수영을 떠올려봤다. 그리고 지금껏 했던 질문들을 고스란히 반복했다. 마치 이미 자명한 사실임에도 부정하고 싶어서, 아니면 그런 결과를 맞닥뜨린 자신을 믿을 수 없어 몇 번이나 확인하듯 찬찬히 되짚었다. 그러나 결론은 역시나 달라지지 않았다.

"그 사람은 그냥, 다른 사람이었어요. 그런데 그게 언제부터였는지 모르겠어요. 사고를 당한 뒤 바뀐 건지, 내가 알지 못하는 모습이 있던 건지……, 이걸 누구한테 따져야 할지 모르겠어요."

서진이 울먹거렸다.

"잊었습니까? 우리가 디타람브에 접속한 건 불법입니다. 할 수 있는 건 아무것도 없어."

"그럼 가만히 앉아 있기만 하라는 겁니까? 이럴 거면 왜 디타람브에 들여보내 줬습니까?"

서진은 버럭 화를 냈지만, 이게 민혁의 탓이 아님을 알았다. 민혁은 아무 말도 하지 않았고, 서진은 스스로가 우스워져 깊은 한숨을 내쉬었다.

"그런데 뇌 패턴을 분석한다는 건 정확히 어떻게 하는 겁니까? 아내를 이주시킬 때, 의사한테 설명을 들었을 거 아닙니까?"

"아까 이야기한 게 전부예요. 어차피 일반인한테는 쉽게 설명해줄 테니 나도 그냥 그렇게만 이해했죠. 그런데 그건 왜요?"

"아뇨, 생각해보니 그걸 알아도 당장은 쓸모가 없네요."

기현은 서진에게 대충 얼버무렸지만, 문득 의구심이 들었다.

디타람브는 정현이 마인드허브를 토대로 만들어낸 뒤 제2의 방주라는 이야기를 듣고 있다. 방식은 간단하다. 가상 공간에 사람의 뇌 패턴을 분석해 이주시키는 거다.

그런데 인간의 뇌에 관한 연구가 개개인의 뇌 패턴을 분석해 가상 공간에 집어넣을 수 있을 만큼 완성됐다는 이야기를 그전까지 들은 적이 없었다. 인간이 뇌에 대해 알아낸 건 지극히 일부라는 이야기를 어디선가 얼핏 들었던 기억이 있다.

도대체 정현은 어떻게 그런 엄청난 기술은 혼자 개발한 걸까. 기현은 서진이 착용했던 접속구를 집어 들었다. 지금껏 아무 생각 없이 사용했던 이것 역시 어떻게 만들어진 걸까.

"여보세요?"

생각에 빠진 기현을 멍하니 바라보던 서진은 문득 울린 전화를 들어 올렸다. BPC에서 걸려온 전화였다. 용건은 간단했다. 이제 곧 아내의 신체를 폐기하려 하는데, 직접 와서 과정을 지켜보고 가져갈 건지, 아니면 추후 결과물만 받길 바라는지 알려달라는 전화였다. 서진은 내일 직접 가겠다고 말하며 전화를 끊었다. 그러나 금세 후회했다. 자신이 그 모습을 볼 수 있을까.

여기로…… 절대 오면 안 돼.

아무리 생각해도 수영의 마지막 말을 이해할 수 없었다. 그때, 그녀는 서진이 그게 무슨 말이냐고 되묻기도 전에 다시 원래대로 돌아와 있었다. 수영은 짧은 인사로 서진을 보냈고, 서진은 인사조차 제대로 건네지 못하며 떠나는 그녀를 바라봤다.

서진은 이 궁금증을 해결하기 위해서 디타람브에 관해 아는 사람을 만나봐야겠다고 생각했다. 단순히 지식이 아닌, 실제로 디타람브에 들어가 경험한 사람. 서진은 딱 한 사람이 떠올랐다.

14

민혁은 사장이 디스플레이에 띄운 인물들을 꼼꼼하게 살폈다. 그러나 마지막까지 확인했음에도 선지자를 찾을 수 없었다.

“직접 확인했으니 더 할 말 없죠?”

“하지만 여전히 못 믿겠어요.”

“이 사람을 화장한 정보가 있는지 확인해달라고 한 건 내가 아니라 당신이었어요. 잊었어요?”

사장실에는 창이 존재하지 않았다. 공기청정기가 한 대 가동되고 있었으나 필터를 교체하지 않는지 오히려 퀴퀴한 냄새가 났다. 그러나 사장은 아무렇지 않은 모양이었고, 결국 민혁은 말없이 디스플레이에 시선을 꽂을 수밖에 없었다. 혹시 강제로 일에 몰두하기 위해 창을 만들지 않은 거라면 꽤 성공적인 시도였다.

민혁은 디스플레이에 띄운 문서의 첫 페이지부터 다시 살폈다. 사장은 민혁을 보며 바닥이 내려앉은 소파에 몸을 깊숙이 묻었다. 선지자는 본인의 입으로 디타람브 이주자들을 전부 내보내고 자신이 마지막에 나오겠다고 했다. 그 말대로라면 선지자는 신체 유지 체임버에 신체를 보관하고 있어야 했다. 그런데 사장은 무슨 문제 때문인지는 정확히 말해주지 않았지만, 현재 디타람브로 이주하면 다시 바깥으로 나올 수 없다고 했다. 민혁은 자신이 알던 사실과 다른 이야기에 의아했지만, 더 묻지는 않았다. 지금은 그게 중요한 게 아니었으니까.

민혁은 며칠 전, 사장에게 지금까지 화장된 사람들의 리스트를 보여달라고 요청했다. 정확히는 2, 30대의 남성에 한정됐지만, 그조차도 어마어마한 수였다. 그러나 사장은 민혁이 값을 지급하겠다고 하자 반나절도 안 돼 리스트를 구해줬다.

민혁은 그 리스트를 토대로 며칠째 리스트를 확인 했지만 선지자는 어디서도 찾을 수 없었다. 그 전에 신체 유지 체임버에 몸을 보관한 2, 30대 남성의 리스트에서도 그를 찾을 수 없었는데, 그럼 그는 도대체 어떻게 디타람브에 들어간 걸까.

한참 머리를 싸매고 다시 한번 리스트를 보던 민혁에게 때 사장은 뜻밖의 말을 건넸다.

"내가 몇 번 말해요. 그 사람, 평행세계에서 온 사람이라니까. 그러니 리스트에서 찾을 수 없는 게 당연하죠."

당연히 민혁은 말을 들은 체도 하지 않았다.

"상상력까지 풍부한 줄은 몰랐네요."

비아냥대는 민혁에게 발끈한 사장은 이대로는 안 되겠다 싶었는지 곧장 증거를 들이밀었다. 디스플레이에 민혁이 확인하고 있던 문서가 사라지고 순백색의 공간이 나타났다. 그곳에는 익숙한 얼굴이 있었다. 선지자였다. 그는 초췌한 표정으로 바닥을 보고 있었다.

"뭡니까?"

"증거죠."

"이 사람이 뭘 갖고 있는데요?"

"간단한데. 한번 들어볼래요?"

민혁은 무슨 말인지 이해하지 못했지만, 사장은 아랑곳하지 않고 테이블 위에 놓인 기기 장치를 빠르게 조작했다. 잠시 뒤 화면에 선지자가 귀를 틀어막고 괴로워하는 모습이 비쳤다.

"지금 뭐 하는 겁니까?"

민혁이 손을 들어 사장을 만류했다.

"가상 공간에 있는 사람의 입을 여는 건 나한텐 돈 세는 것보다 쉬운 일이에요."

"당장 관둬요. 저 사람이 사실을 말하지 않으면 그냥 고문을 즐기는 거나 마찬가지잖아요."

사장이 의아한 눈으로 민혁을 봤다.

"그럼 어쩔 건데요? 설득하기라도 할 거예요?"

"해야죠."

"그럼 어디 한번 봅시다."

사장은 기기 장치를 몇 번 조작하더니 디스플레이를 가리켰다. 선지자만 홀로 있던 공간에 별안간 사람이 나타났다. 민혁이었다. 화면 안의 민혁은 연신 주위를 두리번거리며 당황해 어쩔 줄 몰라 했다.

“언질은 줘야 하는 거 아닙니까?”

“어차피 머리에 이식한 칩이 접속구를 개량해서 반든 거 알고 있었잖아요? 설득하겠다고 했고. 이런 방식을 응용해 디타람브 이주자들이 민혁 씨 몸을 이용한다고 보면 돼요.”

사장은 제 할 말을 마친 뒤 이내 화면에 시선을 고정했다. 당당한 태도에 민혁은 제대로 화도 내지 못했다.

선지자는 디타람브에서 만났을 때와 다르게 민혁에게 공격적인 태도를 보였다. 물론 상대가 되지 않았지만, 설득하기는 힘들 듯했다.

“설득하겠다는 말 진심 아니었죠?”

“네?”

“아니, 저기 봐요. 혼자 사람 좋은 척은 다 하더니. 결과가 없으면 무슨 소용입니까.”

민혁은 뭐라 말하고 싶었지만, 아무 말도 하지 못했다. 결과가 눈앞에 있었으니까. 민혁은 머쓱하게 말을 돌렸다.

“이것도 가정에 불과한데, 디타람브가 보안이 굉장히 철저하다고 했잖아요.”

사장은 계속 말해보라는 듯 고개를 끄덕였다.

“외부의 침입은 막아두고, 자유를 주는 척 이주자를 철저히 고립시키고 있으니 디타람브가 이용할 가능성은 없을까요?"

"그러니까 디타람브가 이주자들을 복제한다고 말하고 싶은 거예요?"

"맞아요. 아니면 가짜 인격을 만든다든지요."

"다시 말해 저 사람이 그런 경우 아니냐고 묻고 싶은 거죠?"

"평행세계보다야 그쪽이 차라리 말이 되지 않습니까?"

사장이 장치를 조작하자 민혁이 사라졌다. 그리고 갑자기 사라진 민혁을 찾느라 두리번거리던 선지자도 사라졌다.

"증거라더니 그걸 죽이면 어떻게 합니까?"

민혁이 말을 마치기 무섭게 화면이 아홉 분할되더니 각 분할된 화면마다 선지자가 보였다. 그들 모두 처음 봤던 선지자처럼 괴로워하고 있었다.

"이미 복제할 만큼 해서 이야기 뽑아뒀어요. 말이 조금씩 바뀌는 부분 제외하고, 전부 같은 말만 나온 것만 추린 겁니다."

사장은 민혁에게 태블릿을 내밀었다. 문서 파일이 열려 있었는데, 선지자가 한 말들이 일목요연하게 정리돼 있었다.

이곳에서 기후 위기가 급격하게 진행된 건 자신들이 이곳으로 건너와 일종의 실험을 진행했기 때문이며, 그 실험들 덕분에 자신들의 세상에서 기후 위기를 극복할 수 있었으나, 그 여파로 이곳은 위기가 예정보다 빨라졌다는 이야기가 적혀 있었다.

민혁이 뉴스를 날마다 챙겨보는 편은 아니었지만, 기후 위기에 관한 내용은 간혹 찾아보고 있었다. 기사에는 매번 볼 때마다 지금보다 10년 후에는 인간이 멸종할지도 모른다며 위협적인 기사가 실렸는데, 이미 멸종했어도 이상하지 않을 체감에 맞춰 기사의 멸종 예상 연도도 매번 조금씩 빨라지고 있었다.

선지자는 자신이 사람을 잘못 전송하는 바람에 사고가 생겼고, 디타람브에 갇혔다고 했다. 민혁은 무슨 사고냐고 사장에게 물었지만, 그는 냉소적인 표정으로 모른다고 답할 뿐이었다.

"그런데 어떻게 저 사람을 복제한 겁니까? 듣기로는 굉장히 까다롭다던데요."

"현실에서 이주하는 사람들을 복제하는 건 힘들죠. 사실 거의 불가능에 가깝긴 해요. 개인의 뇌 패턴 자체가 엔트로피 암호와 마찬가지입니다. 현실보다는 덜 하겠지만 디타람브 내에서도 사람들과 교류하거나 생각하고, 정보를 얻으면서 무수히 변화할 테니 암호도 계속 바뀌고요. 그런데 저 사람들, 그러니까 평행세계에서 온 사람들의 뇌 패턴에는 암호가 걸려 있지 않아요. 이유는 모르겠지만."

선지자가 말한 내용을 바탕으로 하면 평행세계란, 기준이 되는 세계와 비슷한 세계라고 간단하게 정의할 수 있었다. 평행세계라는 단어로 인해 오해할 수 있지만, 시간대가 같다는 걸 의미하지는 않으며 당연히 자신과 같은 인물이 존재하지도 않는다고 설명했다. 또 문명의 발전 속도 역시 천차만별이니 비슷한 사람을 발견할 수 있어도 우연에 불과할 뿐이며, 새로운 단어로 세계들을 지칭하는 게 좋겠다는 부연 설명도 포함됐다. 그리고 평행세계를 넘나드는 방법은 인공지능의 도움을 받았다고 간략하게 기록돼 있었다.

여기서 말하는 인공지능이란 디타람브를 뜻하는 걸까. 아니면 이들 세계의 인공지능을 뜻하는 걸까.

다소 충격적인 내용도 있었다. 평행세계에서 넘어온 자신들은 이 세계 사람들에게 접속해 일정 기간 그들의 삶을 살았으며, 일찍이 자신들의 세계에서 기후 위기를 겪지 않기 위해 이곳에서 여러 실험을 자행했다고 밝혔다. 그 실험들로 이곳의 기후 위기는 회복하기 힘들 정도로 가속화됐다는 내용이었다.

"평행세계라……, 정말 자신할 수 있습니까? 만약 당신이 틀리면……."

"이렇게 많은 증거가 있는데 아직도 못 믿겠어요?"

"디타람브가 만든 NPC일 수도 있잖아요."

사장이 눈을 떠 민혁을 힐끔 쳐다봤다.

"당신 말대로 NPC라고 해보죠. NPC에 저런 세세한 설정까지 부여할 필요가 있을까요? 디타람브가 게임을 위해 만든 인공지능도 아닌데. 그런 설정 부여하며 용량을 잡아먹을 바에 한 명이라도 더 많은 사람을 이주시키는 게 낫지 않겠어요?"

민혁은 선지자와 아레나에서 만났을 때 했던 이야기를 떠올렸다. 그는 기기를 빌려 잠시 디타람브로 접속한 이들을 로버라고 칭한다고 알려줬었다. 생각해보면 의아했다. 접속구를 통해 디타람브로 접속하는 이들이 그렇게 많지도 않은데 그들을 지칭하는 표현이 있다는 게. 사실 로버란 그쪽 세계에서 기기를 통해 평행 세계에 접속한 이들을 칭하는, 자신들만의 암호였던 건 아닐까.

“만약 이 주장이 사실이라고 한다면, 그들은 언제부터 이곳으로 넘어온 거죠?”

“정확한 날짜를 특정할 순 없지만, 대략적으론 알 수 있어요. 이들이 자행한 실험으로 기후 위기가 가속화됐다는 내용 발견했죠? 기후 위기를 다룬 보도 기사를 비롯해 기상청에 들어가 날짜를 확인해보니 대략 6년 전입니다. 그해 겨울쯤으로 보면 될 거 같아요. 이듬해부터 계절이 바뀔 때마다 슈퍼 엘니뇨, 라니냐를 기반으로 폭우, 가뭄이 굉장히 극단적으로 나타나기 시작했거든요. 적도 부근의 태풍이나 지진은 말할 것도 없고요.”

지금으로부터 6년 전이면 2033년이었다. 그렇다면 이들은 디타람브를 이용해 이 세계로 넘어왔다고 볼 수 없었다. 디타람브는 2036년에 처음 등장했기 때문이다. 2033년 겨울에 왔다고 해도 1년이라는 공백이 생긴다.

“인공지능의 도움을 받아서 이 세계로 넘어왔고, 이 세계는 회복할 수 없는데 왜 이 사람들은 원래 살던 세계로 안 돌아가는 걸까요?”

“3페이지 하단에 정리된 내용을 보면, 그는 자신들이 디타람브에 갇혔다고 표현해요.”

“그게 무슨 의미입니까?”

“글쎄요. 디타람브에 갇혔다는 말은 단순히 디타람브의 특정 구역에 고립됐다는 의미일 수도 있겠지만, 다시 돌아가지 못한다는 걸 의미할 수도 있어요.”

“뭐 때문에요?”

“그것까진 모르겠네요. 추측하기로는 원래 세계와 소통 오류가 발생했다든지 뭔가 문제가 있어 이용하지 못하는 상황에서 디타람브를 발견하고 이용해보려다가 갇힌 게 아닐까 싶어요.”

평행세계에서 저들이 넘어오지 않았다면 지금 이 세상은 어떤 모습일지, 자신은 어떻게 살고 있을지 궁금했다. 일년내내 이어지는 황사가 대신 말갛게 떠오른 해와 뚜렷한 사계절, 고층 건물 아래로 내려다보는 탁 트인 자연환경 등 상상에 불과한 배경일 뿐이었지만 일말의 가능성이 있었다고 생각하니 마치 가졌던 걸 빼앗긴 듯 혼란스러웠다. 그 와중에도 사장은 아무런 미련이 없어 보였다.

“참 태평하네요.”

“안 그럴 이유가 있습니까?”

“이 사람들 때문에 우리가 사는 현실이 난리가 났다잖아요.”

민혁이 어이없다는 투로 말했다.

“그걸 지금 와서 바꿀 수는 없잖아요. 다른 이들은 어떨지 모르겠지만, 적어도 나는 그런 생각이 쓸데없다고 여깁니다. 그들이 이곳으로 넘어온 바람에 기후 위기가 가속화됐다지만, 한편으론 다른 가능성을 발견할 수 있었잖아요. 저들이 없었다면 디타람브도 없었지 않겠어요?”

“생각보다 훨씬 긍정적이기까지 하군요.”

“위기에 강한 편이에요. 잘 이용할 줄도 알고.”

“저 사람들을 이용할 방법은 없을까요?”

“당장은 없어요. 그건 그렇고, 우리 약속 하나만 합시다.”

“무슨 약속 말입니까?”

민혁은 갑작스러운 말에 눈을 동그랗게 떴다.

“오늘 들은 이야기는 아무에게도 하지 말아요. 우리 두 사람만 알면 족해요.”

“이런 엄청난 사실을 리지 않는다는 말입니까?”

믿기지 않는다는 표정으로 민혁이 물었다.

“알게 되면 사실관계가 어떻든 사람들은 디타람브에 반감을 보일 겁니다. 이주할 만한 사람들은 거의 이주한 터라 크게 문제되지 않을지 모르지만, 분명 어떤 식으로든 문제가 발생할 겁니다. 또 우리 장사도 어려워질 거고요. 디타람브를 제외하고 당장 이만한 돈을 벌 곳이 있습니까?”

“하지만…….”

민혁은 주저했다. 이건 단순히 알고 모르고의 문제가 아니었다. 디타람브가 전 세계에 뻗어 있는 만큼 이건 인류의 문제였다.

"당장 문제가 될 건 없잖아요. 지금까지와 똑같은 거예요. 그 사람들은 디타람브가 관리하고 있고, 우리는 우리대로 살아야죠."

"잠깐만요. 디타람브가 관리한다는 게 무슨 말입니까?"

"아레나요. 그 경기에 참가하는 사람들 대부분이 평행세계에 건너온 사람들이에요. 물론 당신처럼 운 나쁘게 들어가는 사람도 있지만, 그들한테는 아마 거기에 참가할 수밖에 없는 어떤 제약이 걸려 있는 모양이에요."

"디타람브가 정말 저들을 제대로 관리할 생각일까요? 당신이 증거라고 했던 남자를 나는 C 구역에서 처음 만났고, B 구역에서도 만났어요. 관리한다면 숨겼겠죠. 퍼뜨리는 게 아니라."

민혁의 질문에 사장은 별거 아니라는 듯 어깨를 으쓱했다.

"당신이 생각했던 것처럼 NPC라고 생각하겠죠. 이주한 이들의 편의성을 위해 존재하는 NPC."

"직접 만난 게 아니라 잘 모르는 모양인데, 편의성은커녕 사람들에게 불쾌감만 유발하고 있어요. 사람들이 알아차리는 건 시간문제일 겁니다."

"글쎄요. 제 미천한 머리로는 디타람브의 의도까지 파악하진 못하겠네요."

사장은 느릿하게 고개를 저었다. 팔짱을 낀 채 의자에 몸을 파묻으며, 사장은 디스플레이를 바라봤다. 디스플레이의 분할된 화면에는 선지자가 병든 닭처럼 볼품없이 앉아 있었다.

사장은 그 모습을 지켜보다가 장난감을 가지고 놀듯 얼굴을 구기며 선지자를 삭제했다. 복제된 선지사의 인격이라서일까. 아까와 달리 죽었다는 생각이 들지 않았다. 민혁이 몸을 빌려주는 이주자들도 복제된 뇌 패턴에 불과하지만, 결과적으론 민혁의 몸에서 삭제당하는 거기에 별반 다를 바 없었다. 지금까지 아무런 감흥이 없었을 뿐.

사장이 후련한 듯 빙긋 웃었다. 화면 한구석에 선지자의 잔상이 남은 듯 뿌옇게 보였다.

* * *

서진이 BPC에 도착했을 땐 장의사가 염습을 모두 마친 뒤였다. 수영의 깡마른 몸은 수의 덕분에 티 나지 않았고, 머리 역시 가발을 씌워놓아 자세히 살피지 않는 이상 환자였다는 사실을 알아채지 못할 듯했다. 늘어날 피부가 없어 바짝 당겨진 왼쪽 얼굴과 목 부근이 유달리 눈에 띄긴 했으나 그것까지 감추기를 바란 건 욕심이었다. 수영은 감춰지길 바랐는지 모르겠지만.

디타람브에서 직접 수영을 만나고 온 뒤, 그녀를 증명하는 게 무엇일까 생각했다. 짧은 이름과 주민등록 번호만으로도 한 사람을 특정할 수는 있으나 그걸로는 부족했다. 그러나 무엇이 그 부족함을 충족할 수 있을지는 아무리 생각해도 알 수 없었다.

“아내를 좀 더 가까이에서 볼 수 있을까요?”

서진의 부탁에 장의사는 옅은 미소로 대답했다. 서진은 무언가 말하고 싶었으나 그저 아내가 입은 수의만 만지작거릴 뿐, 아무 말도 떠오르지 않았다.

이 순간이 믿어지지 않았다. 어렸을 땐 많은 것들이 낯설었다가 익숙해지곤 한다. 그리고 어느 순간 아무런 근거도 없이 뭔가 알고 있다는 생각을 했었다는 느낌이 드는 순간 익숙해진 건 빠르게 낯설어지곤 한다.

아내는 사고 직후부터 낯선 존재가 됐다. 오랜 시간 몸을 섞고, 마음을 나눴음에도 어색한 느낌이 들곤 했다. 지금 와 생각해 보니 단순히 사고를 당해서 그런 게 아니었다. 원래 수영이었던 부분이 사고 직후 극대화돼 표출되는 줄만 알았는데…….

“이제 됐습니다.”

서진의 한마디에 수영은 관에 옮겨져 화장터로 향했다. 화장이 시작됐다며 전광판에 수영의 이름이 뜨는 걸 보면서 서진은 분향실에 멍하니 앉아 있었다. 좀 더 살갑게 인사했으면 좋지 않았을까 하는 후회가 들었지만 잠시뿐이었다. 어떤 행동을 했어도 후회했으리라. 서진은 그 순간, 문득 자신의 앞에 길게 늘어선 그림자에 고개를 들었다.

단발머리를 한 여성이 서진의 앞에 서 있었다. 화장터 직원인가 했으나 복장을 봐서는 아닌 듯했고, 수영의 지인인가 싶었지만 아무에게도 알린 적 없다는 사실이 떠올랐다. 서진이 자리에서 일어서자 단발머리는 명함을 내밀었다. 서신은 일떨떨해하며 명함을 받았다.

'김정현'

명함에는 이름만 간단하게 쓰여 있었다. 이래서는 명함의 역할 제대로 하지 못할 것 같았고, 구태여 만든 의미도 알 수 없었으나 한편으로는 특이해서 기억에 남을 거 같기도 했다.

"사람들이 디타람브로 이주하기 시작한 뒤부터 화장을 해도 그렇게 슬퍼하지 않아요. 본인들이 선택한 거고, 디타람브에 있다고 생각하면 그리 슬프지 않나 봐요. 그런데 당신은 안 그렇네요. 마치 디타람브에 있는 사람이 본인이 알던 사람이 아니기라도 한 것처럼."

서진은 그 말에 놀라 눈을 홉뜨며 주위를 살폈다.

"당신은 누군데 그렇게 막말합니까?"

기현을 제외하면 아무에게도 이야기하지 않았던 사실이었다. 설마 기현의 동료인가. 서진이 그런 생각을 하는 사이 정현은 익숙한 이름 하나를 건넸다.

"이민혁 씨 아시죠?"

"당신, 뭐 하는 사람입니까?"

서진은 여자를 경계하며 거리를 뒀다.

“이민혁이란 이름을 듣고 당신을 찾아왔을 때 대충은 알아채길 바랐는데. 두 사람 공통점이 디타람브 밖에 없지 않나요?”

“뭘 알고 싶은 겁니까.”

“일단 고인 먼저 잘 보내드리죠. 두 시간 후에 만나도 늦지 않으니까.”

정현이 모호한 미소를 지었다.

15

이번 대여 서비스를 의뢰한 남자는 시작부터 좋게 끝날 거라는 생각이 들지 않았다.

가족은 전부 디타람브로 이주해 있는데 친구를 만나려 몸을 이용하려 한다는 건 그럴 수도 있겠다 싶었으나, 만나는 친구가 고작 한 명에 그마저도 만나자마자 서로 이야기를 나누기보다는 휴대전화만 쳐다봤다. 그 모습이 불안했고, 한편으로는 지루했다. 그러나 할 수 있는 거라고는 잡생각에 빠지는 일뿐이었다.

몸을 대여해 가족 혹은 지인을 만나더라도 디타람브에 덮어씌우지 못하고 삭제된다는 이야기가 그날 이후로 계속 민혁의 머릿속을 맴돌았다. 대여 서비스를 이용하는 이주자들의 심정을 이해해보려 했으나 도저히 이해가 되지 않았다. 그러다 어느 순간 다른 육체를 빌리더라도 자신을 기억해주는 사람을 만나고 추억하는 일이 뭉클한 일일 수도 있겠다는 생각이 들었다.

그러나 아무리 그래도 지금처럼 대화 한마디 없이 두 시간을 보내기 위해 돈을 지불하는 건 아깝게 느껴질 뿐만 아니라 자신도 괜스레 시간 낭비하는 듯해 기분이 언짢았다.

사장은 매번 대여 서비스를 하기 전에 고객이 어떤 이야기를 나누든 최대한 감각을 차단해 듣지 않도록 하고, 설사 들어도 아는 척을 하지 말라고 당부했다. 하지만 감각을 줄여놓으면 그들이 민혁의 몸에 위험한 짓을 해도 알아차릴 수 없었다. 지금까지 그런 사람은 없었지만, 앞서 말한 이상함 때문인지 민혁은 그 남자에게만큼은 경계를 완전히 늦출 수 없었다.

아니나 다를까, 대여 서비스를 시작한 지 삼십 분쯤 지났을 때, 남자는 어디서 구했는지 모를 술을 몰래 마시려 했다. 도전정신이 강하다는 말을 이런 식으로 증명하리라고는 생각지도 않았기에 웃음이 나올 지경이었다.

민혁은 곧바로 몸의 통제권을 빼앗아 화장실로 향한 뒤 입 안에 머금은 술을 뱉고 남자가 챙겨온 술을 모조리 버렸다. 남자는 항의했으나 민혁은 그에게 금지사항을 다시 한번 언급했다. 그러나 남자는 듣기 싫다는 듯 신경질을 내더니 생각지도 못한 이야기를 꺼냈다.

'너, 아레나 참가했었지?'

민혁은 머릿속에 울리는 남자의 목소리에 멈칫했다.

'얼른 통제권 넘기고 내가 뭘 하든 신경 쓰지 마. 알겠어?'

민혁은 담담하게 통제권을 넘겼다. 당연히 남자가 무서워서는 아니었다. 이런 협박은 우스운 정도에 지나지 않았다. 민혁은 그가 대체 뭘 하려나 궁금했다.

남자와 그의 친구는 15층 높이의 건물이 몰린 아파트 단지로 향했다. 지물포에서 얼마 떨어지지 않은 그곳은 지물포와 역사를 같이 했다. 재건축이 시행된다는 말이 돌았으나 단지 내 나무만 모조리 베어낸 뒤 건설업체가 부도 맞아 무산되고, 그다음에는 디타람브의 서버 센터가 들어선다는 말이 있었으나 그마저도 흐지부지된 곳이었다. 결국 단지 곳곳도 사람들이 내다 버린 생활 쓰레기와 폐가전제품, 목재 가구 등이 가득 쌓이다 못해 넘치기 시작한 그곳은 이제 쓰레기장으로도 버림받은 곳이었다.

둘은 아파트 단지의 한 건물 옥상으로 향해 동영상 촬영을 시작했다. 친구는 휴대전화를 들었고, 남자는 잘 찍어야 한다며 친구를 다그쳤다.

고작 이게 목적이었나. 죽음의 순간을 느껴보는 것? 죽음이 두려워 디타람브로 이주한 주제에 왜 죽음을 궁금해하는 걸까?

사람은 본래 자신에게 없는 걸 찾게 마련이라 그런 걸까.

본인은 안전한 곳에 머물면서, 어차피 사라질 복제된 인격 역시 자신과 마찬가지니 대가는 충분히 치르는 거라는 태도가 역겨웠다.

남자는 옥상 난간에 올라섰다. 팔을 벌린 채 한 발을 떼고 서서 균형을 잡기 시작했다. 지나가던 사람들의 시선이 점차 남자, 아니, 남자가 통제권을 진 쏠리기 시작했다.

이쯤이면 많이 맞춰줬다 싶어 민혁은 통제권을 빼앗으려 했다.

그런데 평소와 달리 민혁은 통제권을 뺏지 못했다. 민혁이 당황하는 사이 남자는 좀 더 과감해졌다. 걷는 것에서 그치는 게 아니라 달음박질하고 심지어 제자리에서 뛰기까지 했다.

민혁은 다시 한번 통제권을 빼앗으려 시도했고, 다행히 이번에는 성공했다. 하지만 불행히도 그 순간 남자는 좁은 난간을 뜀박질 중이었다. 민혁은 한순간에 되찾은 감각을 제대로 통제하지 못해 순간적으로 균형을 잃었다. 본능적으로 팔을 뻗어봤지만, 난간에 닿지 못했다.

떨어지기 직전, 다행히 누군가 민혁을 붙잡았다. 민혁은 누군지 모를 도움을 받아 난간에 손을 지펑 간신히 올라왔다.

"조금만 늦게 올라왔으면 시체 치울 뻔했네."

민혁을 구해준 사람은 다름 아닌 기현이었다.

"당신이 여길 왜……. 여길 어떻게 알았지?"

"고맙다는 말부터 해야 하는 거 아닌가?"

옷에 묻은 먼지를 털며 기현이 이죽거렸다. 그러나 계속 이죽거리진 못했다. 민혁이 주먹으로 기현의 오른쪽 빰을 후려쳤기 때문이다. 기현이 자세가 무너진 채 뒤로 나자빠졌다.

"내가 부적합 판정받은 걸 알면서도 이용하려면 최소한 목숨은 붙여놨어야지!"

기현은 입에 고인 핏물을 뱉었다.

"아무 증상이 없었어. 처음 들어갔을 때부터 마지막까지. 발작

증세를 보였거나 측정기에 뇌파가 비정상적으로 높게 감지됐다면 어떻게든 차단했을 거야. 뇌파로 인해 접속구마저 불량이 돼버릴 테니까."

"마지막 말은 안 하는 게 좋았을 거야."

민혁이 헛웃음을 지으면서 기현을 바라본 순간, 문득 어깨너머로 유독 거슬리는 한 점이 눈에 띄었다. 민혁은 그 점에 시선을 고정하고는 물었다.

"다시 디타람브에 들어가 달라고 찾아온 건 아닐 테고. 무슨 일이지?"

"당신이랑 같이 아레나에 들어갔던 박서진, 기억하지?"

민혁이 고개를 끄덕였다.

"얼마 전 다시 디타람브에 들어갔어. 아내를 만나려고. 그런데 이주한 아내가 낯설다고 하더군. 완전 다른 사람이라고."

완전히 다르다? 서진의 아내가 교통사고를 당한 건 알고 있었다. 조사 결과 운전미숙으로 인한 사고라 했는데, 서진은 그 결과를 받아들이지 못했다. 10년 넘게 운전해왔고, 그 흔한 속도위반 한 번 걸린 적 없었다고 했다. 거기다 자동운전을 비롯해 운전자의 안전을 위해 지원하는 여러 기능까지 존재하는 차량에서 난 사고였으니 더욱 그랬으리라. 하지만 블랙박스 영상을 일부 복원해 확인한 결과 운전미숙으로 판단할 수 있는 부분들이 발견됐고, 서진은 인정해야만 했다.

선지자는 평행세계의 사람들이 인공지능을 이용해 이 세계로 넘어온다고 했다. 넘어오는 목적은 명확했고, 단순히 인공지능이 만든 가상 공간에 머무는 게 아닌, 사람들에게 접속해 그들의 삶을 직접 살아가면서 목적을 이루는 듯했다.

그렇다면 아까 민혁에게 일어날 뻔했던 사고처럼, 서진의 아내에게 일어난 사고도 두 인격이 한 몸에서 충돌해 일어난 사고가 아니었을까.

민혁은 가정하면서도 비약이 심하다는 생각을 지울 수 없었지만, 동시에 의심도 지울 수 없었다.

하지만 만약 선지자가 인공지능을 도와 접속을 도와주는 역할을 하다가 사고를 냈다고 쳐도, 그게 디타람브에 갇혀 본래 세계로 못 넘어갈 이유라고 하기엔 과했다. 서진의 입장에선 분통이 터지는 일이겠지만, 막말로 그들은 돌아가면 그만인 평행세계 사람이었다.

더군다나 인공지능의 도움을 받아 접속을 시도할 때 접속대상자의 상태부터 가장 먼저 확인하지 않을까. 그뿐만 아니라 실험을 하러 넘어온다고 했으니, 적어도 이 세계의 연구원같이 연구시설에 손쉽게 접근할 수 있는 인물을 골라서 접속을 시도할 확률이 높았다.

그럼 서진의 아내가 겪은 사고는 정말 그저 우연일까. 민혁은 문득 그들이 어떤 식으로 접속대상자를 고르는지 궁금해졌다. 어쩌면 자신이 지금껏 만난 이들 중에서도 평행세계에서 건너온 이가 있었던 건 아닐까.

* * *

민혁은 자신의 머릿속에 떠오른 의문을 서진과 사장과 이야기해 볼 필요가 있다고 생각했다.

그러나 그 전에 뒤따라 붙은 사람을 먼저 처리해야 했다. 기현과 건물을 나온 뒤부터 누군가가 따라왔다. 자신을 좇는 건지, 기현이 좇는 건지는 몰랐지만, 미행하는 솜씨를 보아 뜨내기는 아니었다. 민혁은 자신이 주시하고 있음을 들키지 않으려 자연스럽게 기현에게 말을 걸었다.

"근데, 서진 씨와 당신 사이가 그렇게 가까웠나? 이거 의원데."

"서로 필요한 게 있었으니까."

"그쪽이? 어떤?"

"서진 씨가 당신과 접점이 있다는 것만으로 충분하지."

"명심해. 내가 당신과 같이 있는 건 서진 씨와 이야기할 필요가 있어 그런 거니까."

민혁이 낮게 으르릉거렸다.

"주먹 한 대에 이 정도 태도면 충분히 친절하지 않나."

"서진 씨는 어딨지?"

"오늘 아내의 신체가 폐기될 예정이라 그쪽에 가 있어."

갑작스러운 말에 민혁이 입술을 깨물었다.

"근데 왜 굳이 지금 나를 찾아온 거지? 서진 씨 이야기라면 나중에 서진 씨를 통해 했어도 충분했을 텐데."

"내가 일하던 쪽에서 당신한테 사람을 붙였거든."

기현이 앞만 바라보며 태연하게 말했다. 민혁은 짐짓 놀랐지만 아무렇지 않은 척했다.

"알고 있었나?"

"그쪽 직업이 워낙 험하다 보니 원한 산 사람이 많겠지만, 아마 지금 쫓는 사람은 그쪽일 거야. 당신한테 사람을 붙일 거라고 했거든."

"꼭 지금은 같이 일하지 않는다는 말투군."

민혁이 기현을 빤히 쳐다봤다.

"쉽게 말하자면 목적은 예전과 같지만 함께 일하는 대상이 달라졌달까."

"목적이 뭔데?"

"디타람브 개발자를 만나는 것."

민혁은 이유가 궁금하지 않았다. 지금 궁금한 건 기현이 과연 자신을 속이지 않고 말하냐는 거였다.

"이번에도 속임수라면……."

"그땐 내가 옥상 난간에서 뛰어내리지. 잡아줄 필요는 없어."

기현이 잽싸게 대답했다. 민혁은 그의 눈을 봤다. 여전히 재수 없는 얼굴이었지만 거짓말을 하는 거 같지 않았다.

“좋아. 내가 미끼가 되지. 갈라졌다가 십 분 뒤에 다시 돌아와.”

기현은 고개를 끄덕였다. 둘은 다음 모퉁이가 나오자마자 둘로 갈라졌다. 민혁은 빠르지도 그렇다고 너무 느리지도 않은 걸음으로 막다른 골목을 향해 걸었다. 뒤를 밟는 남자가 여전히 자신을 따라오는 게 느껴졌다.

이윽고 인적이 하나둘 사라지고, 민혁은 걸음을 멈췄다. 뒤를 따라오던 핼쑥한 중년의 여성이 그를 지나쳐 멀어졌다. 도중에 민혁을 쫓아간 걸까, 민혁이 혀를 차며 뒤를 돌아본 순간 목덜미를 낚아채려는 누군가의 손길이 느껴졌다.

민혁은 잽싸게 몸을 숙이며 팔꿈치로 뒤에 선 남자의 복부를 가격했다. 돌아서서 상대를 벽에 밀치는 행동이 자연스레 이어지며 그의 팔을 꺾어 움직임을 제압했다. 프로인 줄 알았는데, 옷 아래 느껴지는 감촉이 육체를 단련한 사람이 아니었다. 착각일까, 그러나 자신의 뒤를 노리던 실력은 확실했다.

그 순간 남자가 민혁의 발을 밟고, 머리를 뒤로 젖혀 민혁의 얼굴을 가격했다. 민혁은 뒤로 몇 발자국 물러나며 어깨에 메둔 홀스터에서 군용 단검을 꺼내려 했지만, 남자는 민혁이 주춤거리는 틈을 놓치지 않고 목덜미를 잡아 그대로 엎쳤다.

군용 단검이 요란한 소리를 내며 바닥에 떨어졌다. 남자는 민혁이 놓친 군용 단검을 쥐어 들었다.

민혁은 소매로 흘러내리는 코피를 닦았다. 역시 자신의 짐작이 맞았다. 남자의 기술은 정확했고, 매서웠다. 하루 이틀 단련한 솜씨가 아니었다.

민혁이 자세를 고치며 다음 공격을 대비하던 순간, 남자가 별안간 비틀거리며 균형을 잃었다. 아까 맞았던 복부 때문은 아니었다. 타격이 적중하긴 했지만 저럴 만큼 깊진 않았다.

아까 상상의 여파일까, 민혁은 또 한 가지 재미있는 생각이 들었다. 만약 저 남자가 평행세계에서 온 사람이라면 어떨까. 그것도 키나 덩치가 지금보다 더 큰 사람이었다면? 사람이 직립했을 때 무게 중심은 엉치뼈의 살짝 앞에 위치한다. 그 중심이 한 순간에 틀어진다면 어떻게 될까. 평소라면 문제가 없겠지만, 지금처럼 기존의 몸에 익숙한 동작이나 행동을 할 때는 미묘하게 동작이 어긋날 것이다. 그 말인즉 그가 그만큼 단련을 했다는 말이긴 했지만, 슬프게도 지금은 그 노력에 배신을 당한 꼴이었다.

"당신도 이쪽 사람이 아닌 모양이네."

민혁은 추측에 불과한 가설을 내던지며 남자의 반응을 살폈다. 남자는 아무런 대답도 하지 않았지만, 민혁에겐 그 반응이 바로 대답이었다.

"익숙지 않은 몸으로 그 정도 솜씨라니, 대단한데."

남자는 이번에는 군용 단검으로 대답을 대신했다. 민혁은 때마침 뒤에서 접근한 기현을 보고 그대로 몸을 피했다. 동시에 소음기를 거쳐 다듬어진 폭음이 남자를 스쳤다. 민혁은 흩뿌려지는 남자의 피 사이를 뚫고 그의 손목을 걷어차 단검을 날려 보냈다.

"양손을 머리 위에 올리고 엎드려."

가까이 다가온 기현이 등 뒤로 자동권총을 겨눴다. 남자는 민혁이 있는 상황에서 기현까지 처리하기는 무리라 판단했는지 지시대로 깍지 낀 손을 뒤통수에 올린 채 바닥에 엎드렸다.

"총을 그렇게 함부로 쏘면 어떡해. 골치 아파지는 거 몰라?"

"죽고 후회하는 것보다 살아서 골치 아픈 게 여러모로 낫지."

민혁은 남자의 혹시 모를 돌발행동을 방지하고자 주머니를 샅샅이 뒤지고 마지막으로 그의 장갑도 벗겼다. 남자는 왼쪽 손등에 화상 흉터가 있는 걸 제외하면 특이사항이 없었다. 남자의 손은 민혁의 예상대로 운동한 사람의 손이 아니었다.

"아니, 저건……."

화상 흉터를 본 순간 기현은 남자의 정체를 알아챘다. 그는 다름 아닌 연구소에서 만난 경비였다. 그 당시 방탄 헬멧과 마스크를 썼기에 얼굴은 몰랐지만, 그때의 상황과 저 흉터가 인상적이라 분명히 기억이 났다.

"사람들이 몰리기 전에 얼른 이동하죠."

민혁이 군용 단검을 챙기며 말했다.

"허튼수작 부리지 말고, 천천히 일어나."

경비의 눈썹이 살짝 떨렸으나, 반항하지 않고 순순히 자리에서 일어섰다.

민혁이 옷소매를 뜯어 경비에게 건네며 상처에 대고 누르라 말했다. 상처가 크지 않았지만, 이대로라면 얼마 못 가 과다 출혈로 쇼크가 올 게 뻔했다. 그를 죽이는 게 아니라 데려가는 게 목적인 만큼 상태를 살필 필요가 있었다. 민혁은 기현과 경비를 데리고 지물포로 향했다.

지물포를 찾는 사람들은 대부분 눈치가 빨랐다. 그들은 피를 흘리고 엉망인 경비의 모습을 분명 봤음에도 힐끔거리거나 뒤돌아보지 않았다. 그러나 벙거지는 달랐다. 지물포 문지기 역할을 하는 그는 피를 흘리는 경비를 데려온 민혁을 보고 난감한 표정을 지었다.

"안 됩니다. 이건 지물포 규칙이에요. 바깥에서 발생한 사건을 들여서도, 안에서 벌어진 사건을 바깥으로 끌어내서도 안 돼요."

"디타람브 접속구와 사장과도 관련 있는 일입니다. 안에서 일어난 일이니까 들어가도 되죠?"

민혁은 대충 넘기려 했지만 벙거지는 결코 길을 열지 않았다.

"무슨 일인지는 모르지만 안 되는 건 안 되는 겁니다."

"내가 책임질 테니 일단 들여보내주세요."

"들여보냈다가 사건 터지면 내가 죽는데 어떻게 책임을 진다는 겁니까?"

"간단하네. 그럼 그 전에 내가 디타람브로 보내주면 되겠네요."

벙거지는 잠깐 눈알을 굴리며 득실을 따졌다. 죽은 뒤에도 이주할 수 있었던가, 갸우뚱하며 쏟아내는 혼잣말에 민혁은 어물쩍거리며 그를 설득했다. 끝끝내 전부 책임지겠다는 민혁의 말에 벙거지는 결국 길을 열어줬다.

민혁은 두 사람을 데리고 곧장 사장의 가게로 향했다. 그리고 길게 서 있는 줄과 크래커 두 사람을 무시하고 곧바로 휴게실로 들어간 다음 전술용 케이블 타이로 경비를 의자에 묶었다.

"무슨 일이에요, 이 사람은 누구고?"

남자 크래커가 뒤늦게 따라 들어와 무슨 상황이냐고 묻자 민혁은 사장과 관련된 일이라고 대충 둘러댔다.

"미안한데 이 사람 신원 좀 파악할 수 있을까? 당신 사장한테도 좋은 거야. 일단 그렇게만 알아둬."

민혁의 말과 동시에 크래커는 의례적으로 짓던 미소를 거뒀다. 그는 침묵을 지켰지만 불쾌함을 전부 숨기지는 못했다.

"무슨 생각하는지 알아. 아는데 이놈 놔주면 더 큰 문제가 생길 거라서 그래. 녹화 장비가 있다면 좀 가져다주고. 근데 오늘따라 사장은 왜 코빼기도 안 비쳐?"

"아, 모르시겠구나. BPC에 불났잖아요. 인근 도로 통제하고, 근처 소방차가 전부 그쪽으로 출동했어요. 사장님도 바쁘실 거예요. 안 그래도 일손 모자라는데 화장해야 할 시체가 잔뜩 늘어났…….”

“지금 뭐라고 했어?”

민혁이 크래커를 노려봤다. 그때 휴게실 문이 열렸다. 사장인가 했는데, 의외의 인물이 등장했다.

서진이었다.

“분위기를 보니 오랜만이라고 반갑게 인사 나눌 상황은 아닌 거 같네요. 다시 나갈까요?”

“뭐라고 했냐고!”

민혁은 서진이 들어오거나 말거나 크래커의 멱살을 붙잡고 눈에 핏발을 세우며 소리 질렀다.

“사장님 바쁘셔서 못 오신…….”

“그거 말고, 그전에!”

“BPC에 불난 거요? 민혁 씨 몰랐어요? 긴급재난문자까지 왔어요.”

서진이 휴대전화를 꺼내 민혁에게 문자메시지를 보여줬다. 민혁은 크래커를 잡은 손을 놓고 휴대전화를 확인했다. BPC에 화재가 발생해 그쪽 방면 통행을 제한한다는 내용이었다. 눈앞이 아찔해진 민혁 간신히 한마디를 뱉었다.

“언제 받은 문자입니까?”

휴대전화를 꺼둔 게 화근이었다. 신체 대여 서비스를 하는 날에는 지물포에 오기 전부터 휴대전화를 꺼두곤 했다. 만나는 가족 혹은 지인들에게 집중하라는 배려 차원에서 시작된 일이었다. 원래도 연락 올 곳이 많지 않았고, 아버지가 디타람브로 이주한 이후에는 병원에서조차 연락이 없었기에 전혀 문제 되지 않았다.

서진이 대답하기 전에 민혁은 문자 옆에 나란히 뜬 시간을 확인했다. 그리곤 곧바로 지물포를 뛰쳐나갔다.

* * *

BPC의 화재는 금방 진압됐으나, 유지 체임버의 간격이 워낙 촘촘하게 있던 탓에 피해가 컸다.

화재를 진압한 구급대는 인터뷰에서 한 층의 절반이 화마에 휩싸인 것에 비해, 체임버 안에 이주자들의 신체는 거의 훼손되지 않았다는 이야기를 자랑스럽게 했다. 그러나 그 드문 신체 중에 민혁의 아버지가 있었다.

아버지를 병원의 안치실에 모셔뒀다는 최 선생의 문자에 민혁은 곧장 그리로 향했다. 다급히 신원을 밝히고, 아버지의 이름도 댔으나 최 선생을 비롯해 구급대, 경찰들까지 전부 아버지를 보는 걸 말렸다. 상태가 심각하다는 게 그 이유였다. 하지만 민혁은 이대로 보지 않으면 후회할 것아 기어코 안치실을 찾았다.

아버지는 허리 아래는 거의 녹아내려 형체를 알아볼 수 없었다. 영안실을 가득 메운 형용할 수 없는 냄새의 정체는 아버지에게서 흘러나오는 거였다. 민혁은 왠지 그 냄새에 아버지 특유의 향이 더해진 것처럼 느껴졌다.

민혁은 아래와 달리 멀쩡한 아버지의 얼굴을 손바닥으로 쓸었다. 생각보다 차갑고, 생각보다 굳어 있어 단단했다. 그을음을 닦아내자 얼굴에 못 보던 게 보였다. 민혁은 안치실에 동행한 최 선생에게 물었다.

"머리에 왜 수술 자국이 남아 있죠?"

아버지의 머리에는 머리 전체를 한 바퀴 둘러 원을 그리는 커다란 수술 자국이 있었다. 최 선생은 대답하지 않았다. 그러나 민혁은 재촉하지 않았다. 그가 할 말을 고르고 있다는 느낌을 받았기 때문이다. 최 선생이 낮게 한숨을 내뱉었다.

"현재 디타람브로 이주할 때 쓰는 방식 때문에 그래요. 이주자들의 머리를 열고, 뇌를 꺼내 패턴을 분석하거든요. 초창기엔 3D 스캐닝 등을 이용했다는데, 간편하긴 하지만 뇌 패턴을 전부 분석하지 못해서 기억이 온전치 않거나 원래 인물이 아닌 다른 인물처럼 느껴지기도 했다고 해요. 죽은 뒤에 진행하는 경우는 세포가 죽어서 의미 없는 짓에 불과했고요."

"그럼 그렇게 분해한 뇌를 다시 넣는 겁니까?"

"아뇨. 물론 넣을 수야 있지만, 의미가 없죠. 뇌를 얇게 저미듯 잘라 분석하는 거니까요. 다시는 뇌의 기능을 못 해요."

"그럼 대체 왜 신체 유지 체임버가 존재하는 겁니까? 어차피 의미가 없잖아요?"

그 말에 최 선생이 아버지의 머리를 조심스레 돌리더니 뒤통수에 얼마 남지 않은 머리를 들췄다. 민혁에게도 익숙한 물건이 아버지의 머리에 박혀 있었나.

"바이오칩이에요. 물론, 이곳에 의식을 전송한다고 해서, 그 사람이 제대로 움직일 수 있는가는 아직 연구 단계이긴 하지만, 뇌 대신에 바이오칩을 통한 생환 연구가 진행되고 있어요."

"성공한 사례가 있습니까?"

민혁이 이를 악물었다. 다른 이들이 말한, 디타람브에서 다시 돌아올 수 없다고 한 말뜻을 이제야 분명히 이해할 수 있었다.

"성공한 사례가 있냐고요!"

최 선생이 다시 아버지의 머리를 점잖게 되돌렸다.

"……디타람브에서 다시 나올 수 없는 이유는 디타람브가 안전상의 이유로 막아서가 아니에요. 못 하는 거죠."

민혁은 허탈한 듯 벽에 몸을 기댔다. 하고 싶은 말이 너무 많으면 오히려 아무 말도 나오지 않는다는 걸 알았다.

"초창기에는 디타람브로 들어갔다가 다시 나오기도 했다고 들었습니다."

최 선생이 고개를 살짝 끄덕였다.

"그때는 3D 스캐닝을 이용했었으니까요."

"이 사실을 모두 알고 있습니까? 왜 난 못 들은 것 같죠?"

민혁이 최 선생을 노려보며 싸늘하게 말했다.

"그럴 수밖에요. 이주자 본인에게만 이야기하거든요."

"왜요?"

"그 사람들은 어차피 들어가기로 마음먹은 사람들이니까요. 바깥에 있어봤자 고생만 하는데, 들어갈 조건만 된다면 뭘 고민하겠어요."

"그게 옳은 행동이라고 생각해요?"

이야기를 나눌수록 민혁은 기가 찼다. 최 선생의 말투에는 조금의 가책도 느껴지지 않았다.

"민혁 씨, 가끔은 상황이 옳고 그름을 결정하기도 해요."

"혹시 그래서 디타람브 이주자들과 현실 세계 사람들의 접촉도 막은 겁니까?"

최 선생은 한참을 생각에 잠겼다. 한참을 침묵을 곱씹고 대답해줄 것 같더니 대답 대신 화제를 돌렸다.

"그건 다른 의견이 있어요. 최근에 들은 이야기가 하나 있는데, 지금 생각해 보니 아무래도 사실인 거 같네요."

민혁은 궁금하지 않았지만, 최 선생은 멍한 눈으로 계속 말을 이었다.

"서버를 최대로 늘린다고 해도 전 세계 인구가 디타람브로 들어가는 건 무리라는 의견이 있어요. 사실대로 말했다간 폭동이 일어나고 가뜩이나 안 좋은 상황이 최악으로 치달을 게 분명하니 알 만한 전문가들은 모두 쉬쉬하고 있다고 하더라고요. 이런 상황일수록 희망이 필요하니까요."

"선생님은 어떻게 행동했습니까?"

최 선생이 씁쓸한 표정을 지으며 민혁을 바라봤다.

"진실을 알고 난 뒤에도 사람들을 속여온 겁니까? 희망? 희망이요? 이제 디타람브의 그 어떤 것도 믿을 수가 없네요. 부적합 반응은 실재하긴 합니까? 왜요? 그것도 사람 걸러내려고 무작위로 부적합 판정내린다고 하지 그래요?"

최 선생이 고개를 몇 번이고 저었다.

"부적합 판정은 믿어도 돼요."

"디타람브가 우리를 속여왔는데 어떻게 믿습니까?"

"디타람브가 우릴 속인 게 아니에요. 그 주변 사람들이 의도적으로 진실을 배제하고 제한하며 속인 거죠."

"……이 사실을 전부 아는 사람이 몇이나 됩니까?"

"글쎄요. 몇이나 될까요? 일단 한 명 더 늘었네요."

민혁은 태연한 최 선생의 모습에 구역질이 났다.

"혼자 알고 있으면 못 견딜까 봐 털어놓는 겁니까? 아니면 혼자만 알고 있다는 비난을 피하려 나를 면죄부 삼는 겁니까?"

"당신이 사실을 알게 되면 어떻게 움직일까 궁금했어요. 나는 모르는 척하는 게 고작인데, 당신은 어떨까. 당신은 나보다는 좋은 사람이니까요. 이건 진심이에요."

“진심이라고 쉽게 이름 붙이는 거, 난 싫어합니다. 듣는 사람에게 짐을 떠넘기는 거니까요. 그렇게라도 홀가분해지고 싶다면 할 수 없지만.”

민혁의 목소리가 점차 날카로워졌다.

“디타람브를 왜 싫어하냐고 물었죠? 그 질문을 한 이유가 이제 이해가 가네요. 당신은 동정하기 위해 디타람브에 들어가고 싶은 사람이 필요했으니까, 그게 궁금했을 겁니다. 지금 솔직해진 이유도 그런 겁니까? 이 상황에 내가 당신의 동정에 휘둘릴까 봐?”

시종일관 미안한 낯이던 최 선생의 얼굴에 분노가 서렸다. 그는 화가 나 떨리는 목소리로 입을 열었다.

“민혁 씨 말대로 동정이었어요. 난 디타람브에 들어가지 못하는 나를 동정했고, 민혁 씨를 동정했어요. 당신 이전에 병원에 찾는 수많은 이들도 동정했고요. 민혁 씨 말을 듣고 나니까, 내가 굉장한 죄인이 된 거 같네요 그래요? 내가 정말 죽일 년이에요?”

“동정은 별안간 시작하죠. 순식간에 마음이 동하니까요. 그런데 받는 사람은 그렇지 않아요. 더디게 느낍니다. 당신의 부질없는 동정이 거짓된 희망이 돼 사람들을 병원으로 불러 모은 겁니다. 마음이 좀 편합니까?”

더 이상의 대화는 무의미했다. 민혁은 마지막으로 아버지의 얼굴을 살피고 몸을 돌렸다.

“이해해달라는 말은 하지 않을게요. 어차피 그럴 수 없을 테니까. 그냥 이것만 알아둬요. 민혁 씨는 민혁 씨 상황에서 최선을 다해 움직인 거고, 나는 내 상황에서 최선을 다한 것뿐이에요."

민혁은 영안실을 나가려다 문득 떠오른 생각에 고개를 돌렸다.

"혹시나 해서 묻는 건데, 당신도 그쪽 사람인가?"

최 선생은 민혁을 멀겋게 쳐다봤다. 민혁과 나눈 대화에서 얻은 침통함이 얼굴에 떠오른 감정의 전부였다. 민혁은 미련 없이 몸을 돌려 영안실을 빠져나갔다.

16

“아폴론, 그러니까 내 상사였던 그는 디타람브를 찾는다고 했습니다.”

“디타람브를 찾는다뇨? 그게 무슨 말입니까? 디타람브에 내가 모르는 다른 의미가 있는 겁니까?”

서진이 어처구니없다는 표정으로 기현을 쳐다봤다.

“솔직히 나도 무슨 소린지 이해되지 않아요. 변명으로 들릴 거 알지만 나도 어쩔 수 없었습니다.”

크래커는 금세 경비의 신원을 파악해 알려줬다 그는 정체는 몇 달 전 실종된 과학자였다. 기후 위기를 연구하던 그는 가망이 없다는 걸 깨달았는지 몇 년 전부터 인류는 모두 디타람브로 들어가야 한다고 사람들을 회유했다.

그가 말도 없이 사라졌을 때, 사람들은 그가 마침내 디타람브 이주 시술을 받았다고 생각했다. 하지만 BPC에서 그가 이주하지 않았음을 확인해주자 사람들은 디타람브 반대파들이 납치한 거 아니냐는 우려의 목소리를 냈고, 디타람브 출시 이후 드물게 실종 수색이 시행된 게 그의 마지막 행적이었다.

경비는 아폴론과 일하게 된 경위, 그가 디타람브를 찾는다는 말의 의미가 무엇인지, 진짜 정체는 무엇이며 연구소에 있던 사람들이 모두 평행세계에서 건너온 사람인지, 건너온 사람은 몇 명인지 등 수많은 질문을 던졌지만 어떤 것에도 답을 주지 않았다. 총구를 들이밀어도 쏘지 않을 걸 안다는 듯 이죽거리며 웃을 뿐이었다.

민혁은 경비 역시도 평행세계에서 건너온 인물이라고 짐작했다. 현실적으로 과학자가 그렇게 싸움을 잘할 리 없었다. 민혁은 고개를 돌려 서진과 기현을 쳐다봤다. 이야기를 계속 이어가기 위해서 먼저 둘에게 설명해야 할 것들이 많았다. 서진은 사장에게 명함을 받고, 지물포로 왔다고 했다. 모든 상황을 아는 사장이 그를 지물포로 불렀다면 평행세계에 관해 설명해도 문제없겠다는 생각이 들었다.

민혁은 사장의 명함을 만지작거리며 서진과 기현에게 평행세계에 관해 설명했다. 두 사람은 당연히 믿지 않았지만, 허무맹랑한 소리가 아니라 사장과 의견을 나눈 끝에 내린 결론이라고 못 박았다.

민혁이 그랬던 것처럼 두 사람도 충격에 빠진 듯 다소 멍해 보였다. 아무런 반응이 없던 경비는 민혁과 눈이 마주치자 재빨리 시선을 거뒀다. 하루 아침에 과학자에서 경비로 변한 사람. 민혁은 그 모습에 문득 한 가지 생각이 떠올랐다.

서진의 아내는 어떨까.

디타람브로 이주한 아내가 낯선 이유가 평행세계에서 건너온 사람과 뇌 패턴이 비슷해 융합된 거라면? 하지만 그렇게 되면 다른 의문이 든다. 디타람브를 이용해 다른 세계로 건너올 수 있다면 디타람브에 갇혔다고 표현할 필요가 없다. 냉정하게 이야기해서 자신들의 세상은 안정적인데 고작 몇 사람 구하겠다고 건너오는 것도 말이 되지 않는다.

민혁은 서진에게 자신이 이주자들에게 신체 대여 서비스를 진행하고 있다고 이야기를 꺼냈다. 그리고 조심스레 그의 아내와 연결해봐도 되겠냐고 물었다. 그저 2시간가량 자신의 몸에 기억 정보를 옮기는 것일 뿐, 이주자에게 부작용은 없을뿐더러 자신에게 남는 기억이 금방 휘발된다는 친절한 설명도 덧붙였다.

"수영이가 원할까요?"

그러나 서진은 아무래도 떨떠름한 표정이었다.

"이런 말이 도움 될지 모르겠지만, 서진 씨 아내에게는 아무 기억도 남지 않습니다."

"기억에 남지 않는다고 아무렇게나 대할 수 있는 건 아니에요. 남편이라는 이유로 내가 허락하고 말고 할 문제가 아니라고요. 설사 수영이가 동의한다고 해도 나는 허락하고 싶지 않습니다."

"아내에게 낯선 느낌이 들었다고 이야기했다던데, 확인해보고 싶지 않습니까?"

서진은 기현이 있는 쪽으로 고개를 살짝 돌렸다. 그의 동공을 가득 채우고 있는 정처 없는 감정의 궤적이 보이는 듯했다.

"어차피 지금 우리의 행동이 정당하지 않으니 법적인 문제는 차치하고, 냉정하게 봐야 합니다. 왜 세안을 거절하는 겁니까?"

"……."

"교통사고 후 디타람브로 이주하기 전까지 옆에 있던 사람이 아내라는 걸 못 알아챈 자신을 스스로 원망할까 봐 그럽니까? 아니면 그동안 가졌던 죄책감이 억울해서?"

그 말에 서진이 눈에 불을 켜며 민혁의 뺨을 때렸다. 민혁을 삿대질하는 그의 손이 손이 부들부들 떨리고 있었다.

"그러는 당신은 뭘 위해서 이러고 있는 건데? 정의? 알량한 진심? 아니면 호기심인가? 당신도 그저 뭘 해야 할지 몰라서, 눈앞에 닥친 일 해치우듯 하는 거 아냐?"

민혁은 뭐라 대답하려 했지만, 그 대답은 바깥에서 난 난데없는 파열음에 묻혀버렸다.

갑작스러운 소리에 민혁과 서진이 다급히 바깥을 내다보니 밖은 엉망이 돼 있었다. 무슨 상황인지 살피려 복잡하게 얽힌 사람들 사이로 지물포 앞을 지키던 벙거지가 쓰러진 걸 볼 수 있었다.

그는 건장한 체격의 남자 둘에 의해 사체낭에 볼품없이 구겨지고 있었다. 그들은 사체낭에 벙거지를 집어넣은 뒤 어딘가로 들고 나갔고, 그 사이로 정현이 걸어왔다. 그의 손에는 아직 연기가 맺힌 권총이 들려 있었다. 정현은 민혁과 서진을 본체만체하고 곧바로 휴게실로 향했다.

"저 사람 당신이 죽인 겁니까?"

"네."

뒤따라온 민혁의 물음에 정현은 담담하게 말했다.

"왜요?"

정현은 테이블에 권총을 올려두고 단발머리를 바싹 졸라 묶으며 말했다.

"내가 고용했거든요. 고용하면서 사고 일으킬 거 같은 놈들이나 일으키고 숨어드는 놈들은 절대 들여보내지 말라고 했는데, 떡하니 들어와 있길래."

정현의 시선이 의자에 묶여 있는 경비를 향했다. 그는 이미 모든 상황을 파악하고 있는 듯 보였다. 놀라는 기색 하나 없이 자리에 모인 사람들을 번갈아 바라보고만 있었다.

"표정 풀어요. 그게 그렇게 놀랄 일이에요?"

그러다가 정현이 민혁에게 고개를 돌렸다. 민혁은 속이 울렁거렸다. 시체를 봐서 놀란 게 아니었다. 벙거지의 죽음은 자신이 막무가내로 우겨서 들어왔기에 벌어진 일이었다. 가판대에 있던 크래커 둘은 놀란 표정이 아니었으니, 둘 중 하나가 정현에게 연락한 모양이었다.

"어떻게 여기 왔는지는 안 물어도 되겠네요."

“질문이 많을 줄 알았는데, 눈치가 빨라서 좋네요.”

정현은 다행이라는 듯 웃었다.

“놈을 찾았어요. 폐기될 신체를 훔치고, 더 나아가 디타람브를 망치려는 사람들, 그 수축이 되는 자예요.”

“어디 있습니까?”

“디타람브에 있어요.”

민혁은 긴장한 낯을 숨기려 애썼다. 정현의 태도는 평소와 그리 다르지 않았지만, 아까 벙거지의 죽음을 봐서 그런지, 아니면 당장이라도 손을 뻗을 곳에 위치한 총 때문인지 민혁은 공간의 분위기가 점점 서늘해짐을 느꼈다.

“쉽지 않겠네요.”

“예상했잖아요.”

“놈들을 없애려면 디타람브를 없애야 하는 거 맞죠?”

민혁의 질문에 정현이 고개를 끄덕였다.

"그게 가능한가요?"

“디타람브를 없애는 방법이 존재하면 실행할 수 있겠어요?”

“……그럴 겁니다.”

민혁은 낮게 대답했다. 의도한 건 아니지만, 대답이 나가기까지 자기도 모르게 잠시 말을 억눌렀다.

“다시 한번 질문할게요. 디타람브가 사라지거나 제 기능을 못하면 그 안에 이주한 사람들은 그대로 증발할 겁니다. 그래도 디타람브를 없앨 수 있겠어요?"

지금껏 용병 생활을 하며 적지 않은 피를 손에 묻혔다. 디타람브를 없애는 일은 손에 피가 묻진 않겠지만, 지금까지 쓰러뜨린 수의 몇백 배, 아니 그 이상의 사람을 죽이는 일이 될지도 몰랐다.

후회하지 않을 수 있을까. 어쩔 수 없는 일이었다고, 괜찮다고 생각할 수 있을까. 민혁은 그의 아버지가 떠올랐다. 디타람브로 이주할 때도, 이주한 뒤에도, 어쩌면 마지막이 될 지금도 제대로 인사 한번 못 한 아버지.

"디타람브를 없애는 일을 실패하면 어떻게 되죠?"

정현이 미간을 잔뜩 구겼다.

"당신이나 우리나 끝이 좋지는 않겠죠."

"……해야죠. 할 겁니다."

민혁은 주저하지 않았다. 그러나 후회하지 않을지는 확신할 수 없었다. 나이가 들어갈수록 지난날에 하지 않았던 후회로 시간을 죽이는 일이 많아졌다. 지금도 깊은 생각을 거치고 나온 다짐이 아니었다.

정현은 사장실로 자리를 옮겼다. 그리고 빠르게 기기를 조작했다. 칩을 이식한 덕분에 준비가 간단했다.

"준비해요."

대답을 듣기도 전에 정현은 버튼을 눌렀고, 민혁은 정신이 쑥 빠져나가는 느낌이 들며 소파에 축 늘어졌다.

도착한 곳은 몇 번 접속해서 알고 있던 디타람브와는 다른 공간이었다. 마치 선지자를 따로 복제했던 곳과 비슷했다. 그곳에 한 사람이 있었다.

7번이었다.

17

"내가 이해가 안 가서 그러는데, 당신 디타람브를 없앨 방법을 알고 있습니까? 정말 없앨 거예요? 왜 그렇게까지……."

사장실까지 와서 쏘아붙이는 서진의 질문을 정현은 가볍게 손을 들어 제지했다.

"방금 사람 보냈잖아요."

정현은 휴게실로 향했다. 앉아 있던 기현이 정현을 발견하자마자 벌떡 일어섰다. 그의 손에는 서진에게 건넸던 정현의 명함이 들려 있었다.

"당신 맞지? 김정현. 하마터면 못 알아볼 뻔……."

정현은 말없이 테이블 위에 올려뒀던 베레타92를 기현에게 겨눴다. 겨눈 것과 동시에 격발된 탄환은 기현의 이마를 사정없이 뚫어버렸다. 난데없이 들려온 소리에 크래커 둘이 차례대로 휴게실을 찾았고, 문을 넘어서기도 전에 정현이 쏜 총에 맞아 각각 목과 하복부가 꿰뚫렸다.

그리고 그는 재차 한 치의 망설임 없이 의자에 묶인 경비의 머리에도 총을 쐈다.

“이게 무슨 짓입니까?”

서진이 정현을 말리려 했지만, 정현은 아랑곳하지 않고 민혁에게도 총을 겨눴다.

방아쇠울에 올린 집게손가락이 긴장한 게 느껴졌다. 정현은 민혁에게 총을 겨누고 있었지만, 방아쇠를 당길 권한이 서진에게 있는 것처럼 그를 봤다.

“그 사람이 잘못한 게 있습니까?”

“나를 말리는 건가요? 디타람브를 없애겠다는 남잔데? 당신 아내는 디타람브에 있잖아요? 정말 괜찮겠어요?”

“내가 알던 수영이가 아니에요. 어쩌면 이주하기 훨씬 전부터 그랬을지도 모르죠. 사고 탓에 알아챌 기회가 없었던 걸 수도 있고. 오히려 내가 여기서 한 사람을 쏴야 한다면 그건 저 사람보다 당신 같은데.”

그 순간 민혁을 조준하고 있던 총구가 방향을 바꿔 서진의 어깻죽지를 정확히 꿰뚫었다. 서진은 털썩 주저앉으며 어깨를 손으로 감싸 쥐었다. 소리 내지 않으려고 입술을 꽉 깨물었지만, 그 사이를 비집고 신음이 기어 나왔다.

정현이 미안하다는 듯 입꼬리를 내렸지만, 그 표정은 기기 장치들의 빛에 닿아 기괴하게만 보였다.

“아이, 아프겠다. 그러게 왜 이야기도 안 들어보고 덤벼요, 덤비길. 그것도 총 든 사람 앞에서.”

"씨발, 이러는 이유가 대체 뭔데?"

"욕도 할 줄 알았어요? 의외네."

정현은 칭찬하는 듯한 표정으로 웃으며 박수를 쳤다. 베레타를 들고 있어 소리가 제대로 나자 않자 총을 겨드랑이에 끼면서까지 박수를 쳤다. 서진은 박수 소리를 들으며 왼팔에 힘을 주려 했지만, 검지를 까딱하는 게 전부였다. 점점 왼팔에 감각이 사라지고 있었다.

"그럼 하나만 더 물을게요. 만약 민혁 씨도 평행세계 사람이라면 그땐 당신이 민혁 씨를 쏠 수 있겠요? 총 든 나한테 달려들기까지 했는데, 그건 너무 쉽겠다, 그렇죠?"

정현이 살짝 웃었다.

서진은 자신이 잘못 들었나 싶었다. 정현이 잘못 말한 건지, 자신이 잘못 들은 것인지 분간이 어려웠다. 정현이 다가와 서진의 속마음을 읽기라도 한 듯 다시 말했다.

"민혁 씨가 평행세계 사람이라고요. 평행세계, 대충 설명은 들었잖아요? 민혁 씨가 이야기 안 해주던가요?"

"그럴 리가 없어. 저 사람은 바뀐 게 없어. 당신이 알아? 출납관리소에서는 사람들 신상을 철저히 관리한다고. 조금이라도 수상하면 채용하질 않아. 민혁 씨는 활동에 공백이 없었어. 길든 짧든 줄곧 용병 활동을 해왔다고."

서진이 악을 쓰듯 내뱉었다. 그러면서도 왜 자신이 민혁을 변호하는지 알 수 없었다.

“그래요. 믿기 힘들 수 있죠. 그럼 이렇게 생각해봅시다. 지금 당신이 만나거나 들은 평행세계 사람은 전부 성인이었어요. 그렇다면 만약 아주 어렸을 때, 갓난아기였을 때 옮겨왔다면 어떨까요. 그럼 적어도 당신 말처럼 공백은 생기지 않겠죠?”

“하지만 민혁 씨는 티가 나지 않았어. 무슨 계획인지 모르지만, 애초에 성인이 아이의 몸을 빌릴 리 없잖아.”

서진의 말끝에 힘이 빠졌다. 관통상을 입어서인지, 믿지 못할 사실 때문인지 알 수 없었다.

“그것까진 모르죠. 실수인지, 그것조차 계획인지.”

“확실합니까?”

서진이 싸늘한 목소리로 물었다.

“이미 검증이 끝났어요.”

“증거는?”

“없으면 안 믿을 겁니까? 내가 증거라고 생각해요. 에이, 기현 씨를 죽이는 게 아니었어. 설명 좀 하게 놔둘걸. 난 디타람브를 발견한 사람이고, 동시에 평행세계도 발견했어요. 오래됐죠. 선택의 여지가 없었다고 해야 할까. 가만있다가는 다 죽게 생겼으니까, 뭐라도 해야 했거든요. 안 그랬으면 다들 진작 죽었을걸요. 입은 많은데 먹을 건 부족하고. 그나마 디타람브로 보내뒀으니 망정이지, 거긴 먹을 게 필요 없으니까.”

“이들이 건너온 것처럼 우리가 평행세계로 가는 선택지는 없었습니까?”

“그게 말처럼 쉽지는 않더라고요. 이 사람들조차 대규모로 건너오지 못했으니까요.”

“민혁 씨가 평행세계 사람이라면 왜 의자에 남자를 묶어뒀던 거죠? 민혁 씨는 그 사람도 평행세계 사람이라고 했어요.”

“민혁 씨와 의자에 묶어둔 남자가 같은 평행세계에서 건너온 게 아니니까요.”

서진의 계속되는 질문에도 정현은 귀찮은 내색이 없었다. 오히려 민혁을 쏠지 쏘지 않을지 저 혼자 내기라도 하는 것처럼 약간 달뜬 듯 보였다.

“그래요. 평행세계 사람들 때문에 피해당한 사람도 많을 겁니다. 서진 씨 아내, 수영 씨도 그렇고요.”

“무슨 말입니까?”

“수영 씨가 겪은 사고, 평행세계 사람이 건너오면서 생긴 반응이 생각 외로 격렬해서 발생한 사고예요. 디타람브로 치자면, 일종의 부적합 반응 같은? 결국 성공하긴 했지만, 성공하지 않으니만 못했죠.”

서진은 말을 잇지 못했다.

“그럼 그날부터 계속…….”

“그렇죠. 그날부터 수영 씨의 외견을 한 평행세계의 사람과 살았던 거죠. 그 상태로 디타람브에 들어갔으니 그렇게까지 기억이 꼬인 거고."

"그걸 왜……."

"왜 이제야 이야기하냐고요? 아니면 굳이 왜 이야기하냐는 건가요? 명확해졌으니 좋아할 줄 알았는데, 아니군요?"

서진의 얼굴에 그림자가 깊게 드리워졌다.

"어때요, 아직도 디타람브를 발견한 내 잘못 같습니까? 아니면 여전히 이곳으로 건너온 그들의 잘못일까요?"

"내가 당신도 쏘고, 민혁 씨도 쏘면 어쩌려고 그런 이야기들을 하는 거죠?"

"둘을 동시에 쏠 순 없으니 순위는 정해지겠죠. 먼저 쏘는 사람이 더 나쁜 사람일 테고. 난 항상 의문이었거든요. 디타람브를 발견했어도 바뀌는 게 없어서. 오히려 원망하는 사람들이 더 많았던 거 같아요. 사람들은 죽음을 눈앞에 두면 욕망에 신랄하게 되잖아요. 서진 씨가 어떤 선택을 할지 궁금해요. 지물포에서 사람이 이렇게 많이 죽어 나간 게 처음은 아니지만, 처음으로 경찰이 올 겁니다. 예전과 달리 위상이 많이 떨어졌죠. 총을 쏘지 않는 선택도 있을 겁니다. 당신의 선택이 궁금할 뿐이에요."

서진이 잠시 멍한 표정으로 있다가 무심코 고개를 끄덕였다. 얼굴에서 눈물이 흘러 턱 끝에 맺혔다. 정현은 서진에게 자신의 베레타를 건넸다. 서진은 아무 말 없이 베레타를 받아들었다. 보기보다 묵직했다.

서진이 민혁을 향해 베레타를 조준했다. 바로 옆에 있음에도 손이 떨려 쉽지 않았다. 짧은 시간 총상을 통해 빠져나간 피의 양이 많은지 머리가 살짝 어지럽기까지 했다.

정현이 움직이지 못하는 서진의 왼손 대신 총을 잡아줬다. 한참을 망설이자 그는 다른 손으로 서진의 눈을 감겨줬다.

* * *

"난, 아니 우리는 디타람브에 붙들렸어."

7번은 침울한 표정이었다. 그전에 만났을 때와 달리 그는 아무런 의욕도 없는 사람처럼 보였다.

"당신들이 우리 세계에서 한 짓을 알고 있습니다. 당신들이 감당해야 할 벌인 거죠."

"왜 너희들의 세상을 이 지경으로 망쳐놨냐고? 그냥 조용히 있다가 조용히 갔으면 모든 게 괜찮지 않았겠냐고? 과연 너희 같으면 어땠을까? 디타람브, 그래. 너희들 세상의 인공지능과 결합한 디타람브 이전에 우리 세계의 인공지능도 굉장히 뛰어났지. 그 인공지능을 통해 발견한 평행세계는 이곳을 제외하더라도 무수히 많았어."

7번은 망연한 얼굴로 기다렸다는 듯이 자신의 이야기를 쏟아냈다.

“수가 워낙 많다 보니 우리는 우리가 기존에 살던 세계로 돌아온 건지, 아니면 일견 비슷해 보이는 다른 평행세계로 불시착한 건지 알 수 없었어. 각각의 평행세계는 분명 달랐지만, 구분할 방법이 없었지. 워낙 많은 세계를 다닌 탓에 인공지능조차도 구분해내지 못했다. 결국 우리는 원래 세계로 돌아가기 위해 구분할 방법을 만들어야만 했다.”

7번이 이야기한 방법은 평행세계마다 극단적인 실험을 하는 것이었다.

그들은 평행세계를 ‘MAKE PREM’이라 이름 붙였고, 뒤에 숫자를 붙여 구분하기 시작했다. 예를 들어 MAKE PREM—12라 이름 붙인 세계에서는 전염병으로 인한 생존 전쟁이 벌어졌고, MAKE PREM—7번에서는 대기오염이 심해져 방독면을 쓰는 생활이 기본값이 됐다. 핵무기를 위시한 3차 세계 대전이 벌어진 세계도 존재했고, 외계인과 만난 세계도 있었으며, 디타람브에 의해 갇힌 이곳은 기후오염이 심각해진 세계였다.

“당신도 알잖아요. 각 세계에 당신과 같은 인간이 살고 있다는걸. 그런데 고작 당신들이 원래 세계로 돌아가기 위해 세계를 송두리째 망쳐놓고 행복하길 바라는 건 너무 이기적이지 않습니까?”

“기후 위기는 우리가 벌인 실험으로 속도가 빨라진 게 아냐. 우리가 평행세계에 머무는 시간이 길어질수록 우리가 각 세계에서 일으킨 사건들이 점차 심각해진 거다. 이 세계에 우리가 남아 봤자, 멸망하는 속도만 빨라질 뿐이다. 우리가 돌아가는 건 우리만을 위한 게 아냐. 각 세계를 위한 일이기도 해."

"이 시점에 그런 얘길 해봤자 같잖은 변명으로밖에 들리지 않아요."

"누가 뭐라든 나는 꼭 돌아가야 했다. 나뿐만 아니라 내 동료들도 모두 그러길 바랐지. 돌아가서 행복한 삶을 영위하기 위해서? 각 세계에서 얻은 자료들로 너희들처럼 멸망의 길을 걷지 않으려고? 아니, 전부 틀렸어. 종말의 순간이 다가와도 좋으니 단 한 순간만이라도 가족을 만나고 싶었다. 그들이 움직이고, 떠드는 이야기를 듣고 싶었어. 우리가 이곳에 온 순간, 그리고 디타람브에 의해 갇혀버린 순간 우리가 살던 시대는 시간이 멈췄어. 우린 그게 어떤 원리인지 알아낼 수 없었다. 수도 없이 벗어나려 해봤지만 아무 소용없었다. 내 머릿속에선 망해가는 세상의 시간이 멈추지 않은 채 계속 흘러가고 있어. 여전히 그들의 절규가 들리고 눈물이 내 목구멍을 틀어막고 있다."

7번의 목소리에서 두려움이 느껴졌다. 하지만 민혁은 그의 말을 듣고 싶지 않았다. 그의 대답에서 감정이 느껴지자 한없이 원망스러웠다. 질문도 하고 싶지 않았으나 자신이 고생했던 이유를 알고 싶었다.

"이 시점에 의미가 있을지 모르겠습니다. 대체 당신이 찾는다던 사람은 누굽니까? 왜 그 사람을 찾는 거죠? 그러려고 아레나에서 사람을 죽이고, 폐기하려는 신체를 훔친 겁니까?"

7번의 눈빛에 당혹감이 서렸다.

"무슨 소린지 모르겠군. 사람을 찾으려는 건 맞아. 하지만 신체를 훔친 적은 없다. 사람을 죽이는 건, 디타람브가 시키는 대로 하면 혹시 우리를 돌려보내지 않을까 싶어서 그런 거였고."

잔인한 시도였다. 본인들의 안위를 위해 그런 판단을 가차 없이 내릴 수 있다는 것이 믿어지지 않았다.

"차라리 디타람브를 만든 사람을 찾았다면……."

순간 민혁은 서진이 받은 사장의 명함을 떠올렸다. 그곳에 적힌 낯익은 이름. 김정현.

그 이름은 몇 년 전 디타람브를 개발했다고 화제가 됐던 인물과 똑같았다.

왜 생각하지 못했을까.

하지만 디타람브의 개발자라고 해도 디타람브에 손쉽게 접속하고, 접속구를 만들어내고, 이주한 이들을 복제해 몸으로 옮길 정도의 기술이 가능한 것인지 의문이 들었다.

"내가 찾는 사람은 디타람브다. 디타람브와 하나가 됐지"

"알아듣게 이야기해줄래요?"

"말 그대로다. 자네도 알겠지. 판초를 입은 사내."

민혁은 무덤덤한 표정으로 선지자를 떠올렸다. 잔인하기로는

7번이 선지자의 목을 벤 것이 더 잔인했지만, 유독 정현이 선지자를 삭제하던 순간이 머릿속에서 악몽처럼 반복 재생됐다.

"그가 우리를 평행세계로 보내는 보조역할이었어. 한데 작은 실수를 저질렀지. 복귀하던 연구원을 다시 너희의 세계로 보낸 거다. 접속대상자가 견디지 못하고 분열을 일으키기 시작했고, 우리 쪽 인공지능이 안정시키려 했지만 역부족이었다. 결국 우리 연구원과 인공지능, 그쪽 세계의 인공지능과 접속대상자가 합쳐졌다. 그렇게 디타람브가 탄생했지."

"디타람브는 우리 세계 사람이 개발……."

민혁은 말을 잇지 못했다. 만약 이들의 말이 사실이라면. 그렇다면 정현은, 정현의 외피를 한 인공지능 즉 디타람브란 말인가? 정현이 사람의 육체이면서 동시에 인공지능이었다면 그가 보여준 능력을 이해할 수 있었다. 결국 디타람브는 뇌 패턴을 복제할 수 있다는 말이 된다.

"디타람브는 왜 당신들을 이곳에 머물게 한 거죠?"

"우리한테 벌을 내리려는 거야."

"그게 대체 뭔데요?"

"사람들의 기억이 드문드문 사라지고, 간혹 구별되지 않는 게 이주할 때의 부작용이나 우리 때문이라고 생각한 건 아니겠지."

"디타람브가 일부러 그런다는 얘깁니까?"

"디타람브는 인류를 구원할 거야."

"그게 기억을 조작하는 것과 무슨 관련이 있다는 겁니까?"

"모르겠나? 개개인을 구별해서 구원하는 게 아니라, '인류'라는 하나의 종을 구원하려는 거다. 그걸 수월하게 하려고 사람들의 기억과 패턴을 전부 하나로 합치는 중이고. 그러면 모든 사람을 구원할 필요도 없지. 아마 디타람브 나름의 기준으로 적부 판정을 내렸을 거다. 몇 년간의 데이터가 쌓이며 나름대로 인간을 정의했을 테니까 말이야. 거의 마무리 단계에 왔을 거다. 마지막은 아레나에 가둬둔 우리가 되겠지."

"그걸 막을 방법은요?"

"있었다면 이러고 있지 않았겠지. 우리는 디타람브가 만든 또 다른 공간에 갇혔고, 자네 역시 바깥으로 나갈 수도 없을 거야. 그저 이런 식으로 결말을 지켜보는 수밖에."

"디타람브가 인류를 통합하기로 했다면, 당신이 디타람브를 찾았어도 결과가 달라지진 않았을 것 같은데, 찾는 이유가 있습니까?"

"내가 말했듯 총 넷이었지. 인공지능 둘과 사람 둘. 넷이 하나가 되는 건 어려웠는지 둘, 둘로 나뉘었다는 걸 알게 됐어. 내가 찾는 건 그나마 이야기가 통하는 쪽이고."

민혁은 좌절도 절망도 가능성이 남아 있는 상태여야 가능하다는 것을 이제야 깨달았다. 아무런 선택지도 남아 있지 않은 삶은 무의미했다.

민혁은 무심코 중얼거렸다.

"이번에도 실패구나."

별안간 민혁이 휘청거렸다. 아니 민혁이 존재하던 공간이 휘어졌다. 막대 폭죽이 시원찮게 터지듯 작은 불빛들이 민혁의 시야를 메웠다.

* * *

건물 바깥에서 메가폰을 잡은 경찰이 총을 내려놓고 인질의 안전이 확보되면 요구사항을 들어주겠다며 악을 써댔다.

서진은 그제야 권총을 똑바로 움켜쥘 수 있었다. 이상하게 떨림이 멈췄다. 정현이 서진을 감싸던 손을 뗐다.

지금까지 무수히 많은 선택지가 있었다. 민혁에게 같잖은 호의로 곡물을 내밀지 않았다면? 수영을 디타람브에 들여보내지 않았더라면? 밀주를 유통하다 걸렸을 때 디타람브에 들어가는 대신 수익의 대부분을 기현에게 넘겼더라면?

어느 것도 되돌릴 수 없다는 걸 안다. 손에 닿은 권총이 유독 서늘하게 느껴졌다. 서진이 민혁에게 총구를 겨눴다.

그럴 리가 없는데, 이런 비슷한 순간이 있었던 것 같기도 했다. 서진이 방아쇠를 당기고 탄환이 맹렬한 기세로 발사되자 이상하게도 모든 게 느려진 듯했다. 특공대가 들이닥쳐서 서진에게서 총을 빼앗고 양손을 테이블에 올리는 동안에도 민혁에게 쏜 탄환은 닿지 않았다.

잘못 맞춘 걸까. 혹시 정현을 쏜 걸까. 하지만 정현은 멀쩡했다. 특공대에 의해 수갑이 채워지고 바깥으로 끌려 나갈 때 마지막으로 민혁을 봤다.

인중에 구멍이 뚫려 있었고, 흰 벽에 피가 흩뿌려져 있었다.

그 순간, 모든 것이 멈췄다.

에필로그

새파란 물감이 하늘거리며 번지기 시작해 민혁을 둘러싼 공간을 옅은 하늘색으로 물들였다.

계속해서 색이 더해졌다. 휘황찬란한 색들은 끊임없이 더해지며 각각의 빛깔을 잃었고, 끝을 알 수 없는 어둠은 공허와 같았다.

그 끝에서 민혁의 삶이 빠르게 흘러가고 있었다.

선택의 갈림길에 설 때마다 분열되고, 분열된 것들은 그곳에서 멈추지 않고 각각의 서사를 만들며 점차 팽창해가고 있었다. 각자의 가지는 분명히 끝이 존재할 텐데, 계속해서 뻗어나가고 있었다.

민혁은 각자의 끝에서 다시 어느 순간으로 되돌아간다는 걸 깨달았다. 순간이 자라나 기억이 돼 민혁의 앞에 늘어섰다.

"지금껏 이 많은 시간이 반복된 겁니까?"

물을 사람이 없었고, 들을 사람이 없었으나 민혁은 자연스레 질문했다. 그리고 대답이 이어졌다.

"하나의 세계에서 그저 중첩돼 있었을 뿐, 모두 가능성으로 존재했어요. 그리고 디타람브를 통해 관측한 시점부터 비로소 세계가 작동하기 시작했죠. 그들이 관측하지 않았다면 당신도, 당신이 머물렀던 세계도 시작하지 않았을 겁니다. 다시 말하면 당신이 평행세계에서 온 이들이라 불렀던 그들이 원본이라는 말이에요. 당신의 세계는 그들의 세계에서 파생돼 시작된 겁니다. 그들이 당신의 세계를 침범한 게 아니라 실은 당신이 그들의 세계를 침범한 거예요."

"그들이 원본이라……. 우리가 시작점이 아니었군요."

대답한 이는 잔잔한 미소를 띠고 있었다. 웃는 모습이 정현을 떠올리게 했다.

"가능성으로 존재했고 그렇게 분열한 세계라면, 결국 우리 세계는 종말을 피할 수 없는 세계였겠네요. 우리가 무슨 짓을 해도 말이죠. 설사 디타람브가 있다고 해도 바꿀 수 없는. 디타람브……. 그래요, 디타람브가 인류를 통합해 단일한 '인류'를 만든다면, 그래서 살아남는다면 어떤 의미에서 종말은 아닐지 모르죠. 하지만 그렇게 살아남는 건 아무런 의미가 없어요."

"디타람브가 추구한 단일한 '인류'. 그건 당신들의 세상에서 말하는 '우리'라는 단어로 표현해도 되지 않을까요? '우리' 안에는 '나'도 있고, '너'도 있어요. 왜 아무런 의미가 없다는 거죠?"

"그렇게 뭉뚱그려진 건 '우리'라고 표현할 수 없어요. 디타람브는 나름대로 효율적인 방법을 찾은 거 같지만, 인간은 때로 효율적이지 않은 선택을 하기도 해요. 그게 인간의 개성이고, 인간의 존재 이유가 되기도 합니다. 디타람브는 모르겠지만."

"당신의 세계는 이미 끝난 지 오래입니다. 앞서 이야기했다시피 당신도 그쪽 세계에 사는 사람들이 보기에는 평행세계에서 건너온 이방인에 지나지 않아요. 그런데도 왜 삶을 반복하며 세계를 회복하려는 겁니까? 당신의 세계는 멸망함으로써 의미를 지닌 거예요. 당신이 계속 발버둥 친 이곳도 마찬가지고요."

민혁이 눈을 살며시 감았다. 감은 눈이 파르르 떨렸다.

"멸망함으로써 의미를 지닌다는 말은 너무 잔인하지 않나요?"

"때론 받아들일 줄도 알아야 해요. 그래야 다음 가능성이 세계가 돼 펼쳐지곤 하니까요."

"내 세계는 너무 맥없이 끝났잖아요. 가지 않은 길에 결과는 없고, 이미 정해져 있더라도 내가 그곳에 있어야 내 세계가 확정되는 거니까, 가지 않을 수 없어요."

"기억할지 모르겠지만 벌써 수십, 수백 번을 시도하고 반복했어요. 매번 실패로 끝나서 이곳으로 돌아왔고요. 언젠가는 당신이 견딜 수 없을지도 모릅니다."

멸망이 정해져 있다면, 그걸 막아내려고 노력하는 게 내 선택은 아닐까. 각자의 선택엔 각자의 의미가 담겨있으니까.

"당신이 디타람브와 융합된 그날로 가죠. 이번엔 이곳이 아닌 원본에서 시작해볼까 해요. 당신을 통해서 원본 세계로 넘어간다면, 그래서 시작점을 바꿔버리면 달라질 수 있지 않을까요?"

“하나 귀띔해도 될까요?”

“뭔데요?”

“그럼 당신이 7번이 될지도 몰라요.”

“내 몫의 미래가 우리의 원수를 닮았다면 그건 내가 감당해야 할 벌이겠죠. 그걸 바꿔보는 것도 재밌겠네요.”

“가능성은 당신의 재미를 위한 시료가 아니에요.”

정현은 짐짓 슬픈 표정을 지었다. 세상이 망했기 때문일까. 망해가기 때문일까. 그럼에도 살아있다는 건 좋은 일일까. 아니면 최악 중의 최악일까.

마지막을 상상하는 건 어렵지 않았다.

이것은 찬란한 복수일까, 끔찍한 연민일까.

아직 끝맺지 못한 문장이 혀끝에 똬리 튼 채 남아 입안을 맴돌았다.

디타람브

1쇄 발행 2023년 4월 30일

지은이 전현규
펴낸이 배선아
편집 김현석
디자인 이승은
본문 디자인 김윤남
펴낸곳 고즈넉이엔티

출판등록 2017년 3월 13일 제2022-000078호
주소 서울시 마포구 성지1길 35, 4층
대표전화 02-6269-8166
팩스 02-6166-9199
이메일 gozknockent@gozknock.com
홈페이지 www.gozknock.com
블로그 blog.naver.com/gozknock
페이스북 www.facebook.com/gozknock
인스타그램 www.instagram.com/gozknock

ISBN 979-11-6316-862-1 03810

표지 일러스트 최재훈